1
お気楽領主の
okiraku ryousyu no tanoshii ryouchibouei
楽しい
領地防衛
～生産系魔術で名もなき村を
最強の城塞都市に～
赤池宗 Sou Akaike
illustration 転

《ヴァン・ネイ・フェルティオ》
侯爵家の四男として転生した。
ハズレとされる生産系魔術師だったため、
辺境の村に追放された。

《ティル》
ヴァン専属のメイド。
おっとりした性格だが、
ヴァンのことを死ぬほど可愛がっている。
《カムシン》
奴隷として売られるところを
ヴァンに買われた。
ヴァンに心酔している。

ヴァンが目を細めて
遠くを見ようとした瞬間、
街道横の背の高い木々を薙ぎ払って、
巨大な翼を広げた
ドラゴンが姿を現した。
ディー
エスパーダ

# 1

Sou Akaike
赤池宗

illustration 転

# お気楽領主の楽しい領地防衛

okiraku ryousyu no tanoshii ryouchibouei

～生産系魔術で名もなき村を最強の城塞都市に～

# Contents



★

Fun territory defense by the
OPTIMISTIC LORD

★

# 序章 ✦ 落ちこぼれの四男

「四元素魔術のどの属性にも適性が無い？　まさか、これほどの出来損ないが我が侯爵家から出るとはな」

それが、父の言葉だった。

八歳になると、この国では魔術適性を鑑定される。魔術がありふれたこの世界で、誰がどんな魔術の適性を持っているのかが重要になるからだ。八歳という年齢が条件になるのは、魔力をコントロール出来ない幼い頃に鑑定してしまうと、適性魔術への開花が早まり過去に悲惨な事故が続出したことが理由とされている。

ちなみに魔術適性で貴族に求められるのは二種類。家や領民を守る攻撃に特化した四元素魔術。もしくは、家や領民を守る癒しの魔術だ。

一方、貴族には相応《ふさわ》しくないと呼ばれる魔術もある。

相手から体力や魔力、時には実際に物を奪う盗みの魔術。己《おの》が肉体を作り変える変質の魔術。音や光を用いて相手を幻惑、操る洗脳の魔術。物や人の詳細を見る鑑定の魔術。人形や死体を操る傀《かい》儡《らい》の魔術など、様々な種類の魔術が存在した。

そして、僕が適性ありと判断された生産の魔術も、貴族には相応しくないとされていた。

物を作り出す生産の魔術。他には錬金術と呼ばれることもある。この魔術は基本的にかなりの魔力を消費する割に作れるものが微妙だった。殆《ほとん》どの生産系魔術師はただ鉄や銅などの材料を用意し、頭の中で想像力を働かせて剣やアクセサリーなどを作る。

中には器用にそれまでに無かった物を発明する者もいたが、稀《まれ》である。

何故《なぜ》なら、そんなものは他の魔術に適性のある者でも出来るからだ。発明家に魔術の才は無用であり、鍛冶屋にも魔術の才は不必要である。それらを加味して、一般的に生産系魔術師は最も不遇な魔術師と呼ばれていた。

魔術の適性は遺伝に大きく関係している。両親が四元素魔術師だった場合、五割以上の確率で子供は同じ魔術適性となる。更に祖父母が同様であれば、七割以上が同様の魔術適性となるのだ。ゆえに、貴族の者達《たち》は長年四元素魔術の適性を持つ者を伴侶に迎え入れるという伝統が生まれた。一族皆が四元素魔術の使い手になれば、子が四元素魔術の適性を持つ可能性がより百パーセントに近付く。

だが、その伝統は段々と厳格化が進み過ぎ、ついには四元素魔術と次点の癒しの魔術以外の適性が現れた場合、それは貴族の恥であるとまでされたのだった。その歪《ゆが》んだ考えは、地方の弱小貴族や準貴族の騎士爵の家ならばそれほどまで浸透していない。しかし、伯爵家や我が家のような侯爵家となると、まるで聖書かなにかのように信奉されている。

「我が侯爵家は武門の家である。代々伯爵だった我がフェルティオ家を侯爵にまで陞爵《しょうしゃく》させたのは私の武功によるものだ。だからこそ、私の炎の魔術をさらに昇華させるべく、格下の男爵家より強い炎の魔術師であるミラを娶《めと》った。あれは良い妻であり母であったが、魔力の強さに反比例して体が弱かった。次代の侯爵家を担う男子は四人目であるお前が最後だった」

父、ジャルパ・ブル・アティ・フェルティオ侯爵は苦々しい表情でそう言った。

母のミラは僕が五歳の時に亡くなった。第二夫人と第三夫人もいたが、不思議と男の子を産むのは母だけだった。だから、母が亡くなった時に父の落胆は大きかった。それから、残された四人の男子への教育はより厳しく、厳格なものへと変化していく。

長男のムルシアは母方の祖母の風の魔術の適性を持っていたが、次男と三男は父の望む通り炎の魔術の適性を持っていた。

十三歳から当主代行の教育を受けているムルシアは、炎の魔術適性を持つ二人の弟から馬鹿にされ始めた。実際に次男と三男の扱いが良くなっていくのを見て、ムルシアは誰よりも努力し、魔術以外の部分でも立派な貴族になろうと寝る間を惜しんで学んだ。

その頑張りは実を結び、ムルシアの当主代行という立場は変わらなかった。次男と三男は面白くなかったが、能力ではなく年齢差によるものとして結局ムルシアを馬鹿にし続けた。そんな中、八歳になった僕が魔術適性の鑑定を受けることになる。幼い頃から普通とは違うと言われた僕が鑑定されるのだから、弥《いや》が上にも父の期待は大きくなった。

しかし、鑑定の結果は最も下位とされる生産系魔術師であった。父は大いに落胆し、警戒していた次男と三男は無意識に笑顔になるほど喜んだ。

そして、ムルシアは心から同情していた。

「これから更に大きく発展させていく侯爵家から生産系の魔術師が誕生したなど、笑い話にもならん……それならいっそ……」

不穏な言葉を口にしかかった父の言葉を遮り、ムルシアが笑顔で言葉を発する。

「そうだ！　父上、あの辺境の村がありましたね！　我が侯爵家の領地内でありながら、その立地のせいで全く発展することの出来ない村。あそこをヴァンに任せてみませんか？」

「あの名もない村を？　何故だ」

父が訝《いぶか》しむと、ムルシアは笑顔のまま頷《うなず》く。

「隣はイェリネッタ王国。もう片方はフェルディナット伯爵領です。かなり離れますが、防衛拠点の城塞都市は存在します。つまり、その村の価値はごく稀にある騎士団のフェルディナット伯爵領側への遠征訓練などで野営地として使う程度」

「そんなことは分かっている。あの村にいるのは元々そこに住んでいた住民百人余り。特産物も無く、北にあるウルフスブルク山脈は資源を得ようにも強大な魔獣が巣食っている。私が侯爵に陞爵した際に得た領地の一部だが、領地を削られた形となったフェルディナット伯爵が時折嫌がらせのように騎士団を派遣してくる地でもある」

父はムルシアの言葉を遮ってそう言った後、気が付いたとばかりに顔を上げた。

「そうか、分かったぞ。つまり、駄目元でもヴァンに辺境の村を任せれば、フェルディナット伯爵家のすぐそばに騎士団を置いても問題無いということか。それに、いまだ新しく得た領地は我が侯爵家への忠誠心が薄い。そこに形だけでも侯爵家の者が赴任されれば……なるほど。流石《さすが》だな、ムルシア。役立たずの使い道を見つけ出した」

そのあんまりな一言に、ムルシアは頭を深く下げて返事とする。そうして、父は僕にその辺境の村の名ばかり領主の任に就けと命じた。上機嫌になった父と次男、三男が出て行き、部屋に残ったのは僕とムルシア兄さんだけだ。

「……兄さん」

僕がそう呼ぶと、ムルシアは先程までの笑顔が嘘《うそ》のように悲しそうな表情となった。すぐ前まで歩いてくると、十も歳《とし》が違う僕に頭を下げ、謝罪する。

「すまない。私は、ヴァンに魔術の適性なんて無くても、賢くて能力のある貴族になると思っている。だから、一見無茶なあんな提案を父にしてしまった。恨むなら、私を恨んでくれて構わない」

そんな不器用な説明に苦笑し、僕は首を左右に振った。

「……いや、兄さんは、僕を助けてくれたんだよね？　だって、あのままだったら、僕は監禁されたり殺されたり、場合によっては舌を抜かれて奴隷にされてしまう可能性だってあったんだ。たとえ絶望的な状況だろうと、兄さんにもらった機会を決して無為にはしないよ」

そう答えると、ムルシアは顔を上げて僕の顔を見た。その目は丸く見開かれている。

「……やはり、ヴァンは天才、なんだろうね。お前を辺境へ送ってしまう侯爵家が、後に痛い目を見そうな気がするよ」

苦笑してそう言うと、ムルシアは真剣な表情で僕をジッと見た。

「出来ることは僅かかもしれない。でも、私に出来ることは精一杯させてもらう。少しでも、ヴァンの為《ため》になるなら良いけど……」

「ありがとう、兄さん」

笑顔でそう返事をすると、ムルシアは困ったように笑う。

「ヴァンは昔から不思議な子だったね。何処《どこ》で学ぶのか、大人の心の機微に敏感で、私なんかより深く物事を考えているように見えた。執事のエスパーダや専属メイドのティルは、随分前からヴァンのことを嬉《うれ》しそうに報告してきていたよ」

ムルシアは微笑を浮かべてそう言い、懐かしそうに目を細めた。

# 第一章 ✿ 異世界へ

街を歩く。まだまだ明るいが、これから徐々に街の光は失われていくだろう。

ひび割れたアスファルトは焦げたような匂いがする気がして、俺は上を向いて歩く。

元は田舎の出身だ。海も山も川もある地方に生まれ育ち、大学で初めてとある政令指定都市の中心地近くで一人暮らしをした。中型だがバイクの免許をとって、都会での暮らしを楽しんだ。大学の求人には故郷の仕事もあったが、なんとなくそのまま都会暮らしを選んだ。

だが、数年も経《た》つ頃には無性に故郷が懐かしくて堪《たま》らなくなった。仕事では真面目さを評価され、任される仕事も増えたが、その分会社にいる時間が増えた。

起きて仕事に行き、夜まで働いたら帰って寝る。そんな毎日だ。気が付けば体重も減っていた。

都会暮らしで最も楽しいことは夜の街をバイクで走ることだ。でも、疲れてそんな暇も無い。それが続いたある日、夜十時に家に帰って荷物を置き、バイクに乗ることにした。久しぶりだったが、バイクのメンテナンスはしていたからすぐに乗ることが出来た。

軽く流してから高速に乗り、夜景が楽しめるルートをドライブする。降りたら海に面した飲食店街に移動して、夜の海の夜景を眺めつつ、コーヒーを飲む。そこそこ有名な観光地であり、ライトアップされた建物や船も賑《にぎ》やかで楽しい。ガラス工房などは閉まっている時間だが、テラス席のある飲食店などは殆《ほとん》ど開店している。

そこで一休みしてのんびりしていると、気が付けばもう閉店時間となっていた。

そこからの帰り道は、殆ど覚えていない。

ただ、海の上を通るように作られた長い橋の上を運転していた瞬間だけは、一枚の写真を見るように思い出せた。


気が付けば、僕はベッドに横になっていた。

さっきまでバイクに乗っていた筈《はず》なのに、いつのまにか自宅に戻っていたのだろうか。天井が高く、ふかふかのベッドは子供用とは思えない大きさだった。

間違いない。ここはフェルティオ侯爵家の小城の二階の角部屋だ。つまり、僕の部屋である。見慣れた石壁と等間隔に並ぶ木の柱。そして魔水晶の灯《あか》り。空はまだ暗く、見たこともないほど美しい星空が広がっていた。思わず上半身を起こして、畳二枚分ほどの大きな窓を見る。

何故《なぜ》だろう。変な感覚だ。

窓の外にはいつも見ている緑豊かな庭園と、石壁の塀が見える。その奥には南側の街並みが広がっている。中心には大通りが真《ま》っ直《す》ぐ伸び、向こうの方に高い城壁と城門があった。ベッドの上に立ち窓辺に手を置いて背伸びをして外を眺めていると、後ろから声が掛けられた。

「あ、ヴァン様！　そちらは危ないですよ！」

少し気の抜けた声が聞こえて振り向くと、そこには長い茶色の髪を結った垂れ目の少女がいた。黒を基調としたメイド服にフリルの付いた白いエプロンをしている。

僕の専属メイドの一人、ティルだ。

気の抜けた声なのに、ティルがかなり焦っていると見て分かる。本人的には必死に僕を止めようとしているのだろう。

「うん、ごめんね。あ、おはよう、ティル」

僕がそう言って謝り、ベッドに座ると、ティルはその場で足をとめて固まった。

「え、あ、い、いえ！　聞いていただき、ありがとうございます！　と、ところでヴァン様？　今、そちらで何を……」

恐る恐る聞いてくるティルに、僕は首を傾《かし》げて窓を指差す。

「窓から景色を見ていただけだよ」

そう答えると、ティルは目を見開いて瞬《まばた》きをし、驚愕《きようがく》した。

「ヴァン様、そのような難しい言葉を、何処《どこ》で覚えられたのです？　そんな、まだ二歳を過ぎたくらいなのに……」

二歳？　僕はもう三十歳に近いのに、ティルは何を……？

三十歳？

いや、僕はどうやってここに来たんだったか。確か、大学に行って働き出してからは忙しくてそんな暇は無かった気がする。

じゃあ、仕事を辞めて？

いや、それも違う。そもそも、ここは日本なのだろうか。まだ小城から出たことは無いが、日本人的な人種にあったことが無い。いや、背はそこまで大きくも無いし華奢《きゃしゃ》な人が多いのだが、顔立ちがはっきりしている人ばかりだ。

ハーフの人ばかりの城？　いや、そもそも日本にこんな石で出来た城あるのだろうか。教会とも明らかに違うし、たまに廊下を歩いている兵士なんて鎧《よろい》と剣を所持している。

銃刀法違反も甚だしい。

「……あ、あの、ヴァン様？」

僕が考え込んでいた為《ため》、ティルは名を呼んで様子を窺《うかが》っている。

ん？　そう、名前もだ。

「……僕の名前は、ヴァン・ネイ・フェルティオ、だよね？」

「まぁ、ヴァン様。もう家名まで言えるのですか？　素晴らしいです。ヴァン様はやはり賢くていらっしゃいますね」

と、ティルは嬉《うれ》しそうに僕を褒め出したが、僕はそれどころでは無い。

「……父さんはジャルパ、フェルティオ侯爵……兄さんはムルシアとヤルド、セスト……だったかな？」

首を傾げてそう聞くと、ティルはまた目を見開いて驚く。

「そ、そうです。御当主であらせられるジャルパ・ブル・アティ・フェルティオ侯爵様。御兄弟はムルシア・エラゴ・フェルティオ様、ヤルド・ガイ・フェルティオ様、セスト・エレ・フェルティオ様です。あまり会われていないヤルド様とセスト様のお名前までご存じなのですか？」

吃驚《びっくり》しているティルをそのままに、僕は腕を組んで唸《うな》った。

「ココって、ドコかな？」

そう尋ねると、ティルは目を瞬かせたのだった。


食事だと連れられて食堂に向かうと、馬鹿みたいに広い食堂に父と二人の兄、ヤルドとセストが座っている。長方形の大きなテーブルで、少々大きな声を出さないと会話にならないだろう。各人の席の近くにはメイドが一名ずつ付き、食事の手伝いを行う。配膳係は別におり、父の側《そば》には執事のエスパーダが静かに立っていた。

かく言う僕の周りにはメイドが三人である。十歳のヤルドと八歳になったセストはもうメイド一人のお手伝いで静かに食事はできるということか。確かにソワソワはしているが、父が無言の圧力になっているのか大人しく食べている。

僕は二歳だからね。柔らかく煮込まれた肉と芋のスープの具が、メイドさんの手によって更に細かく切り分けられる。火傷《やけど》しないようにスープを息で冷やしてまでくれるんだ。

うむ、よきにはからえ。

と、冗談はさておき、僕はどうやら日本で過ごした記憶をそのままに、この世界に生まれ変わったらしかった。いまだ理解出来ないし、現実感も無いけど、この人参《にんじん》っぽい野菜の味はしっかりする。美味《うま》い。

「まぁ、ヴァン様。お野菜もしっかり食べますね」

「凄《すご》い。落ち着いてお食べになられますし、殆ど零《こぼ》しません」

ティルと若いメイドさんの二人が凄い凄いと言って食べさせてくれる。ここはキャバクラか。そして僕はキャバクラの上客なのか。

三万までなら出すぞ。

と、そんな様子をヤルドとセストは羨ましそうに見ていた。

「……ヤルド。今日は何を学ぶ？」

不意に、父がヤルドに尋ねた。貴族のしきたりなのか、子供の間はそうなのか、朝は基本的に子供は何もしない。昼から年齢に合わせた教育を受け、剣術などを習う。

そして食事は昼前くらいに一回と、陽《ひ》が落ちた夜に一回の二回だけだ。長男のムルシアは既に十四歳であり、半分大人のような扱いで現場で実地訓練などもあり忙しい。

とりあえず、十歳以下は皆同じようだが、父が昼食時に何をするか聞き、夜食時には一日がどうだったか聞く。それが日課のようだ。

突然話を振られたヤルドは慌てて振り向き、口を開く。

「は、はい。今日は炎の魔術と、戦での陣形について学びます」

「そうか。セストは何をする？」

父は頷《うなず》き、セストに話を振った。セストは先日炎の魔術の適性があると鑑定されたばかりで、何処か嬉しそうに魔術の勉強をすると答える。

すると、普段は聞かないのに父は最後に僕に同じ質問をした。

「……ヴァン。お前は今日、何をする？」

その質問に、僕は特に何も考えないまま口を開く。

「分からないことばかりなので、まずはこの国のことを学んでみようかと思います」

そう答えた瞬間、父を含め三人の兄、各メイド、執事のエスパーダまでが唖然《あぜん》として固まった。

静寂に包まれる食堂の中で、ティルが呟《つぶや》いた一言が不思議とよく響いた。

「や、やっぱり……ヴァン様は天才なのですね……」


この世界には三つの大陸と無数の島々があり、この国があるのは西の大陸とのこと。海峡の中でも特に狭い場所に船を渡す港があり、そこから大陸と大陸を繋《つな》いでいる。ちなみに中央大陸と東の大陸は間に島があるらしい。

なお、聞く限り中世か近世ほどの発達した文明を持っている筈だが、この世界には魔獣と呼ばれるモンスター的な動物がいるらしく、海には巨大な魔獣が出て襲われるから大航海時代の到来は有り得ない。

人種を尋ねると様々な種族がいると教えられた。まさかのエルフ、ドワーフ、獣人なんていうのも存在している。大体は種族ごとに集落や文化を構築していて、あまり他種族の人に会うことは無いそうだ。

ちなみに魔術なんて便利なものがあるせいで火薬の普及が著しく悪い。武器は基本的に剣と槍《やり》、弓矢、そして魔術だ。弓矢はクロスボウなどもあるが、皆が魔術を使えるせいで最も重要視されるのは魔術となる。

中にはまともに弾が飛びもしない銃の開発を進めている者もいるが、出資する者が現れない為ほとんど進んでいない。

移動は歩きか馬、後は二本足のコモドドラゴンみたいなのもいるらしい。蒸気機関なんてものはもちろん無い。だが、違う国には魔術具を用いた移動方法があるらしい。

魔術具って何ぞや。

そう思って聞くと、ティルは何となくの曖昧な知識を披露した。魔水晶や一部の宝石、石や鉱物には魔力を溜《た》め込む力があり、それに魔力を込めるとそれぞれの魔術適性に応じた魔術具が作れる、らしい。

ちなみに今僕がいる国はグラント大陸の南部にある大国、スクーデリア王国である。国王の名はディーノ・エン・ツォーラ・ベルリネート。三百年続くベルリネート王家は徐々に国土を拡《ひろ》げており、今代の王もジャルパ伯爵など武力のある貴族を率いて小国一つを侵略し、新たな国土を得ている。その際に、父は侯爵へと陞爵《しょうしゃく》されたらしい。

つまり、うちは軍国主義の大国の中にある武力に特化した貴族ということだ。国が安泰な限り位は確立されるが、子も部下も戦う力が無いと相手にされない。

とはいえ、侯爵家だ。貴族の中でも上位だし、武門の家なので王国内でも発言力は高い。

ならば、僕の未来も明るいに違いない。


それから、僕はティルに色々と質問したり、自分から魔術について学んだりした。その噂《うわさ》は徐々に侯爵家の中で広まっていった。

メイド達《たち》はヴァンを神童かと噂しており、それは遂《つい》に執事長たるエスパーダの耳にも入る。

そして、半ば強制的に講師としてエスパーダが僕の前に現れたのだ。

「ヴァン様は二歳。今は文字と簡単な数字の勉強をされていることと存じますが、何処まで覚えられましたかな？」

エスパーダは僕を見下ろしながらそう口にした。目は鋭く細められ、口は横一文字に結ばれている。髪は白くオールバックに固められていた。黒い執事服をピシリと着こなしており、背もスラリと高い。歳《とし》は五十歳前後とのことだ。

エスパーダは長年父を支えてきた有能な執事、らしい。これまで話したことは無いが、見た目にはとても仕事が出来そうである。ただし、恐《こわ》い。

「どうされました。これまで覚えたことを教えていただきたいのですが？」

二歳相手にする話し方ではないぞ、エスパーダ。

僕は内心戦々恐々としながらも、ゆっくり考えて口を開く。

「話せるし、聞くのは大丈夫だと思う。でも、文字はあんまり……」

「……では、数字はいかがですか？」

「あ、す、少し……足したり、引いたり、とか？」

そう答えると、エスパーダはしばし動きを止めた。

逃げ出したくなるような静かな時間が流れ、エスパーダは両手を前に出し、指を立てる。

「こちらに二本。こちらは三本。合わせて、いくつでしょうか」

「ご、五本」

「……では、両手で七本。二本減らすと？」

「そ、それも五本」

答えると、エスパーダは指で七を作ったまま、再度動きを止めた。

その日はそれで終わったが、どうやらエスパーダは父に何か言ったらしく、一週間に二回は僕の講師をすることになった。

だが、それが地獄だった。明らかに二歳にやる内容ではないし、量も多い。そして何より、機械のように微動だにしない表情のまま淡々とこなしていく。

え、この人はアンドロイドか何か？　あ、魔獣がいるならゴーレムとかアンデッドかな。

そんなことを思いながら授業を続けたが、お陰で文字も読み書き出来るようになったし、この世界での戦争のやり方やルール、貴族の制度や領地の統治についてまで学べた。

いや、二歳児になにしとんねん。

そんなこんなで二年間勉強に明け暮れ、四歳になってからは小さな棒切れを持って剣術の真似事《まねごと》みたいなことをさせられるようになる。

まぁ、これは楽しかった。学校の授業で柔道をやり、中学では空手道場に通っていたから、武道は好きなのだ。棒を持ってヘイヘイと地面に突き刺さった棒を叩《たた》いたり、可愛《かわい》いメイドさんがヒラヒラさせた棒を叩いたりした。

「ほら。こっちですよ、ヴァン様！」

「わ、速いです！　反射神経が良いですね！」

「流石《さすが》はヴァン様です！」

キャイキャイと動き回りながらメイドが棒をヒラヒラさせ、僕はその棒を叩いて褒められる。

お座敷遊びか。舞妓《まいこ》さんとお座敷で遊んでいるのか、これは。

五万くらいなら出すぞ。

ご満悦で棒を握り直して振り向くと、ティルが参戦していた。ティルは期待の籠った目で棒を持つと、わざと僕が叩きやすい場所に棒を突き出す。

「えい！」

気合いと共に棒を振ると、ティルが素早く横に避けたので、空振りしてしまった。

「むふ！　私の勝ちですよ、ヴァン様！」

子供か、貴様。

僕は怒りのままに棒を振り回すが、いかんせん四歳児。十四歳になったばかりの活発な少女には一歩及ばない。ムキになって棒を振り回していると、笑いながら逃げるティルを二人の先輩メイドが捕まえた。

「……ティル？」

「ヴァン様を馬鹿にするなんて、命が惜しくないようね？」

二人のメイドは目がマジだった。顔が笑っている為地味に恐い。ティルは先程までの上機嫌っぷりが嘘《うそ》のように怯《おび》えている。

「さぁ、ヴァン様。私たちが押さえておきます。この馬鹿者に罰を」

ティルはすっかり涙目だ。

罰だなんてそんな……僕はティルへの同情のあまり、棒を強く握って笑った。

「よし、罰だね。任せて」

そう言ってティルのお尻を軽く叩くと、ティルは「ひゃあ」と可愛い悲鳴をあげた。優しくしたのだが、かなり恐かったらしい。

ティルは半泣きで謝っていたので罪悪感が半端無い。

まったく、剣術最高だな。毎日やるぞ。

こうして、僕は楽しく剣術を学んだ。

まぁ、流石にメイドさんとキャッキャするのは半年だけだったが、その後も少年兵と呼ばれる兵士見習いを相手に頑張った。まぁ、軽い盾と柔らかい棒を持って戦うチャンバラみたいなものだけどね。相手に先に棒を当てた方が勝ちという易しいルールだし。

でも、それが意外に奥が深くて面白い。

柔道は相手の形を崩すことが大事だけど、その前に有利なポジションを確保することも大事だ。空手は間合い。相手のリーチを予測し、相手の攻撃よりも先にこちらが有効打を与えることの出来るように間合いをとる。

僕の考えでは、その二つは剣術にも活《い》かせる気がした。

少年が相手といえど、相手は十歳前後だ。背は高く手足は長い。棒を持って振れば、更に遠くの距離に感じる。

だが、その不利もなんのその。相手は子供だから、どうしても攻めは単調になる。それぞれ得意な動き、癖があり、何度もやれば把握も出来る。

五歳を過ぎた頃には、僕は少年兵達と対等に戦えるようになっていた。

どうやらヴァンは剣術にも才能があるらしい。

少年兵とまともに戦えているせいか、そんな噂が今度は兵士達の間で広がったようだ。

「ヴァン様、質問してもよろしいですか？」

厳《いか》つい髭面《ひげづら》の男が鎧を脱いでそう聞いてきた。簡素な布の服上下を汗でびっしょり濡《ぬ》らしたその中年男性は、なんと侯爵家最強の一角である騎士団副団長のディーである。

黒い布の服の上からでも筋肉がみっちりと詰まっているのが分かる。まぁ、服が汗を吸って体にピチッと張り付いているせいもあるけど。元は灰色の服なのに汗で色が変わってるのが気になるな。

「何？」

水を飲みつつ聞き返すと、ディーは至極真面目な顔で両手を出してきた。

「手を見せていただきたい」

「い、いいよ？　なにするの？」

若干不安になりながら片方の手を差し出すと、ディーは恭しく僕の手を両手で摑《つか》んだ。そして、手のひらをじっくり眺める。

「……タコも無い。皮膚も柔らかいままですな。むむ、爪が伸びております」

「わ、悪かったね。僕も大人になったら鍛えるようにするよ」

そう言って手を引っ込めると、ディーは難しい顔で唸った。

「うちの見習いに負けて夜な夜な特訓を繰り返しておられるのかと思いましたが、まったくそんな気配は無いですな」

「勉強が大変なんだ。余裕が出来たらするよ。剣も好きだし」

怒られているのかと思ってそんな言い訳をすると、ディーは目を細めて城を見上げた。

「……噂ではエスパーダ殿がヴァン様には通常の三倍の勉強をさせるように指示を出していると聞きます。もし、剣をもっと学びたいなら、私がすぐさま直訴しましょう」

「え、えぇ？　だからあんなに勉強がいっぱいなのか……僕だけ朝から晩までしてるからおかしいと思ったんだ」

衝撃の話を聞いて項垂《うなだ》れていると、ディーが深く頷く。

「あの頭でっかちは学問に傾倒し過ぎております。私のような公平に人を見られる者からすれば、ヴァン様は剣の道を進むべきでしょう。ヴァン様には天賦の才があります。まずは形を覚え、筋肉を鍛えるのです。後は毎日実践に基づいた訓練を行いましょう。私がヴァン様を王国一の剣士にしてさしあげますぞ」

力強く語るディーの目はマジだった。マジのガチだ。というか、エスパーダを頭でっかちと評するディーの頭は脳筋である。勉強が剣術になっただけで両方ともばっちり偏っている。

「剣は好きだけど、勉強も好きなんだ。どっちも頑張るよ」

そう答えてみると、ディーはとてもとても残念そうに口をへの字にした。

「……むぐぐぐ、仕方ありませんな。せめて、剣の訓練をする間は私が直接指導しますぞ。良いですな？」

と、エスパーダに続き副団長のディーまでが勝手に講師を申し出てきた。ずいっと顔が近づいてきて返答を待つディーに、僕は半分引きつったような笑いで答える。

「あ、はは……優しく教えてね？」

「はっはっは！　もちろんですとも！　ヴァン様はまだまだ子供ですからな」

良い返事が聞けて上機嫌になったディーは確かにそう言った。

だが、それは真っ赤な嘘だった。

「さぁさぁ、素振りを上段百、中段払い百、突き上げ百！　行きますぞ！」

「や、や、休ませて……まだ走ったばっかりだよ……！」

「何を言いますか、ヴァン様！　休むのは後でも休めますよ！　さ、一緒に！」

鬼のようである。

半泣きで素振りをやりきった僕が椅子にどっかりと座って休んでいると、ディーは良いことを思い付いたといった顔でこう言った。

「そうだ、ヴァン様。休んでいる間は暇でしょう！　椅子に腰掛けず、中腰のまま休みましょう！」

鬼では無く馬鹿だったようだ。空気椅子で休めるか、馬鹿。この馬鹿。

そんなことを思いつつ、僕は文句を言う元気も無く項垂れたのだった。


そして、一年。

六歳になった僕はもう少年兵にはあまり負けなくなった。六歳と十二、三歳というとかなり体格が違う。リーチもそうだが、体格が違うということは筋肉の量も違う。力も速さも相手の方が上だ。

だが、動体視力と反射神経、そして知識が違う。少年兵達も僕に倣って工夫するようになったが、まだまだである。

騎士達はあまりフェイントの概念が無く、剣撃も速さか威力に重点を置いている風だった。剣速が速い者は上段を防御させて素早く横腹を、といった連続攻撃に、威力重視の者は立ち回りで相手の動きを制限させ、上段から思い切り棒を振り下ろす、みたいな感じだ。

だから、僕は相手が攻めようというそぶりを見せたら後ろに引いたり、逆に斜め前に動いたりして翻弄する。相手が空振りしたら大チャンスだ。子供はじっくり待つような戦法は苦手なので、僕はどんな相手にも根気よく対処した。

連続で当ててくる相手は、無意識に相手が防御して弾《はじ》かれた反動を計算に入れていることが多い。だから、一発目か二発目を空振りさせたら途端にリズムを崩す。

威力重視の者は間合いと奇襲である。相手に今なら当たると思わせれば、余分な力の入った溜めの大きい攻撃が来る。それを躱《かわ》すのは簡単だ。奇襲は主に三種類。皆があまり使わない、足を狙う下段払いや低い位置からの切り上げ。そして背後に回り込んでからの薙《な》ぎ払いだ。

背が小さくてチョロチョロ動く僕は相手からしたらかなりやり辛《づら》い。相手の体に当てれば勝ちというルールも僕に味方した。そんなこんなで半ば地獄ながらも充実した毎日を送っていると、ティルがいつもの如《ごと》くニコニコしながら口を開く。

「最近はすっかりヴァン様も逞《たくま》しくなられましたねぇ。賢くて剣術まで天才なんて……もしかしたら、ヴァン様は御兄弟の皆様を追い抜いて当主様にまでなられるかもしれません」

ふと、ティルはそんなことを口走った。それに僕は内心息を呑《の》む。

エスパーダの授業の中にもあったが、貴族の世界は弱肉強食の世界だ。恐ろしいことに、家によっては血を分けた兄弟の間柄でも例外ではないという。

当主になるか、ならないか。このどちらかで今後の人生が全く違うものとなる。金、地位、名誉、力……どれも新しく当主となった者の総取りだ。二番以降はお呼びでは無い。仲が良ければ部下として当主を支えることもあるが、大体は家を出る。

特に、弟が兄を抜き去って当主の座を奪った時だ。地位を追われた兄はまず弟を憎む。だから、当主の座につきそうな兄弟は早めに殺しとこう、なんて人も現れる。

残念なことに、僕はあまり兄達と会話をする機会が無い。更に次男と三男はたまに見かけた時でも視線を逸《そ》らされてしまうことが多い。仲が良いとは言えないだろう。長男はよく兵士の訓練所に姿を見せる為、挨拶くらいは交わすが、将来は分からない。

つまり、実際に当主になるかは別にして目立ってしまったら殺される可能性は上がるのだ。

まずい。明らかに僕は目立ち過ぎている。最近は城内を歩いているとメイドや執事、衛兵にまで声を掛けられるのだ。兄達から見れば、調子にのってんぞ、あのガキ、みたいに思われているかもしれない。

これは、どうにかせねばならない……！

「……ティル」

僕が呼ぶと、ティルは笑顔で返事をする。

「はい、何でしょうか？」

「僕、外に遊びに行きたい」

「へ？」

遊び人になろう。レベル二十までは遊びまくるのだ。

僕はそう決めた。


ガタゴトガタゴトと馬車が動く。六人はゆったり乗れる造りのしっかりとした馬車だ。内装は茶色と白とアクセントに赤い布があしらわれている。窓から見える街並みは賑やかだ。木製の建物や石造りの教会らしき建物。馬車も行き交っている。人は今のところ普通の人ばかりでエルフや獣人は見当たらない。

だが、商人らしき格好の人や鎧を着た人など、見ていて飽きない。ボロい服を着た人にロープを付けて歩く人は変わった性的趣向の人物なのだろう。往来でニヤニヤして、変態め。

と、馬車から自分と同じように外を見ているティルが口を開いた。

「ヴァン様、どちらに行かれますか？」

「大きな商店が見たい」

質問に即答すると、ティルが斜め上を見ながら唸る。

「大きな商店……では、メアリ商会にしましょう。この街だけでなく、王国全土に支店を持つ大商会ですよ。殆どの品はメアリ商会に行くだけで揃《そろ》います」

「おぉ、良いね！　ティルは物知りだなぁ」

「でへへー」

だらしなく舌を出しながら照れるティルに愛想笑いを返しつつ、僕はまた外を見る。商人の掛け声に笑い合う民の声。外は活気に溢《あふ》れている。

外を眺めながらヒューマンウォッチングをしていると、暫《しばら》くして馬車が停《と》まり、御者から声が掛けられた。

「どうぞ。目的地に着きましたよ」

御者はちょっとぶっきらぼうな言い方をした。だが、こちらに何度も頭を下げながら言う様は、ただ敬語が苦手なだけのようだ。

「ありがとう」

僕がそう言って笑いかけると、御者の男は顎を引いて何度も頷く。

「へ、へい。ど、どうぞ」

御者が馬車の扉を開けると、真っ先にティルが降りた。そして、僕の手を引く。逆な気もするけど、外から見たら姉が歳の離れた弟を手助けしているようにも見えるかもしれない。僕が馬車から降りると、すぐさま馬車の後方に付いてきていた兵士二人が左右に並ぶ。

「ありがとう」

そう言って顔を上げる。

目の前には大きな石造りの建物があった。巨大だ。日本で言うところのスーパーくらいはある。

それが二階建てだ。体育館みたい。開け放たれた大きな両開き扉や、細部までこだわった窓枠は中々にお洒落《しゃれ》で好みである。

さぁ、入ってみようかな。

そう思った矢先、大通りに怒鳴り声が響き渡った。

「おら、早く来い！」

怒りを隠す気も無いその声音に思わず振り向くと、通りの向こう側から紐《ひも》を引いて歩く男の姿があった。良く見ると男の奥には汚いボロ布が動いている。更に目を凝らすと、それが人間の子供だと分かった。

まぁ、子供といっても僕よりも年上っぽいけども。

男は僕たちが見ていることに気がつくと、一瞬怯《ひる》んだものの赤ら顔を顰《しか》めて睨《にら》んできた。

「な、なんだよ。見世物じゃねぇぞ」

男がそう言い、二人の兵士が剣の柄《つか》に手を掛ける。それに怯えながらも、男は引くそぶりを見せなかった。空気が重く張り詰めていくのを感じながらも、僕は男に向かって話しかける。

「ねぇ。その子は？　なぜ、紐で繋がれているの？」

そう尋ねると、男は少し不安そうな顔をしながらも答えた。

「こいつは奴隷として売りにきたんだよ」

その言葉に、僕はティルを見る。すると、ティルは難しい顔で男に顔を向けた。

「……その子は貴方《あなた》の？」

「そ、そうだよ。悪いか。俺の借金はこいつの名義にしたんだ。だから売るんだよ」

と、男は当たり前のようにそう言って後ろにいる子供を指差した。

「……借金の名義？」

疑問符を浮かべると、ティルが悲しそうに口を開く。

「奴隷は奴隷法により、借金による奴隷と犯罪を犯したことによる奴隷の二種類のみしか認められておりません。しかし、昔から貧乏な村人や町人は食べさせられない子供は奴隷として売って生活費用としていました……なので、借金の譲渡制度を利用して子供を借金奴隷にしてしまうのです」

ティルがそう説明し、周りの目が僅かに冷たくなった。だが、それ以上厳しい視線や声が向けられないのは、恐らく奴隷制度がかなり根付いているからなのだろう。

つまり、皆こんな光景を見慣れているのだ。

「あ、これはこれは……もしや侯爵様の御子息様ですか？」

と、不意に店の中にいた三十代ほどの女の人が深く一礼してそんなことを口にした。僕が侯爵家の人間だと何故分かったのか。

首を傾げながらティルを見ると、ティルは満足そうに頷いて答える。

「その通りです！　こちらの方がかの有名な神童、ヴァン・ネイ・フェルティオ様です！　ほら、証拠の紋章が！」

ティルは嬉しそうにそう言って僕の背中を指し示す。何が証拠なのか。そう思って確認すると、僕が軽く羽織っている上着の背中にはデカデカと牛のシルエットに剣の模様が描かれていた。我が侯爵家の紋章、魔獣ベヒモスとそれを討伐する為の魔剣の絵だ。いや、そんな逸話があるだけで我が家に実際にその魔剣があるわけではないが。

と、今は我が家の紋章などどうでも良い。

「……僕、こんなの着てたのか」

何故着替えさせられている時に気が付かなかったのか。恥ずかしい。

落ち込んでいると、挨拶をしてきた女の人が笑顔で顔を上げる。

「やはり侯爵家の……！　さぁさ、ようこそ、メアリ商会へ！　何をお求めでしょう？　何でもご用意してみせますよ！　あ、私はロザリーと申します。お見知り置きを」

ロザリーはそう言うと、上機嫌に再度お辞儀をした。

「こ、侯爵家だと……」

ふと、男の呻《うめ》くような声が聞こえて目を向けると、男は青い顔で後退《あとずさ》りをしているところだった。

グレーゾーンの手法で我が子を奴隷にしようとしていたから、逮捕されないか不安になったのかな？

そんなことを思いつつ、僕はロザリーに対して口を開く。

「ちょっと質問なんだけど、良いかな？　あの子供を奴隷として売りに来たらしいんだけど、あのぐらいの子なら幾らになる？」

そう尋ねると、ロザリーは真面目な顔で男の方を見た。

「……八歳ほどですね。魔術の適性は？」

ロザリーが尋ねると、男は顔をしかめて答える。

「ぬ、盗みの魔術適性だ」

「じゃあ、大銀貨三枚以上は出せないね」

ロザリーは即答した。その言葉に、男は戸惑いつつ反論する。

「ちょ、ちょっと待て！　そこの店では奴隷は誰でも大銀貨五枚以上したぞ!?　まだ若いから、長く奴隷をやれるんだ。もっと高くて当たり前だろう！」

そんな文句に、ロザリーは鼻を鳴らして腕を組む。

「どの店も買取は売値の半額以下だよ。その子供も大銀貨三枚出せば良いくらいさ。売るときは大銀貨六枚か七枚だけどね。女なら倍はいっただろうけど、男で小さい内は使い所が無いからね、育てる費用込みで安くなるのさ」

ロザリーがそう告げると、男は歯嚙《はが》みして自分の連れてきた子供を見下ろした。

「くそ、使えねぇ……！　分かった、大銀貨三枚で売るぞ！　ほら、金をくれ！」

苛々《いらいら》した様子でそう言い、男は子供を前に突き出す。余程強く押されたのか、子供は前のめりに転がり、地面に倒れて呻いた。

それを見て、ロザリーの目が鋭く尖《とが》る。

「……ちょっと待ちな。小さな子供にそんな扱いは無いだろう？　あんたの子なんだろ？　ちょっとは優しく……」

「うるせぇ！　口出すんじゃねぇ！」

ロザリーの言葉を遮り、男が怒鳴りかえした。売り言葉に買い言葉か、ロザリーは怒りを露《あら》わに肩を怒らせて口を開く。

「馬鹿にするんじゃないよ！　こっちは別に買わなくたって良いんだからね！　売りたければ、嘘でも良いからその子に……」

「ど、どいつもこいつも俺を馬鹿にしやがって……！　こっちだってテメェのとこに売るつもりはねぇぞ！　ほら、来い！　別の店に行くぞ！」

「あぁ……っ」

顔を真っ赤にした男に紐を引かれ、子供は痛そうに悲鳴を上げた。子供の目には涙が浮かび、ロザリーの目も三角に吊《つ》り上がる。

「僕が買うよ。大銀貨五枚。どう？」

思わず、そう口にしていた。このままあの男に連れてかれたら、子供は殺されてしまうかもしれない。そんなことが頭によぎったからだ。

男とロザリーの顔がこちらに向くのを見て、僕はティルを見る。

「お金、あるかな？」

そう聞くと、ティルは慌てて革の袋を取り出した。

「は、はい……！　一応金貨の用意をしておりました！」

そう言って金色に光る馬の刻印のされた貨幣を取り出すティル。

「大銀貨、無い？　五枚」

そう確認すると、ティルがまた慌てて革の袋の中を確認し始める。それに吹き出すように笑い、ロザリーが手をティルに向けて差し出した。

「うちで両替しましょう。お任せください」

ロザリーはそう言うと、ササッと大銀貨十枚持ってきて五枚をティルに渡した。

「ヴァン様のご厚意に感謝するんだね」

そして、吐き捨てるような言葉と共に男に大銀貨五枚を叩きつける。男はまたカッとなった顔をしたが、地面に落としてしまった大銀貨に気づくと、慌てて拾い集め、その場から立ち去っていった。残された子供はどうしたら良いか分からず、その場で蹲《うずくま》ってしまっている。

「……君の名前は？」

僕がそう尋ねると、子供はぼさぼさに伸びた髪の隙間からこちらを見上げ、小さく呟く。

「……カムシン」


成り行きとはいえ、僕は思いがけず奴隷を買ってしまった。立派にダメ人間になっている気がする。だが、今はそれで良いのだ。

「よし。じゃあ、ご迷惑かけちゃったから、カムシンの服とか生活用品を買っていくよ」

そう告げると、ロザリーは嬉しそうに笑った。

「まぁ、ありがとうございます！　それでは私が良いものを選ばせていただきますね。さ、カムシン。合うものを選ぶから一緒に来なさい。あ、先に奴隷契約を……と」

ロザリーはカムシンを立たせて連れてきたりとテキパキと動いていき、最後に何か言って僕とカムシンの手を同時にとった。

直後、フワリと体の中をなにかが奔《はし》ったような感覚を受け、次にじわりと手のひらが光るのを見た。光は手の甲の部分に集まっていき、何かの文字を描くように動く。すると、手の甲には羽根の生えた馬の刻印が出来上がった。

「……これ」

僕がそう呟くと、ロザリーは自慢げに口を開く。

「それが奴隷契約の印です。私は契約魔術師ですからね。あ、契約料は今回は無償とさせていただきましょう。初来店ですから」

ロザリーは得意そうにそう語った。が、実は僕は契約までするつもりも無かった。いや、まぁ、良いんだけどさ。

「ありがとう」

僕が笑みを浮かべてお礼を言うと、ロザリーはハッとした顔になって頭を下げる。

「あ、失礼致しました！　さ、さぁ、こちらへどうぞ！　案内致します！」

ようやく僕が侯爵家の者と思い出したロザリーは急に畏《かしこ》まって案内を始め、僕は笑いながら後に続いた。

「こちらが食料、調味料です。あちらは日用品ですね。食器や雑貨もあります。あ、まずはカムシンの服をお選びになりますか？」

「そうだね」

「では、こちらへどうぞ！」

案内された場所には様々な種類の衣服が掛けられていた。洋服っぽいものから民族衣装のようなもの、中には布に穴を開けただけみたいなものもあった。

「奴隷ならこちらが一般的でしょうか？　これなら一枚で銅貨一枚です。裁縫が凝ったものと生地が良いものは銀貨一枚から五枚まであります」

と、ロザリーは語る。

食料品などを見た限り、銅貨一枚は千円くらいだろうか。銀貨は一万円くらいになりそうだ。つまり、カムシンは五十万円となる。違うかな？

僕はお金の感覚と価値を考えつつ、服を見ていく。

「この辺りが良いな。ティルと一緒に並ぶなら、こんな服装の方が違和感無い」

そう言って服を指差すと、ロザリーは困ったように笑う。

「あ、あの、こちらは良い生地を使ったもので、銀貨三枚するのですが……」

ちらちらとティルを見ながら告げるロザリー。僕がそちらを見ると、ティルが豊かな胸を張る。

「お任せください。ここにヴァン様のお金があります」

僕のお金を我が物顔で差し出してくるティルに笑いながら受け取り、中から必要な硬貨を取り出した。

「後は肌着を何枚かと靴かな」

「ありがとうございます！　それでしたら服に合う良い靴があります！」

こうして、僕の外出初日は奴隷と服などを買う楽しいものとなった。予定外だ。


「あの、ヴァン様。ディー副団長様が探してましたが……」

スーツっぽい黒い執事服に身を包んだカムシンが恐る恐るそう言ってきたので、僕はクッキーを差し出す。

「これで僕は居ないと言っておいてくれ」

すると、カムシンはすっかり清潔になった素朴な顔を顰める。薄汚れた髪と身体《からだ》をしっかり洗うと、濃い青い髪の痩せっぽちが現れた。意外に畏まった服が似合うのが憎らしい。

「いや、多分バレてると思うのですが……」

そんなことを言いつつも、カムシンはクッキーを受け取ってその場で食べると、部屋から出て行った。

「あ、あの、ヴァン様はいないみたいです」

部屋の外から微《かす》かにカムシンの声がする。

「なんと！　しかし、先程この部屋に入るのを目撃した者がおったぞ！」

「探してみたんですけど、いなくて」

「む!?　お主、なぜ口元に食べカスがある！　先程まで何も付いておらんかったろう！」

「……食べカスなんてありません」

「今食ったのが食べカスじゃないか！　うぬぬ、さては買収されおったな……！　騎士団副団長の命令を無視するとは良い度胸だ！」

「ぼ、僕はヴァン様の奴隷ですから」

カムシンがディーの圧力に負けず、ハッキリと僕の味方だと宣言すると、ディーが唸り声をあげた。

「むむむ……私に言い返すとは、見上げた根性だ。よし、ならばヴァン様の代わりに貴様を鍛えてやろう！　光栄に思うが良い！」

「え？　え、ぼ、僕？」

と、なんとも愉快な会話をしてカムシンは連れていかれてしまった。これは、僕が受けた地獄の特訓をカムシンも受ける流れか。可哀想《かわいそう》に。

仕方なく、僕はそっと後をついていく。

その後カムシンがフラフラになるところまで確認し、わざとディーの前に姿を現して特訓の後半戦を受け入れることにしたのだった。まぁ、今後は訓練の前半をカムシン、後半を僕としようか。

エスパーダの勉強ばかりはカムシンに任せることが出来ないのが残念だ。

# 第二章 ✿ 魔術適性

そんなこんなで、気が付けば僕は八歳になっていた。

それまではエスパーダとディーのスパルタ教育を受けて全て応えてきた神童は、ここ二年ですっかり怠け癖がついてしまった。今や、神童はただの子供となった。そんな評価になっている筈《はず》だ。

僕は予定通りだと喜んだ。

だが、まさか辺境の村送りになるほど評価が低いとは思わなかった。

「……ど、どうでしたか？」

僕が自室に帰ると、待っていたティルとカムシンがハラハラした面持ちでそう聞いてくる。

そんな二人に僕は笑顔で頷《うなず》いた。

「ほ、炎の魔術適性だったんですね！」

ティルが喜ぶが、僕が首を左右に振って否定すると動きを止める。すると、今度はカムシンが口を開く。

「そ、それでは、ムルシア様と同じく風の？」

そう聞かれるが、僕はそれにも首を左右に振った。沈黙する二人に、静かに口を開く。

「僕は、生産の魔術の適性があったよ」

そう答えると、二人は固まったまま目だけ瞬かせた。数秒間もの沈黙の末、カムシンが答える。

「えっと、あんまり聞かない魔術、ですよね？　珍しいものですか？」

と、カムシンが呟《つぶや》いた。珍しいのでは無く、生産の魔術適性の者が公表しないだけである。

「まぁ、貴族ではあまり聞かない適性かな」

苦笑しながらそう答えると、ティルがようやく再起動した。

「あ、で、でも……ヴァン様ほど優秀な方なら、ちゃんと侯爵家の要職を任されますよ！　間違いないです！」

そう言われて、乾いた笑いが口から出てしまう。

「まぁ、領主を任されたから、要職は要職かな」

「え!?　すごい！　本当に大役ですよ!?」

僕が答えた途端、ティルは文字通り飛び上がって喜んだ。それに釣られてカムシンも笑顔になる。

だが、次の言葉を告げると、二人の顔はまた凍りつくのだった。

「名もない辺境の村のね」


僕が四元素魔術以外の魔術適性だったことは伏せられ、知る者には緘口令《かんこうれい》が敷かれた。

だが、人の口に戸は立てられない。

程なくして、侯爵家のメイドの間では僕があまり良い魔術の適性ではなかったという噂《うわさ》が広まっていた。

一方、僕は出立の準備に追われていた。ムルシアに用立ててもらい、金銭と準備の為《ため》の人足は十分である。馬車を三台に、衣服や日用品、武具なども積んだ荷台が取り付けられている。護衛には騎士団から人を借りることは出来ず、ムルシアの雇った冒険者なる荒くれ者共を十人程度連れている。ちなみに当初は馬車が一台でカムシンだけが僕の世話役として付いてくるなんて酷《ひど》い話だったが、まずティルが直談判《じかだんぱん》して僕に付いてくることになった。

馬車一台に三人で乗るのは狭そうだな、とか思っていると、今度はディーが自前の甲冑《かっちゅう》と大剣を手に現れた。どうやら、護衛だのなんだのと理由をつけて無理矢理馳《は》せ参じてくれたらしい。

「ヴァン様には私の剣の全てを叩《たた》き込むつもりですからな！　はっはっは！」

やめてください。

僕はそう言いたかったのだが、ディーは勝手に付いてきた自分の部下達《たち》に声を掛け、ちゃっちゃっと馬車を準備してしまった。気が付けば大型の馬車が二台になり、ディーと二名の騎士が後方に陣取っていた。

そして、最後にまさかのエスパーダが付いてくることになった。

「ジャルパ様に少し早いですが隠居するとお伝え致しました。後任もしっかり育っておりますので、快く隠居を承諾していただけました。私も五十五歳ですから、田舎でゆっくりしたいのです。よろしいですよな？」

有無を言わさぬ口調でそう語ると、エスパーダはなぜか準備のすっかり完了した馬車を引いてきた。いつから馬車の準備をしていたのか。いや、そもそもあれだけ長年父の傍らで働いてきたエスパーダを、そう簡単に手放すだろうか。それに、それこそエスパーダの後任を任せられるような人材を確保するのは難しい筈だ。

疑惑の目を向けていると、エスパーダは馬車に乗り込む時、不敵な笑みを浮かべて口を開いた。

「老後の楽しみに、ヴァン様の勉強でもみてあげましょうかね」

それだけ言い残し、エスパーダは馬車の中に入っていった。

本当にやめてください。示し合わせたのか、お前ら。

ディーにしろエスパーダにしろ、何故《なぜ》嫌がらせに何もない辺境の村まで付いてくるのか。いい加減にしろと言いたい。だが、非常に戦闘力の高いディーと、物知りのエスパーダが傍《そば》にいるのは素直に頼もしいし有難い。

複雑な気持ちで馬車に乗り込むと、ティルが嬉《うれ》しそうに口を開いた。

「ヴァン様、何か良いことがあったんですか？」

「え？」

疑問符を浮かべると、笑いながらティルが頷く。

「笑っていらっしゃいますよ？」

そう言われて、僕は自分が笑っていると気付いた。どうやら、気にしていないつもりでも辺境送りは不安だったようだ。皆が来てくれて嬉しかったのだろう。

「皆が自分から付いて来てくれるって言ってくれて嬉しいんだよ。ありがとう」

そう言って笑いかけると、ティルは少し意地悪そうな笑みを浮かべて自分を指差した。

「実は、ヴァン様に付いていきたいっていうメイドは何人もいたんです。でも、私が専属ですからね。ムルシア様に言ってこの席を死守しました」

そんなことを言いながらティルが自分の席をポンポンと叩く。

「別に来たい人は皆連れてきてくれて良いのに……」

なぜそんな勝ち抜けトーナメント制みたいにしたのか。僕は残念でならなかった。だって、可愛《かわい》いメイドさんに囲まれての生活が無くなったのだ。なんてこった。

だが、ティルは僕の気持ちなど気づきもせずに過去を振り返る。

「私はあまり知りませんが、ムルシア様はとてもお忙しいらしく、メイド達とは大してお話もされません。ヤルド様、セスト様はメイドなど相手にされません。しかし、ヴァン様は違います。毎日親しげに挨拶をしていただけますし、たまにオヤツもいただけますし、掃除してたら手伝ってくれたりもします。一緒に剣の稽古をしたメイド達もヴァン様が大好きですよ」

と、こっちが恥ずかしくなるようなことをぽろぽろ語るティル。僕はそれを聞き流しながらカムシンを見て、口を開く。

「カムシンも良いんだぞ。もし嫌なら、侯爵家に残っても。奴隷契約は変更も解除もできるみたいだし、ムルシア兄さんに頼めば面倒を見てくれると思うよ」

そう聞くと、カムシンは怒ったようにこちらを見た。

「ヴァン様。私は一生をヴァン様に捧《ささ》げると決めています。どんな時も、ヴァン様の側《そば》で命を懸けて仕えていきますよ」

「え、プロポーズ？　カムシン、そんなに僕のこと好きなの？」

恥ずかしいので誤魔化すと、カムシンは力強く頷く。

「はい、大好きです。崇拝しております」

結果、より恥ずかしい思いをさせられてしまった。カムシンも成長したな。僕は感慨深く頷く。

しかし、一人でほっぽり出されるのかと思ったが、これで四人も旅の道連れが出来た。有難いことだ。

「よし、そろそろ行こうか」

僕がそう言うと、馬車は動き出した。窓は極力開けないし、あまり声も出さない。僕という存在を限りなく消してしまわないとならないのだ。だから、この馬車には侯爵家の紋章も無い。父の意向としては誰にも知られずに僕を街から出してしまいたいのだ。

「ここ二年くらいは街によく遊びに来てたから、なんか寂しいな」

そう呟き、窓を少しだけ開けて外を見る。すると、進む馬車の近くに子供がいることに気が付いた。

「あ、ヴァン様！」

「お、ヴィーザ。こんにちは」

いたのは、街で何度も会った衛兵の娘、ヴィーザだった。ヴィーザはどこか悲しげな顔で口を開く。

「ヴァン様、何処《どこ》かへ行ってしまうんでしょ？　何でですか？」

「え？　だ、誰から聞いたの？」

そう尋ねると、ヴィーザは馬車の後ろを指差す。馬車から顔を出して後方を確認すると、後ろに並んでいた馬車二台のうちのディーの馬車が幟《のぼり》のようなものを立てていた。

幟にはデカデカと「ヴァン様御出立」と書かれている。

「え、何あれ。超恥ずかしい」

僕がそう言うと、馬車の周りを警護していたディーの部下がこちらに近付いてきて答えた。

「あれはディー様の指示によるものです！　ディー様は夜逃げのように街を去られるヴァン様の境遇を哀《かな》しみ、せめてヴァン様の出立だけでも堂々としたものにしようと……」

「父に口外するなと言われたんだけど？」

確認すると、騎士の青年は悪戯《いたずら》坊主の顔で笑った。

「そうなのですか！　私は初めて耳にしました！　恐らく、ディー様も知らずにやってしまったのでしょう。幟を下ろそうかと思いますが、今はディー様が馬車の中で寝入ってしまっていて……申し訳ありません！　ディー様が起床しましたらすぐに、幟の件を伝えますので！」

そう言ってまたニカッと笑う青年の後ろでは、窓から顔を出したディーが大声を張り上げている。

「侯爵家四男！　ヴァン・ネイ・フェルティオ様の御出立である！　盛大な御見送《おみおく》りをお願い致す！　また、もし仕官の申し出をする者は……」

よく通る声で演説するディーを半眼で眺めた後、青年を見る。

「起きてるよ？」

「あ、すみません！　ちょっと見回りをしてきます！　馬車の周囲を巡回するだけなのでご安心を！」

と、笑いながら青年は馬を走らせた。周囲には徐々に人だかりが出来ていき、中には僕の存在を良く知る者達もいて声を掛けてくる。

「ヴァン様！　何処に行くんですか!?」

「すぐに帰ってきてくださいねー！」

「王都の学園に行くんですか!?」

わいわいと声を掛けられる僕は最初こそ困惑していたものの、だんだんと開き直ってきた。

「みんなー！　ちょっと行ってきまーす！」

顔を出して挨拶をすると、一度会っただけの者まで返事を返してくれる。

「さようならー！」

自ら別れの挨拶を叫んだのに、気が付けば僕は目に涙を浮かべていた。

街の知り合いの中には僕の挨拶で泣いた者もおり、その涙を見てまた鼻の奥がツンとする。まったく気にしていないつもりだったのに、情けない限りだ。僕が涙を手で拭って椅子に座り直すと、ティルが引くほど号泣しながらハンカチを持ってきたのだった。

「ほい、ヴァン様よ。肉が焼けましたぜ」

旅の途中、中継の町二つを越えて、ついに僕は初の野営をすることとなってしまった。まぁ、地球では車中泊くらいは経験あるけども。

だが、この魔獣などがいる危険な世界での野営など初めてである。若干不安に思いながらも馬車の中から顔を出すと、頬に大きな傷がある冒険者グループのリーダーが串に刺した焼けた肉を差し出してきた。

今回は二つの冒険者パーティーに護衛を依頼したらしいが、皆なかなか強そうである。なんと半数が戦闘系の魔術師であり、冒険者十人中二人は女だ。一人は戦士系の大柄な女で筋骨隆々。もう一人は細くてとても冒険者には見えないローブ姿の魔術師である。

そして、目の前にいる年配の男がオルト・シートという有能な冒険者である。強面《こわもて》だが、二十年以上冒険者一筋だった為、依頼者とのやり取りもなれている。だから、たとえ僕のような八歳の子供相手でも、しっかりとした態度で会話出来る男だ。ただし、敬語はところどころ怪しい。

「ありがとう。周辺の警護お疲れ様。交代でしっかり休んでね」

そう返事をして肉を受け取ると、オルトは目を瞬かせながら僕をまじまじと見る。

「どうかした？」

そう聞くと、オルトは苦笑しながら頭を軽く下げる。

「あ、いやいや……なんもありません。それじゃ、また後で報告にあがります」

オルトはそう言うと、その場から離れていった。

「何かあったのかな？」

そう聞くと、ティルが誇らしげに「えへへ」と笑う。

「冒険者さんにもヴァン様の良さが分かるのです。まぁ、私ほどのヴァン様マスターになれば百以上の凄《すご》いところを語ることが出来ますがね！　えっへん！」

ティルの頭が愉快なことを再確認した僕は、返事の代わりに乾いた笑い声をあげることしか出来なかったのだった。


約二週間掛けて、僕は名も無き村へと辿《たど》り着いた。街を出発して大小問わず四つの町で一日休み、二つ目の町を越えてからは夜営も多く行った。荷物も運びながらだからゆったり移動したのだと思う。一日五十キロから百キロ移動したなら、約五百から千キロという中々の移動距離だ。それだけ侯爵領が広大な領地であるということか。日本だったら三つか四つの県を跨《また》ぐようなものだが、実際はどれくらいあるのか気になるな。

と、そんなことを考えていると、馬車は村に辿り着く前に停《と》まった。

「どうしました？」

ティルが御者に声を掛けると、御者が慌てた様子で答える。

「ま、マズイです！　村が何者かに襲撃されているようです！」

その言葉を聞き、僕は窓から顔を出した。馬車の前にはすでにディー達が三人並んで警戒している。その向こうでは、村の周囲を取り囲むように数十人ほどの人影の姿があった。格好はまちまちだが、全員が何かしら武具を手にしている。

「ありゃあ、盗賊団か敗走した傭兵《ようへい》くずれですぜ。どっちも困ったら弱い者から巻き上げる性質でね。だが、戦はやりなれてる」

窓に顔を寄せたオルトがしかめっ面でそう教えてくれた。なるほど。村を取り囲む奴《やつ》らは最小限のリスクもおかさないよう、ギリギリの距離から弓矢を射《い》ている。

村は頑丈そうな太い木材の柵に囲まれているが、弧を描いて飛来する弓矢にはあまり効力を発揮していない。柵の隙間から襲撃者を睨《にら》む目が見えるが、出入り口である門らしき場所の前には一番頑強そうな鎧《よろい》を着た者達が列を作って並んでいる。更にその後ろには魔術師らしき者達までいた。

もし村人達が我慢出来ずに飛び出せば弓矢と魔術の雨を浴びることになる。その先陣を切ることが出来るような一般人はいないだろう。村人たちは村を亀のように守り続けることしか出来ないに違いない。

「ヴァン様。参戦の許可を！　我々が全員でかかれば何とかなるでしょう！」

見える範囲で四十か五十人はいそうな武装集団である。奇襲とはいえ、実力不明の相手に数で負けている状況で戦わねばならないのか。

いや、しかし、実力に間違いのないディーやベテランの冒険者達までいる。何とかなるか？

「そうだね……」

僕が答えようと口を開くが、そこへオルトが口を挟んだ。

「ちょっと待て。危険過ぎる」

オルトがそう言うと、ディーは眉根を寄せて睨み返す。

「承知している。しかし、無理ではない。負傷者も死者も出る。だが、撃退は間違いなく出来る」

ディーが重い声でそう口にして剣を見せると、オルトは静かに首を左右に振る。

「俺のルールだ。パーティーメンバーを死なせるような依頼は受けない。冒険者みたいな稼業を続けていると、望まずとも懸けみたいな事態ばかりになるんだよ。その全てで命を懸けていたら、俺はとっくの昔に死んでいた」

オルトがそう答えると、ディーの目がギラリと光った。

「命を懸けねばならん時は誰にでも来る。今がその時だ。あの村は我が主君の最初の領地。そして村人は最初の領民である。それらが危機にある時、私が剣を抜かずして誰が抜く！」

ディーが剣を抜いてそう言うが、オルトは引かない。

「それは立派な騎士道だがね、生憎《あいにく》と俺達には関係無い。追加で金を払ってもらったとしても死ねば終わりだ。旅してれば戦で焼かれた村や魔獣に襲われる旅人も見る。申し訳ないが、この村の状況だけが特別なわけじゃないのさ」

「ぬ、ぬぐぐ……な、ならばせめて、貴様らにはヴァン様の護衛を頼みたい。状況によっては避難しておいてもらっても良い」

ディーがそう告げると、オルトは浅く頷いた。それならば、最悪死なずに逃げられるとの判断だろう。しかし、そこへエスパーダの声が聞こえてくる。

「反対します。ディー殿はともかく、残りの騎士二名は間違いなく死にます。つまり、ディー殿一人で魔術師を含む三十人強を相手にすることになるでしょう。私の見立てでは五分五分です。もしこれでディー殿も死ねば、その後この村を統治したところで、先はありません」

と、エスパーダは非情さすら感じる口調でそう断じた。冒険者さえ加われば勝てる。そうともとれる言い方に、オルトの眉根が寄る。

「……言っておくが、俺達は戦わない。だいたい、子供とか荷物を守りながら戦える状況じゃないんだ」

念押しするオルトをエスパーダは冷たい目で一瞥《いちべつ》した。

「私も腐っても四元素魔術師です。ちょうど良いことに土が露出した地面。戦闘力には期待してください」

「は？　あんた、戦えるのか？　いや、しかし、それでも……」

言い淀《よど》むオルトに、エスパーダは浅く頷く。

「危険を冒す必要はありません。まずは、私が防壁を築きます。そして、冒険者の皆様は防壁の裏から遠距離による攻撃を行ってください。皆がこちらに目を向けた頃に、ディー達が横から突撃します。奇襲の重ね掛けならば、勝率は高いでしょう」

「……防壁ってのは敵の魔術を防げるのか？　上から弓矢を飛ばしてきたら終わりじゃないか」

「この馬車は要所全て鉄板を裏打ちしております。最初の奇襲を行ったらすぐに馬車へ乗り込んで逃げてもらって大丈夫です。最初に思い切り敵の目を引くことだけが目的ですから」

そう答えたエスパーダに、僕は違和感を持つ。最初の攻撃でどれほど効果が見込めるかは知らないが、それでも突撃するのがディー達三人では危険だ。負ける可能性は依然高い。

ならば、エスパーダが何かするのだろう。

「エスパーダは残って戦うつもり？」

そう聞くと、当然のように頷く。

「勿論《もちろん》です。囮《おとり》として防壁の裏から私が攻撃を続けねば、ディー達は犬死にでしょう」

「挟撃が最も戦で効果を発揮するからね。僕も勉強したよ。でも、それはダメだ。エスパーダが確実に死んじゃう」

強い声でそう言うと、エスパーダは珍しく自然に笑った。

「最後にこの老骨が見せ場を頂けるのです。ヴァン様、この我《わ》が儘《まま》だけはお認めください」

「じゃあ、囮には僕がなろうかな」

そう一言告げると、ディー達もエスパーダも目を見開いて振り向いた。見れば、オルト達も驚愕《きようがく》の表情を浮かべている。

「ダメですっ！　絶対にダメ！　許しません！」

ティルが思わず感情的な声を出した。その声に慌てるが、かなり離れているし、争いの喧騒《けんそう》から襲撃者達はこちらに気づいていない。

ホッと胸をなでおろしていると、ティルが僕の手を握ってきた。

「ヴァン様が囮になるくらいなら、私が一人で敵の下へ向かいます！　私もろとも皆さんが攻撃してくれたなら、きっと勝てますぅ……！」

涙を浮かべながらそう言うティルに、カムシンが神妙な面持ちで頷く。

「僕も一緒に行きます。僕がティル様と一緒に敵を翻弄すれば……！」

と、何故かどんどん死を覚悟した者が挙手をし始める。それに困りながら、僕は全員を見て口を開いた。

「一応言っておくけど、僕がこの中の最高責任者だからね？　それを前提に話をするけど、僕の領地の問題だから依頼を受けただけのオルトさん達は命を懸ける必要は無い」

そう言って僕がオルトを見ると、何故かびくりと肩を跳ねさせる。それを気にしつつ、次にエスパーダを見る。

「エスパーダ。貴方《あなた》はもう侯爵家を引退した身だ。これまで侯爵家に貢献してくれた貴方が、こんなところで死ぬ必要は無い」

僕の言葉に、エスパーダの顔が険しくなる。ちょっと冷たい言い方になってしまっただろうか。

そう反省しながらも、次はディー達に顔を向ける。

「ディー達はまだ本家の騎士団の所属だ。貴方達が仕えるべきは我が父であり、僕じゃない。だから、こんなところで命を懸けるべきじゃない」

そう告げると、ディー達も険しい表情を浮かべた。まぁ、もともとか。最後に、僕はティルとカムシンを見る。

「ティル。勝手ながら、僕はティルを姉のように思っていたんだ。だから、大事なお姉ちゃんがこんなところで死ぬのは見たくない。カムシンは僕より年上だけど弟かな？　僕が死んだら、僕の代わりに人生を楽しんでくれ。君は自由の身だ」

そう口にして二人を見ると、ダムが決壊したように目から涙が溢《あふ》れ出した。大袈裟《おおげさ》な。

苦笑し、僕は作戦を話した。

「まず、僕が馬車に乗って正面から向かう。皆は左右から挟撃する形で攻めて欲しい。ただし、遠距離からを主として、絶対に無茶はしないこと。そして、相手が撤退しないようなら逃げてください。僕の死体は打ち捨てて構いません。名乗らなければ、侯爵家にも迷惑はかかりませんからね」

自嘲気味に笑うと、皆はまったく笑っていなかった。外したか。

そう思いつつ飾りに持っていた剣を抜いて村へと爪先を向けると、後方で深い溜《た》め息《いき》が聞こえた。

「……分かった。くそ、今回だけだ！　俺達も命を預けよう！」

オルトがそう言い、前に出てくる。

「いや、オルトさんは……」

僕が戸惑いつつ否定しようとすると、オルトは困ったような顔で笑った。

「……子供が責任の為に命を懸けるなんて言ってんだ。これ以上ぎゃあぎゃあ言っていたらパーティーメンバーから怒られちまう」

そう口にして、オルトは剣を抜く。すると、今度は後ろからオルトのパーティーに属する女魔術師が前に出てきた。

「……正直、私は貴族の覚悟ってのを馬鹿にしてたわ。あまり、良い貴族と会ったこと無かったからね。でも、二週間の旅で、随分と見方は変わったと思う。ヴァン様のお陰ですよ？」

「プルリエルさん」

照れたように笑う女魔術師の名を呼ぶと、プルリエルは吹き出すように笑った。

「私達みたいな冒険者の名を一人一人覚えてくれるなんてね。ヴァン様は変わってるよ。だから、命を預けられると思う」

プルリエルはそう呟き、魔術刻印の施された短剣を抜く。

言えない。可愛いからプルリエルの名だけはすぐに覚えたなんて絶対に言えない。

一人で気まずい思いをしていると、冒険者達は揃《そろ》って僕の前に出てきた。それを唖然《あぜん》として見ていると、遅れまいとディー達が前に出てくる。

「……我らは侯爵家に仕える名誉ある騎士。侯爵家の未来を担うヴァン様に仕えているも同然です。ここでヴァン様を守ることは、侯爵家の未来を守ることになると思っております」

ディーはそう言うと、顔の前で剣を構えて騎士の誓いの作法を披露した。むむ、屁理屈《へりくつ》の上手《うま》い男である。

と、変な感心の仕方をしていると、エスパーダが隣に立った。

「撃退が完了したら、ヴァン様には侯爵家の跡取り候補の重みと責任について覚えていただきたいと思います。ご安心ください。半日の講義で終わる予定ですから」

長いよ、エスパーダ。陰湿な嫌がらせをするんじゃない。

「では、私が提案したやり方を修正して実行いたします。まずは私が防壁を作り、遠距離から攻撃。ディー殿達はこちらから見て左側から突撃。オルト殿達は右側から突撃をお願いします。防御及び手当の出来る者はもしもに備えてこちらに待機を」

「分かった！」

「了解！」

エスパーダが低く落ち着いた声で指示を出すと、皆が一斉に動き出す。そして、エスパーダは素早く詠唱し、土の魔術を発動させた。僕達のいる場所から前方二十メートルほどの場所に土の壁が出来上がり、エスパーダや遠距離担当の冒険者がそこへと向かう。

瞬く間に行動を開始した面々を眺めて呆然《ぼうぜん》としていると、ティルとカムシンが僕にしがみ付いてきた。

「……良かった。良かったです、ヴァン様」

「ヴァン様が死ぬ時は、僕が真っ先にヴァン様の盾になって死にますからね」

涙声で二人に言われ、僕は泣きそうになるのを堪《こら》える。本当の家族よりも、彼らの方が家族のようだ。僕はそう思い、二人の頭を撫《な》でた。

この気持ちに浸っていたいが、これから戦闘だ。何か出来ることがあるならしなければならない。

「さぁ、皆。馬車から薬とか手当の道具を出してこよう。もし危ない時は助けに切り込むから、そのつもりでね」

そう言って笑うと、二人は涙を拭って返事をした。

「はい！」

村を襲撃していた盗賊達は気が緩んでいた。領地を管理する貴族が代わったのは知っている。そして、そういった時が最も警備が緩くなることも。

重要な拠点ならともかく、地方の外れた場所になると管理が追いつかないのだ。新たな地域の場合は騎士団を編成する時間も掛かるし、相手の騎士団などと密にやり取りをしておかないと不要な戦闘が始まる恐れもある。

領主の派遣。税の徴収の額の決定。街の状況の把握や治安の維持。それらを全ての街で同時にこなすのは難しく、まずは重要な都市を管理する。そして中規模の町、村。最後に地方の小さな村や集落だ。だから、下手な貴族の領地だと端にある小さな村は領主が替わったことすら知らない。それほど、情報管理も人材管理も時間が掛かるのだ。

そんな時を狙って、この盗賊団は辺境にある小さな村を襲撃することにした。楽な仕事だ。矢を射かけて脅しをかけ、少しの財産と物資、そして女や子供を連れて帰れば良い。

だから、村を襲撃しているというのに、盗賊達は気が緩んでいた。矢は間断無く放っているから、村人如《ごと》きでは出てくることも出来ない筈だ。一度脅した時は断って門を開けなかった村人達も、雨のように矢を射かけられたら諦めるだろう。

「久しぶりの女だな」

「ああ、行商人の娘以来か」

「あの時は二人しか女がいなかったからな。すぐ壊れちまった」

「今回は十人はいるだろ」

「うははは！」

そこら中で愉快な会話が行われ、気分はすっかり祭りか宴《うたげ》のような感覚だ。飲めや歌えやの大騒ぎ。これだから盗賊稼業はやめられない。そう思った次の瞬間、隣で大笑いしていた仲間の首に、矢の先が生えたのが見えた。


剣に付いた血を拭うディー達の姿を見て、今更ながらに背筋が寒くなる。

僅か十分、いや十五分程度だろうか。長くも感じたし、一瞬にも感じた。とりあえず、結果としては最高の結果を出すことができた。

村の周囲を取り囲んでいた襲撃者は壊滅。僅か数人程度逃してしまったが、過半数が死んで残りも半死半生といった様相だった。そして、戦闘が終了して暫《しばら》くすると村人達が入り口の門の奥に集まっている気配がした。

槍《やり》や盾を持った男女が並んで立ち、柵の隙間からこちらを見ているようだ。およそ五十人ほどだろうか。あれがこの村の戦闘を可能とする人員ならば、なんとも貧弱なものである。まぁ、この規模の村ならば多いほうか。

溜め息混じりに改めて村を眺める。木の柵は太い柱を使っているし、よく手入れはされている。しかし、所詮は木だ。奥には家屋が立ち並んでいるが、こちらも全て木造であり、密集している。もし、イェリネッタ王国やフェルディナット伯爵領から軍が派遣されたなら、規模を問わず火矢を放たれて村は壊滅するだろう。

裏にドラゴンが棲《す》むというウルフスブルク山脈があることと、軍事拠点を作るには利便性が悪いことからこれまで攻め込まれなかっただけだ。

ないとは思うが、どちらかと戦いになるような事態があった時、村は蟻《あり》のように踏み潰されるだろう。そんな危惧をしていると、ティルが隣に立つ。

「さぁ、ヴァン様。予定とは違いましたが、村に到着しましたよ」

ティルに言われて、頷く。

「そうだね。初対面だ。堂々といこう」

足を踏み出して村の入り口へと向かった。騎士二名が僕の前に立ち、左右にはディーとエスパーダが立ち、後ろにはティルとカムシンが並んでいる。オルト達は馬車の警護と捕らえた襲撃者達の監視だ。

村人達がこちらを見てざわつく中、僕は口を開いた。

「どうも。僕はヴァン・ネイ・フェルティオ。新しくこの村を含む領地を管理するフェルティオ侯爵家から来ました。今後、この村は僕が管理させていただきます。とは言っても、別に無理難題を言ったり重税を課したりはしませんのでご安心ください」

と、まったく貴族らしくない挨拶を口にすると、村人達は顔を見合わせて戸惑いの声をあげる。

そこへ、エスパーダが眉間に皺《しわ》を寄せ、一歩前へと出てきた。

「新たな領主となるヴァン様の御成《おな》りです。開門を」

僕より遥《はる》かに迫力と威厳のある声が静かに響き、村人達の中から小柄な老人が現れて口を開いた。

「開けなさい」

老人がそう告げると、村人達は慌てて門を開け放つ。開かれた門の奥では、二十代から三十代の男女が槍や盾を構えて立っていた。正面にはあの老人が無防備に立ってこちらを見ている。

「……わしが長老をしております。ロンダと申します。この度は、村を助けていただき、ありがとうございます」

丁寧に挨拶と礼を述べて頭を下げるロンダに、僕も一礼を返す。

「これまで、この村には領主も自衛の為の兵士も派遣されてこなかったと聞いております。まずは、それを謝罪させていただきます。今後は僕が領主としてこの村を守っていきたいと思いますので、皆様のご理解とご協力をお願い致します」

と、何となく領主としてよりもサービス業の営業のような感じで挨拶をしてしまった。こんな挨拶をする貴族は絶対にいないだろう。

なにせ、長老を含め村人達が目を丸くして固まっている。

「ふ、はっはっはっは！」

後ろでオルトの笑い声が聞こえてきたが、僕は気にせずにロンダの返事を待つ。数秒して、ロンダは目を瞬かせ、口を開いた。

「……これはご丁寧に。それでは、わしの家へ行きましょう。ご案内します」

ロンダがそう言って振り返り、村の奥へ歩き出す。僕達はその後に続くが、村人達は警戒心の強い目で僕達の姿を追っていた。どうやら、中々苦労しそうな領地となりそうだ。

あばら家、とまでは言わないが、はっきり言ってボロい建物だった。石を並べて床の木材を敷き、柱を立てて壁と屋根の木材を貼り付けるだけ。そんな簡素な建物だ。雨風は大丈夫でも地震がくれば倒壊するだろう。

まぁ、今のところこの世界で地震なんて経験してないが。

そんなボロ屋で、正面には村長と中年の男性が二人と斜め後ろに二人。反対側に僕とエスパーダ、そしてディーが対面する格好で座っている。

「この村には住人が百五十人おりました。しかし、半年前と一ヶ月前に盗賊の襲撃を受け、現在は百十人となっています」

「……では、今日で襲われたのは三回目？　全て同じ盗賊ですか？」

「いや、違います。最初の盗賊は十人程度だったので大丈夫でしたが、二回目は元傭兵か冒険者のような輩《やから》で、丸一日戦い抜いてようやく撃退しました。今回現れたのはまた別の盗賊です」

「……なぜ、それほど村が狙われるとお考えですか？」

尋ねると、ロンダは初めて言い淀んだ。だが、すぐに口を開く。

「この村は、大きな町はもちろん、他の村とも大きく離れております。領主様が替わったこともあり、今は騎士団が来ることもありません。以前なら、イェリネッタ王国との国境も近いのでフェルディナット伯爵領の国境警備騎士団が巡回していましたが、それもなくなりました」

「つまり、この土地がフェルティオ侯爵領になってしまったせいで、村は存亡の危機にあるということ、ですね」

ロンダが明言しなかった部分を代わりに口にすると、ロンダは押し黙った。

口にすれば侯爵家の批判である。村の中でならともかく、僕に対して言うことは出来ないだろう。まぁ、短気な貴族ならそれを匂わせる発言をした段階でロンダの首を刎《は》ねているだろうけど。

「申し訳ありません。フェルディナット伯爵は各街に代官を据えていましたが、それら管理者を全て引き上げてしまいました。フェルティオ侯爵領から領主及び代官の経験がある者を選別して大きな街から順に配置したようですが、小さな村々の状況はいまだに把握出来ていないのです」

素直にそう答えると、ロンダは観察するような目で僕を見た。

「……つまり、侯爵様は、我々のことは後回しにされたのですな。いや、全ての貴族がそうなのでしょう。小さな村は大きな街に比べれば無いに等しいほどの税しか納めない。価値も同じようなものでしょう。しかし……」

僕を信用したのか、それとも思いが溢れてしまったのか。ロンダは貴族達への怒りを言葉に乗せて口にし始める。

しかし、それを僕は聞かない。聞いてあげない。

「村長。今後の話をさせていただきます」

ぴしゃりとそう告げると、ロンダは面食らったように口を噤《つぐ》んだ。隣に座る二人の男女の目に敵意のようなものが浮かぶが、これに関しては仕方がない。

僕は三人を順番に見て、口を開く。

「この国の在り方に文句を言っても、恨んでも、嘆いても仕方がありません。納得できないでしょうが、そんなことをしても何も変わりません」

「あ、あんたら貴族がそれを言うのか……！」

中年の男が立ち上がり、怒鳴った。恐らくロンダの子だろう。つまり、次期村長だ。なるほど、体格は大きく、目にも力強い光がある。だが、そんな短絡的な性格では村の未来は無いに等しい。

僕は厳しい目を向けて、低い声を出した。

「座ってください。この村の先を話します」

それだけ告げると、ロンダが目を細めて男を見上げ、男も不承不承座り直す。それを確認して、僕は自分の胸に手を当てて口を開く。

「貴族の責任は大きいでしょう。元を正すならば、王国を興したベルリネート王家の定めた法に欠陥があったのでしょう」

そうはっきりと言うと、ロンダ達だけでなく、隣に座るエスパーダとディーも目を見開いた。

侯爵家の人間が、堂々と王家を批判したのだ。普通の貴族なら絶対にしないだろう。だが、今更何を怖がるというのか。こんな滅亡間近の村の領主になるというのに、怖いものなど無いではないか。僕は胸を張って動揺している皆を見回した。

# 第三章 ★ 冒険者達の驚き

【オルト】

貴族なんてのは誰もが似たようなものだ。

金に汚い貴族も、女に汚い貴族も、自尊心ばかり膨れ上がった貴族も、どれもくだらない。

これまで何人か貴族からの依頼を受けた。しかし、まともな貴族はいなかった。いや、貴族という者の立場からすれば普通なのかもしれないが、俺からすれば普通ではない。様々な美辞麗句を並べても、貴族の誇りとやらを持ち出されても、結局は保身に走り、王侯貴族の利益を優先している。民の暮らしや治安などは後回しだ。それらの全ては、恐らく貴族と平民で階級以上の差別が根付いているからに違いない。どんな貴族と会っても、ずっと感じていた違和感だ。それはつまり、どの貴族も平民を、特に冒険者のような根無し草を下に見ているということだ。

それは貴族と話すことのある一部の冒険者や商人ならば大概が感じていることだろう。

「はぁ。貴族の坊ちゃんの護衛ねぇ」

だから、最初に依頼を受けた時は全く気乗りしなかった。それは仲間達《たち》も同じだ。暫《しばら》くはフェルティオ侯爵領にいるつもりだったから、仕方なく侯爵家からの依頼を受けただけである。

そう思っていただけに、最初に会った時は驚いた。

「貴方《あなた》がオルトさんですね。僕はヴァン。ヴァン・ネイ・フェルティオと申します。護衛をしてくださるそうで、ありがとうございます」

丁寧に挨拶をされて、忘我の気持ちで思わず普通に握手を交わした。

「あ、よ、よろしくお願いします」

そう返事をすると、ヴァンという坊ちゃんは興味深そうに俺たちの姿を眺める。

「強そうですねぇ。傷が入った鎧《よろい》も格好いいし、武器も重厚だ。重くないんですか?」

そう聞かれ、俺は戸惑いながらも答える。

「あ、そうだな。いや、そうですね。重い分、威力が増すんで……」

しどろもどろになりながらそう言うと、ヴァンは何度か頷《うなず》いて他のメンバーに視線を向けていた。

色々と質問をするヴァンに、他のメンバーもかなり動揺している。その様子を暫く呆然《ぼうぜん》と眺めていたが、やがて俺は無意識に笑っていた。

貴族の依頼かと思ってげんなりしていたが、護衛対象は好ましい普通の子供のようだった。だが、自分が思わず頭を撫《な》で回してしまわないよう、敬語はやめてもらわないとな。

俺はそう思いながら目的地までの道程について護衛対象との話し合いに向かったのだった。


それから、二週間。俺の中の貴族の印象はすっかり変わった。いや、貴族の中にもこんな人間がいるのか、という感じか。僅かな期間の付き合いだが、俺はすっかりヴァンが気に入っていた。もしヴァンが領主として困ったなら、助けに来てやろうと思うほどに。

だが、俺はまだまだヴァンを知らなかった。

ヴァンはちっぽけな村の領主となる。それも、元は別の貴族の領地だった曰《いわ》く付きの場所だ。誰もが面倒と思い、領主になるのを辞退する者もいるだろう。だが、ヴァンはそんな場所を押し付けられてなお、貴族の責任を果たすべく命を懸けた。領地と領民を守る為《ため》に、確実に自分が死ぬという選択をしてのけた。

恐るべきは、ヴァンが慮《おもんぱか》ったのは領地と領民だけでない。部下の騎士、引退した執事、更にはメイドや奴隷の子の命だ。

挙句に我々冒険者が命を懸けられないという意見を聞き、誰もが死なない作戦を提案した。死ぬのは自分だけだ。

「……変わった奴《やつ》だよ、本当に」

配置についてそう呟《つぶや》くと、近くにいた仲間が声を殺して笑う。

「オルトがあの時もし坊ちゃんの頼みを断ってたら、代わりに命を懸けても良いって思ったぜ？」

「ああ、ありゃ大物だ。あんな貴族を殺したらダメだろ。出来ることなら、俺はあの坊ちゃんに王様になってもらいたいね」

仲間達は面白そうにそんなことを言った。それに口の端を上げて応え、村を見る。防壁はもう出来上がっていた。高さ三メートルほど、長さは十メートルはあるかもしれない。まさか、あの執事の爺《じい》さんがこれほどの魔術師とは思わなかった。

普通、ある程度戦える四元素魔術師なら執事などにはならないが、まぁ事情があるのだろう。

瞬く間に防壁が出来たと思えば、仲間の放った矢やプルリエルの水の槍《やり》、更には石の塊が飛んでいくのが見えた。二段構えの奇襲の為の牽制《けんせい》と思っていたが、あれなら十分な効果が見込めるだろう。

「行くぞ！」

怒鳴り、地を蹴った。後には仲間達が続く。反対側からは騎士達が走ってくるのが見えた。

「なっ⁉　こ、こっちからも来たぞ！」

一人こちらに気がついたが、もう遅い。構えた盾は安物だ。上から盾に向かって剣を振り下ろす。盾はひしゃげるようにして潰れ、そのまま剣は男の肩から横腹まで斜めに斬り裂いた。

鮮血が舞う中、周囲の仲間達も次々に敵を斬り伏せていく。こちらに剣の先が向くまでに出来るだけ斬り倒さねば、こちらも負傷者が出るのは間違いない。左右の敵は弓矢を構えていたから対処が遅れている。今、全力全速で剣を振るわねばならない。

遠距離攻撃の援護もあり、俺達は自分でも驚く速度で敵を排除していく。

ふと見れば、反対側の騎士達も似たような状況だった。特にディーとかいう中年の騎士は随分と大きめの剣を普通の剣のように振るっている。鎧ごと相手を薙《な》ぎ倒す剛剣は戦場において見えない戦果も残すことだろう。事実、ディーの尋常ではない戦いぶりに敵の一部は浮き足立ち、逃走を始める者も出ている。

「ちぃ！　こんな場所で……！」

と、ディーの戦闘に目を奪われていると、村の正面に構えていた大柄な男の一人が踵《きびす》を返して走り出した。向かう先は、遠距離組のいる方向である。

「……っ！　止めろ！　誰かあの野郎を止めるんだ！」

俺が目の前の髭面《ひげづら》の首を斬りながら叫ぶが、誰もが目の前の敵にかかりきりで間に合いそうに無い。

まずい。

遠距離組の奴らは、執事の爺さんが作った防壁のせいで真《ま》っ直《す》ぐに迫ってくる敵に気付くのが遅れる筈《はず》だ。接近を許してしまったら、弓も魔術も分が悪い。

「くそ！　気付け！　敵が接近してるぞ！」

迫り来る剣を受けながら叫ぶ。

だが、無情にも弓矢も魔術も、肝心の迫る男には一切向かわなかった。


【プルリエル】

防壁の裏で詠唱する私は、ふと視界の端に大きな人影が映るのが見えた。

敵。

一瞬、その言葉が浮かんだが、自分はすでに魔術の詠唱を終えて発動した。次に撃てるのは、最短で十秒後か。

間に合わない。大柄の男は血走った目をこちらに向け、斧《おの》を片手に走ってくる。

殺される！

そう思ったその時、私の目の前に小柄な人影が二つ、現れた。

「ヴァン君!?」

貴族の子を思わず君付けで呼んでしまった。場違いだが、何故《なぜ》かその言葉が一番に頭に浮かんだ。

「こっちだ、ヘビィ級プロレスラー！」

ヴァンは意味の分からない言葉を叫び、地面を這《は》うように低く走る。それに倣い、奴隷の子も剣を構えて走った。

無謀だ。子供二人が何とか出来るような相手じゃない。

だが、そんな心配をよそに、二人は予想外に慣れた動きで連携をとり、大男を相手取る。地面を転がって斧の振り下ろしを回避し、相手の股下を潜《くぐ》り立ち上がり様に膝裏の無防備な部分を剣で斬り裂く。貴族とは思えない戦い方だが、その動きは見事で洗練されていた。

「ぐっ!?」

意表をつく動きと痛みに呻《うめ》きバランスを崩す大男に、奴隷の子が追撃を行う。地面に突き刺さった斧を足場にして跳び、素早く男の首を切り裂く。声も出せずに倒れていく男の姿に絶句する私だったが、ヴァンはすでに気持ちを切り替えていた。

「こっちに敵が集中する可能性がある！　正面に注意して！」

十歳にも満たないだろう子供の指示に、私達は即座に従った。

なんなんだ、この子は。

私はそんな疑問を胸に、戦闘に集中していく。


戦いが終わり、後片付けをする仲間を見ながらオルトが口を開く。

「依頼は終わった。後は依頼料の残り半分をあの執事の爺さんから貰《もら》えば終わりだ」

そう口にしたオルトに、仲間達は顔を向ける。

「うん、それが？」

プルリエルが聞き返すと、オルトは言い辛《づら》そうに唸《うな》り、ヴァン達を見た。

「……ちょっと興味が湧いてな。まったく金にはならないかもしれないが、残ってみても良いか？」

そう言うオルトに、別のパーティーの五人は首を左右に振る。

「悪いな、オルト。俺たちは隣の伯爵領に用があってな。今回の依頼は都合が良いってのもあったんだ。まぁ、伯爵領で予定済ませたら、また顔出すぜ」

と、申し訳なさそうに謝られ、オルトは苦笑した。

「いや、こっちこそ道中助かったよ。また会おう。とはいえ、今から出ると遅いからな。村の中で一泊させてもらったらどうだ？」

「そうだな。明日の朝、盗賊の生き残りをもらっていくぞ。一人頭銀貨二枚でどうだ？」

「おい、運び代も手数料も無しか？　どうした。そんなに親切なやつだったか？」

「うるせぇな。その代わり、次にあった時は良い依頼寄越《よこ》せ。分かったな」

二人は笑いながらそんなやり取りをして、その場を離れた。近くで話を聞いていたプルリエルや仲間達を見て、オルトは一言、確認を取る。

「もし、皆が残りたくないなら一先《ひとま》ずは戻ろうと思う。だが、残っても良いと言ってくれるなら、一緒に残ってみないか」

そう尋ねるオルトに、皆が顔を見合わせた。

「期間はどうする？　多少の金はあるが、長く依頼を受けずにいれば干涸《ひか》らびるぞ」

「とりあえずは一ヶ月様子を見てみたい」

「別に良いですぜ。しかし、あんまり長くなりそうな時はパーティーから抜けるかもしれねぇっす」

「もちろん、そこまで長く居座るつもりもない」

「魔獣でも狩って素材を集めるか。ちょうど、すぐ近くに深い森と山がある」

「確かにな。久しぶりに依頼抜きで魔獣狩りするか。逆に稼げるかもしれないぞ」

意外にも皆が乗り気なことに喜び、オルトは笑いながら返答していく。そして、最後にプルリエルが口を開いた。

「……あのヴァンって子、貴族とは思えないよね。まぁ、普通のお子様にも見えないけど」

「……そうだ。それが一番残りたい理由だ。あのくらいの子供が、あれだけ肝が据わっているものだろうか。頭の回転も異常に速い。まぁ、貴族だからみっちり教育は受けているだろうが、それを踏まえても不思議だ」

プルリエルの言葉に同調し、深く頷く。皆が唸りながら、再度遠くの方にいるヴァンを見た。


一見すれば、貴族らしい高貴な雰囲気を持つ子供だ。だが、口を開けばそのイメージは崩壊する。丁寧でゆったりと構えてはいるが、それでも礼儀正しい普通の子供に見える。貴族らしい庶民を見下したような言動も、そんなそぶりもない。

そして、あの言葉だ。

「……俺は、貴族の覚悟みたいなのを初めて見た気がするんだよ」

なんと表現して良いか分からなかったオルトはそう評した。すると、皆が首肯する。

「確かにな」

一人が肯定すると、皆が口々に同様のことを言った。

「聞けば、攻撃には向かない魔術適性だって言うじゃないか」

「つまり、あの時、あんな子供が皆の為に死のうとしたってことだろう?」

「はぁー、奇特な方ですねぇ」

わいわいと盛り上がるところに、プルリエルが神妙な顔で口を開く。

「……私が危ない時、助けられちゃったしね。借りは返さないと」

そんなことを呟くプルリエルに、その場面を見ていた男が同意する。

「そうそう！　あれは子供とは思えない動きだった。並みの騎士くらい剣が使えそうだ」

「まだ十歳にも満たないだろ？」

「関係あるか」

議論は次第に白熱していく。

「不思議な子供だ」

一人がそう言うとオルトが腕を組んで答えた。

「そうだな。だが、俺が知る貴族の中では誰よりも好ましい」

「間違いないな。あの子がもし、大きな領地の領主になったら、その領地がどんな場所になるか見てみたいもんだ」

その言葉に、オルトは口の端をあげる。

「ああ。どうだ？　ちょっとの間、あの子の手伝いをしないか？」

その提案に、仲間の四人は即答する。

「良いわよ」

「異議なし」

「問題ない」

「良いですぜ」

オルトは仲間達を誇らしげに見やり、笑った。

「ありがとう」


【プルリエル】

ずっと気になっていたが、後処理で中々聞けなかったことがある。

だから、盗賊の死体の始末や拘束をする仲間達に一言言ってから、私はヴァンの下へ向かった。

ヴァンはメイドの子と奴隷の子と一緒に何やら話しているところだった。

「ヴァン様。次はまず私、次にカムシンの命を先に懸けてくださいね？」

「分かったよ。懸ける懸ける」

「絶対ちゃんと聞いてないですよー、ヴァン様」

「わ、分かったよ。泣かないでよ」

泣き出したメイドを見て、ヴァンはわたわたと動揺しながら慰めている。奴隷の子はブスッとした顔で自分の手を見る。

「……もっと力をつけないと」

不満げにそう呟く奴隷の子。

あの子もまだまだ子供だろうに、主人の影響か、生き急いでいるような印象を受けた。あの子達は、ヴァンの為に躊躇《ためら》いなく命を投げ出すだろう。

「ちょっと、良いですか？」

そう声を掛けると、三人が一度こちらを振り向き、メイドが慌てて顔を逸《そ》らした。涙を拭う後ろ姿を見て、ヴァンに微笑《ほほえ》みかける。

「お若いのに、もう女の子を泣かせているんですね」

冗談を言ってみる。すると、ヴァンは苦笑混じりに肩を竦《すく》めた。

「女性には誠実であろうと心掛けているんだけどね。特に、大事な女性には」

と、また子供らしくないことを言い、メイドの顔を真っ赤にしてしまった。両手で顔を隠すメイドだったが、耳まで真っ赤な為バレバレである。私はヴァンの目をじっと見て、口を開く。

「ヴァン様は実はエルフとかではないですよね？　とても子供には見えない時があります」

普通の貴族相手になら失礼になりそうな質問だが、ヴァンは特に気にした様子もなく笑った。

「僕が赤ちゃんの頃からこのティルがお世話してくれてたんだ。間違いなくただの人間だと思うけどね」

そう言うヴァンに、成る程と頷く。

「どこで剣を学んだの？」

思わず、敬語抜きで聞いてしまった。しかし、それも気にした様子も無く、ヴァンは難しい顔になって溜《た》め息《いき》を吐《つ》く。

「あの騎士のおじさんを見たよね？　ディーっていって、騎士団の中でも凄《すご》く強い人なんだけど、あの人に直接鍛えられたんだ。僕、あんまり体が大きくならないのに、自分よりも強くするなんて言って訓練してるんだよ。鬼なんだ、ディーは」

不平不満をダラダラ述べつつ、ヴァンは困ったように笑った。文句を言いつつも、ディーを悪くは思っていないのだろう。

「じゃあ、ヴァン様の考え方とか、知識とかは、あのエスパーダって執事の人から?」

「そうだね。まぁ、考え方とかはティルとかの影響もありそうだけど」

そこまで答えて、ヴァンは首を傾《かし》げながらこちらを見た。何故そんなことを聞くのか。そう目が言っている。私は居住まいを正し、敬意を払って一礼した。

「ヴァン様の行動と剣の力で、私はあの時助かりました。ありがとうございます。この恩は、絶対に忘れません」

そう言って顔を上げると、ヴァンは朗らかに笑う。

「いいよ。忘れて、忘れて」

気楽な調子でそう言ったヴァンに、私は思わず目を丸くしてしまった。

これが貴族のカリスマによるものなのだとしたら、大したものだと思う。ほら、もう冒険者の心を摑《つか》んでしまったのだから。

# 第四章　改革だ

僕は村長の家の周囲に人の気配を感じていたが、何も気にせず話を続ける。この村にいる者に聞かれて困ることではない。自分の言葉で勢い付いた僕は、気にせずに言葉を続ける。

「つまり、王国の法や国の在り方に文句を言っても何も変わらないのです。では、この村は、我々はどうすれば良いと思いますか？」

あえて、僕は自分も含めて我々という表現をした。村の住民の一人だと、仲間だと伝えたのだ。

まぁ、あまりロンダ達《たち》には響かなかったようだけども。

「……どう、と言いますと、ほかの国に保護してもらう、ということですかな？」

ロンダがそんなことを言い出したので、僕は首を左右に振る。

「違います。イェリネッタ王国も統治の仕方は同じなのですから、扱いも同じになってしまいます。具体的な対策は三つ」

「三つもあるのですか？」

ロンダの隣にいる女が初めて口を開いた。それに頷《うなず》き、指を立てる。

「一つ目はこの村が王国が無視出来ないような価値を生み出す。二つ目は定期的に金銭を稼ぎ、傭《よう》兵《へい》を雇う。そして三つ目は、自ら村を改造して発展させていく」

「……どれもすぐに出来ることではないような……」

僕の言葉に、女はすぐに落胆してしまった。まぁ、村に何十年と住んでいればどれも一度は考えられたことだろう。だが、こんな辺鄙《へんぴ》な場所にあると木材や石材などを採ってきても輸送費の問題で売ることは出来ない。かといって製品を作り出すような産業は学を得ることの出来ない村人には難しい。そうすると、金を稼ぐことも出来ないし、村を改造するゆとりもない。

そんなところか。

だが、そこに僕たちが来た。

「これまでは難しかったでしょう。しかし、きちんと領地を守る為《ため》の勉強をした僕が来ました。これから、この村の防衛や発展には僕も尽力しましょう」

そう言っても、三人の反応は芳しくない。すると、それまで沈黙を守っていたエスパーダが口を開いた。

「横から失礼致します。私はフェルティオ侯爵家の筆頭執事を務めておりました、エスパーダと申します。ヴァン様は八歳にして領主を任された才人であられますが、幼少時より神童として知られております。更に、僭越《せんえつ》ながらこの私、そしてフェルティオ騎士団の副団長たるディーも部下として馳《は》せ参じました。大船に乗ったつもりで任せていただきたいと思います」

エスパーダがそう告げ、ディーも分厚い胸を拳で叩《たた》く。二人の姿を見たロンダ達は、見てわかるほど嬉《うれ》しそうに驚いた。

「ひ、筆頭執事殿と、副団長様？　そんな重鎮が、こんな村に……？」

「夢ではなかろうか」

お前ら、侯爵家四男のヴァン君も来てるんだからな。こっち見ろ、おい。

僕は内心で毒を吐きながらも、納得はしていた。そりゃ八歳児が任せろと言っても任せられないだろう。子供扱いされているのは悲しいが。

そんなことを思っていると、ロンダの息子らしき男が晴れやかな顔で僕を見た。

「そうか！　では、侯爵様がこの村を救済しようと……！　ヴァン様も、強力な四元素魔術の使い手という……」

「あ、僕は生産系の魔術適性なので、戦闘力には期待しないでください」

誤解されないように即座に否定すると、明らかに落胆されてしまった。うっさい。仕方ないじゃないか。適性は選べないのだ。

やさぐれるぞ、僕は。

腕を組み、ムッとしながら口を開く。

「……とりあえず、まずは村が安全になるように防壁を展開します。あの木の柵も頑丈そうですが、火矢を射られれば終わりです。後は、住居もそうですね」

そう言うと、全員の目がこちらに向いた。

「エスパーダの土魔術は持続する？」

「私の魔術は発動中は硬度を保たせられますが、魔力を失えばただの土塊《つちくれ》となってしまいます」

「ふむふむ。じゃあ、土塊の壁として利用しよう。大小様々な石を表面に組んで行けば十分な応急処置となる。いずれはしっかりとした城壁にするとして、今はそれで良しとしようか。後は堀を作りたいな。襲撃者の足を遅らせたいけど」

「それならば我らが対応しましょう。魔獣討伐で慣れておりますからな。落とし穴に引っ掛け罠《わな》も作りましょうぞ。後は、土壁の上から攻撃する為の準備ですな」

「じゃあ、弓矢を用意しよう。素人が当てるのは難しいから投石でも良いね。あとは、怪我《けが》しないように大きな盾も準備しようか」

僕達が勝手に話を進めていくと、ロンダ達は呆然《ぼうぜん》としたまま固まっていた。

外に出て村人全員に挨拶をすることにしたのだが、外には馬車と一緒にオルト達も残っていた。あ、もう暗くなるから、一泊して帰るつもりかな。

そう思って、オルト達への挨拶はまた後にする。ロンダ達が声をかけると、村人達はすぐに集まった。老人は少なく一割いるかどうか、中年の男女が三割、若い男女が四割、子供が二割ほどといった感じだ。村人達は雑多に並ぶと、ロンダの言葉に従ってその場に座り込んだ。

それを確認して、僕は口を開く。

「ヴァン・ネイ・フェルティオと申します。フェルティオ侯爵よりこの村の管理をするよう領主として任を受けました。これから精一杯努力して、村を発展させていきたいと思いますので、よろしくお願いいたします」

挨拶を述べると、ぱらぱらと拍手が送られた。ありがとう、ありがとう。

「僕はこの通り子供ですが、一緒に付いてきてくれた彼らは一流の騎士団の士官と知識人です。盗賊団が来ても、今度は皆で協力して撃退しましょう！　今こそ、強く、豊かな村を作るんです！」

政治家のような感じになってしまったが、熱意は伝わっただろうか。村人の反応を見る。

すると、若い男が手を挙げた。

「はい、そこの人」

指名すると、男は難しい顔で口を開く。

「税は、どうなるんだ？　これまでは収穫物の三割だったんだが……」

「それは実際どれほどになりますか？」

「小型の魔獣の皮や牙、骨とかを十体分くらいだろうか」

不安そうな顔の男に、僕は浅く頷いて答える。

「それなら、今回は五体分くらいにしましょう。税が足りないと言われたら一時しのぎですが、僕が払います。今は村を存続する為に働く方が大事です」

そう答えると、村人達が驚きの声を上げた。税金が払えないから子供を売る村もあるのだ。あっさり半分にすると答えた僕に驚いたのだろう。

すると、今度は中年の女が口を開く。

「騎士団とかは来てもらえないの？」

「呼ぶのに馬を走らせて二週間。更に優先順位を確認して準備に一週間。騎士団がこちらに着くのに二週間から三週間。間に合いませんし、その場しのぎにしかなりません。あと、恐らく優先順位で後回しにされてしまう為、騎士団は来ない可能性が高いです」

僕の回答に、怒りの声が湧く。

「後回しだと？」

「平民だからといって……」

そんな不満に、僕は深く頷いた。

「お怒りは分かります。しかし、現状はこの広大な領地に対して騎士の人数も、予算も足りないのです。騎士団を動かすのに少人数で全滅しては意味がありません。村を襲う盗賊団への対処ならば、恐らく騎士は百人から二百人派遣されます。食糧、馬、武具や道具の準備にも費用は掛かります。代わりに傭兵を雇えば更に費用は嵩《かさ》むでしょう。そして、騎士団派遣の陳情は毎週のように来ます」

ぶっちゃければ人手も金も足りないからゴメンなさいという話だ。だが、分かりやすいからか皆口を噤《つぐ》んでくれた。しかし、不満ばかりを発露させてもネガティブになるだけである。僕はエスパーダを見て、口を開いた。

「エスパーダ。ちょっと村の柵の奥に土の壁を出してくれないかな？」

そう言うと、エスパーダは頷いてから左手にある柵に手を向けた。数秒後、詠唱が終わって魔術は発動する。盗賊達との戦いの時と同じ、頑丈そうな土の壁が出現した。

それに驚く村人たちを見て、僕は口の端をあげる。

「皆さんの協力が不可欠です。しかし、皆さんが協力してくれたなら、この村は以前よりずっと強く生まれ変わります」

夜、僕たちは馬車の中と夜営道具を用いて一泊することにした。自分達の住居が無いからだ。ロンダは自分の家を差し出そうとしたが、ご老人を追い出せるわけがない。集まりがある時の為に空けてあるという村の中央広場にて、キャンプのように火を焚《た》いている。

轟々《ごうごう》と音を立てて燃える炎を眺めながら、僕に四元素魔術の適性があれば盗賊なんてすぐに撃退出来たかな、なんてセンチメンタルなことを考えてしまう。

炎の魔術は最も攻撃力が高く、戦場での派手さも一番だ。魔力の高い炎の魔術師が戦場に現れるだけで士気が上がるほどである。だが、無い物は仕方がない。とりあえず、僕は村の防衛計画を練ることにする。

「守るだけじゃダメだ。理想は敵から攻撃されずにこちらは攻撃が出来る状態」

「普通なら壁の上から弓矢、魔術での攻撃ですな」

「壁が低いと効果は薄いでしょう」

「これまでは木の柵の隙間から槍《やり》を突いてましたが……」

「それじゃあ相手も同じ条件だ。槍で突かれるぞ」

ディーやエスパーダ、ロンダと意見を出し合う。だが、どうも普通の意見ばかりだ。

「投石機とか作る?」

一石投じてみようと提案すると、三人は目を丸くした。

「か、カタパルトですか……」

「私は見たことがありませんが、どのようなもので？」

「ヴァン様。投石機は攻城戦などに用いられるものです。つまり、こういった拠点を守る際に使うものではありません」

三人はそれぞれ反応を示したが、あまり芳しくない。ディーがロンダに投石機の使い方と威力を話し、何故《なぜ》籠城戦には使えないか語る。

「大きな岩を飛ばすのだが、時間が掛かり、落下地点を予測するのが難しい。だから、動かない城壁や物見《ものみ》櫓《やぐら》などの建物を破壊する為に使うものだ」

そう教えるディーに、僕は眉根を寄せる。

「そうと決まっているわけじゃないよ？　小さな石がいっぱい入った箱とかを飛ばせば範囲は広がるし、村の奥に設置して入り口の方向に向けておけば村の正面に着弾させることも出来ると思うよ。あ、油を入れた瓶と松明《たいまつ》とかを飛ばせば、地面に落下した途端に燃え広がって良いかも」

と、僕が言うと三人は頬を引きつらせた。

「後は、大型の設置式連弩《れんど》かなぁ。前面に盾を付けてそれを壁のすぐ奥に作れば、相手からしたら脅威になると思うよ」

「その仕掛けはいったい誰が作るのです？」

エスパーダの鋭い視線に、僕は自分を指差す。

「僕」

そう答えると、無理と思ったのか、皆が沈黙して返事を控えたのだった。

他の人は塀の強化や罠の作製にかかる為、僕はティルとカムシンを連れて木材を仕入れに村の裏側にある森に来た。

「もう依頼は達成したから、帰っても大丈夫ですよ?」

そう言って隣を歩くオルトに話し掛けると、オルトは笑いながら手を振った。

「面白そうですからね。少しの間、この村で魔獣でも狩って小銭稼ぎしてますよ」

と、オルトは足を止め、軽く森の入り口から辺りを見回す。

「こっちが良さそうだ」

オルトはそう言って、獣道みたいな道から外れてデコボコした土の上を歩き出した。

「魔獣?」

「気配がしますんで、ちょっと行ってきます。ヴァン様はこの入り口の木を切っていた方が良いですよ」

ピリリと纏《まと》う空気が変わったオルトが森の中へ入っていく。その後を四人の仲間達が続いた。もう一つの冒険者パーティーは帰ってしまったので、村にいるのはオルトやプルリエルを含んだ五人だけだ。

遠くでオルトが戦う気配がする。馬車での移動の時も思ったが、直感のようなレベルでオルトが敵に気付き、こちらに接触する前に倒してしまう。まさに凄腕《すごうで》の冒険者だが、それでもランクは中々上がらないそうだ。勿体《もったい》ない。

そう思いつつ木を物色していると、カムシンが大木を見上げて幹に手のひらを当てる。

「ヴァン様！　この木が立派です！」

「大き過ぎ。これ切るのは僕達じゃ無理だよ」

「では、これは？」

「それも太いなぁ」

カムシンは直径二メートル以上あるような木ばかりを指差す。苦笑しつつ、その辺に落ちている枝を拾う。

旅の過程で、僕はずっと生産魔術を練習していた。自分の魔力量が多いのか少ないのかは分からないが、とりあえず、集中すれば木材や石、鉄などを好きな形にすることが出来た。ただし、細部までしっかり想像して魔力を込めないと、曖昧な部分は形が変になったり、脆《もろ》くなったりする。決して、使い勝手が良いとは言えない。

だが、最近になって発見したことがあった。それは細かな部分まで想像しながら魔力を込めれば精密な工作も可能ということだ。

ということで、馬車に乗る程度のサイズのウッドブロックに作り変える。魔力を集中すると、ゆっくりとお腹《なか》の底から温かくなっていく。魔力が指先まで来たら、枝を手にして意識を集中する。

手の中で枝が形を変える感覚があった。

イメージは出来る限り細かく、小さく、詳細なものを。木の繊維一本一本まで意識する。出来ることなら繊維を捻《ひね》り纏めて紐《ひも》を編むようにして強くしたいが……あ、出来そう。むしろ、繊維を更に細かくバラバラにして編んでみるか。

と、僕は木材をオモチャにしてウッドブロックを次々と作っていく。木なのにプラスチックみたいになったが、まぁ、加工出来るから良いだろう。さっさと積めるだけ積んでしまおう。魔力をどれだけ消費しているのかは不明だが、個人的には生産系魔術も悪くない、なんて思い始めた。

「ヴァン様すごいですね。これ、元が木とは思えない硬さです」

「これなら鎧《よろい》も作れそうですよ。鋭くすれば剣も出来るかも」

ティルとカムシンがウッドブロックを叩いたり持ち上げたりして喜んでいる。だが、元が木なだけに凄く火に弱そうである。

それに、この木は使う予定があるのだ。

「うぉ!?　なんだこりゃ!?」

と、ウッドブロックを積み終わって馬車に乗りこんでいると、そんな驚く声がした。

オルト達が帰ってきたのだ。

「木を集めるんじゃなかった？」

プルリエルがウッドブロックを見て首を傾《かし》げる。他の仲間達も「なんだ、魔獣の素材か？」とか頭を捻っていた。

「木を素材にした繊維ブロックかな、多分。ほら、何たらナノファイバーとか言うじゃない？」

「いや、ちょっと良く分からないが……」

適当に答えると、オルトは生真面目に返答した。そして、ウッドブロック一つを手に取る。

「お、おぉ……思ったより軽い。これ、試し斬りしても大丈夫ですかね？」

「どうぞどうぞ」

興味深かったので許可する。すると、オルトはひょいっと空中に投げ、剣を振った。風を切る音と硬いものが削れるようななんとも言えない音がする。そして、ウッドブロックは先程カムシンが触っていた巨木の方に飛んでいき、衝突した。

木がヒビ割れ、ウッドブロックは地面に落ちる。

「おぉ、切れてない」

拍手して喜びを表現していると、ティルとカムシンも後に続く。

「凄いですね。かなり硬そうです」

そんなことを言って笑っていると、オルトが青い顔でこちらを見てきた。

「……岩を切るくらいのつもりで振ったんですがね」

そう言われて、僕は首を傾げる。

「あれ？　岩と木ってどっちが硬いんだっけ？」

混乱したままそう口にすると、ティルとカムシンが頭を捻る。

「岩ですよ。というか、岩が切れるのに木が切れないなんて……」

絶句するオルトを見て、笑って誤魔化す。

「まぁ、硬い材料を手に入れたし、良かったじゃない?」


魔術が意外と使える。

そう思ったら最後、やってみたいことはいくらでも思いつく。装飾がいっぱいの派手な剣とかも面白そうだし、出来たら銃も作りたい。武器は浪漫《ろまん》である。

「……ヴァン様、魔力は尽きないのですか?」

そう言われて、僕はハッとした。自分の手の中には人形に持たせるようなサイズの剣や槍、銃っぽい物まで出来上がっていた。

「すっごく細かいです……っ!」

「これ、高く売れますよ!」

目を輝かせて僕の手の中にあるオモチャを見る二人。木が材料なのに、色はともかく見た目だけなら本物そっくりだ。質感はやはりプラスチックに近いが、まさか木とは思わないだろう。

「魔力か……普通はどうなんだろうね?」

そう言いつつ、試しに一メートルほどの長さの刀を作ってみる。金属ではないが、刃はどこまでも鋭く、反りは少なめだが、日本刀らしい形に……。

「うわぁ……！」

刀が出来上がる頃には、カムシンが少年のような顔でそれを見ていた。いや、少年だけども。

「あげる」

そう言って渡すと、カムシンが死ぬほど喜んだ。家宝にします、なんて言いながら刀を両手に持ってニヤニヤしている。それを見て、ティルが期待のこもった目でこちらを見てきた。

しばらく見つめ合っていたが、やがて僕は根負けする。ウッドブロック一つを手に取り、イメージを固めながら魔力を注ぎ込んでいく。

「……はい、あげる」

出来立てを手渡すと、ティルは嬉しそうな悲しそうな、何とも複雑な顔をした。

「あ、ありがとう、ございます」

「え？　斧《おの》嫌い？　すごく強そうに作ったのに……刺せば槍、反対側ならハンマーにもなる最強の武器の一つなのに……」

涙を浮かべて見返すと、哀れなほど狼狽《ろうばい》したティルの姿があった。

「あ、い、いえいえいえ！　じ、実は斧が好きなんです！　あ、あまりに素晴らしい斧なので、思わず見惚《みと》れてしまって……！」

そう言って、ティルがあまりに嬉しそうに斧に頬ずりしているので、僕は笑顔で頷く。

「そうか。気に入ってくれて嬉しいよ」

「は、はい！」

健気《けなげ》なティルである。可哀想《かわいそう》なので、後で可愛《かわい》い装飾品でも作ってやろう。木材だけど。

そんなこんなで遊びつつ村に戻ったら、村には正面から順にかなり大きな塀が出来つつあった。

門はそのままだが、左右に伸びる塀は高さ四メートルはあるだろう。

「すごいなぁ。半日くらいで形になってきてる」

馬車から降りてそう呟《つぶや》くと、オルトが腕を組んで唖然《あぜん》とする。

「ヴァン様もあれだが、あの執事も大概おかしいです。あれだけの魔術を連続で発動出来るなんて、かなりの腕ですよ」

言外に非常識扱いされた気がするが、魔術的才能無し扱いされた僕がエスパーダと同等に見られるのは嬉しい。

「エスパーダは有能な執事だからね。陰で侯爵家を支えてきた凄い人だよ」

胸を張ってそう言うと、プルリエルが真剣な顔でこちらを見た。

「それも変な気がします。あれだけの魔術師なら、軍に引っ張られるのが普通です。冒険者ならトップランクになるでしょうし……」

「まぁ、そんなことはどうでも良いよ。エスパーダが隠居生活を送ると言ってまで僕のところに来てくれたのが嬉しい。だから、僕は過去よりも未来を大事にしたいんだ。エスパーダが楽しい老後を過ごしてくれたなら嬉しいよ」

と、偉そうなことを言って詮索を止めてみる。すると、背後から声が聞こえた。

「私にとっての喜びはヴァン様のご成長を実感することでしょうな」

振り向くと、そこには微笑を浮かべたエスパーダの姿があった。手には何やら勉強道具らしき一式が持たれている。

「え、今日？　ちょ、ちょっと待ってよ。先に村の防衛力を強化する方が先決な気がするなー。あ、あの門を強化しないとせっかくの塀が……」

「もし今日にでも襲撃がありましたら、あの門は私が埋めて防壁を作りましょう。さ、何を言っても逃しませんぞ。こちらへ」

がっしりと手を取られ、エスパーダに連行される。この問答無用さがディーとの違いだろう。僕は肩を落として項垂《うなだ》れたのだった。

ちなみに、僕が勉強している間、外ではオルト達冒険者がティルとカムシンの武器に気付いても上がっていた。なんだ、この温度差は。

夕食後、勉強を二時間して解放された。幸運である。通常なら半日やるが、時間が無いからだろう。日も落ちて暗くなったし、オイルランプを灯《とも》すと貴重な燃料が無くなるということも考慮したのかもしれない。

「ふふふん。ふふふん。ふふふふーん」

鼻歌交じりに、僕はティルとカムシンを引き連れて村の中を歩いていく。

ほぼ全ての村人が寝入っているらしく、静かだ。

「おや、坊ちゃん。どちらへ？」

冒険者の一人が夜番をしていたらしく、声を掛けてくる。

「こんばんは。ちょっと防壁と扉の強化に」

「え!? 今からですかい？ そりゃあ危ない。あっしが付いていきますぜ」

と、男が言った。この小太りの男は体型に似合わず、斥候や罠解除担当のクサラだ。お調子者で肉が大好きなクサラだが、意外にも気がきく。

「松明足りますかい？ 扉の強化なんてのは簡単じゃないと思いますがねぇ」

屈託無く笑いながらそう忠告するクサラに、嫌味な部分などは一切ない。

「僕、生産系魔術師だからね」

そう告げると、クサラは目を瞬かせる。

「……良いんですかい？ それ、内緒のやつでしょうに」

「皆知ってるから内緒も何もないよ。それに、木のブロックとティル達の武器も見たでしょ？」

笑いながら答えると、クサラも吹き出す。

「ああ、それですかい。いや、お二人に愛されてますねぇ。試し斬りしたらって言っても、二人とも汚したくない壊したくないって言うんでさぁ。簡単に壊れそうには見えませんがね」

軽快に笑うクサラに、ティルとカムシンが武器を手にして視線を逸《そ》らした。僕はそれを見て眉根を寄せる。

「武器だから試し斬りくらいしとかないと。実際に使う時に使えなかったら最悪じゃないか」

そう言うと、二人はこの世の終わりのような顔で自らの武器を見た。

「で、でも……」

「しかし……」

躊躇《ためら》う二人に、クサラは笑いながら革の盾を出した。

「これなら大丈夫ですぜ。オークナイトの肩と背中の皮ですからね。頑丈で柔軟性もある優れもんなんですわ」

自慢げに取り出した青い革の盾を見て、カムシンは渋々刀を構える。

「え、えいっ！」

と、気合いを入れて軽く刀を振った。刀が傷つかないように細心の注意を払った、腰の引けた打ち下ろしだ。

それを見て苦笑していたクサラだが、刀は吸い込まれるように革の盾に触れ、通り過ぎた。

「ん？」

クサラが首を傾げる中、三分の一ほど切り取られた革の盾の一部が地面に転がる。

「ん？」

僕が首を傾げると、目を皿のように丸くしたカムシンが刀を持ち上げた。

「え？」

ティルが疑問符を浮かべ、自分の持つ斧に視線を落とす。

「お、オークナイトの革の盾がぁあああっ!? 買ったばかりなのにぃいいい!?」

夜の村の空に、クサラの絶叫が響き渡った。


クサラが半泣きになりながら二つに分かれた革の盾をくっ付けようと試みているのを横目に、僕はカムシンから刀を受け取る。

松明に照らされた刀は材料が木とは思えない輝きを放っている。

気になった僕はクサラの隣に立ち、革の盾に手を触れた。

「ちょっともってて」

「へ?」

戸惑うクサラを横目に革の盾を生産魔術で修復する。先ほどよりも更に盾が強くなるように接着、融合させた。見る見る間に元どおりの形状になり、クサラは輝くような笑顔で盾を掲げる。

「お!? おぉおお!? 直った! あっしの盾が! オークナイトの上級革の盾が直りやしたぜ!?」

クサラが「ヒャッホー!」と飛び上がりながら喜ぶ姿に頷き、僕はティルに目を向けた。

「ちょっと切ってみて。端っこで良いから」

「え!? で、でも、尋常じゃないくらい喜んでますけど……」

「後で直すから大丈夫」

そう告げると、ティルは「だ、大丈夫でしょうか」なんて呟きながら、そっと斧を振る。元が木材だからかなり軽い。だから、軽く振った斧も中々の速度でクサラの目の前を通り過ぎた。

「へ？」

疑問符を浮かべつつ首を傾けるクサラの前で、切断された革の盾の一部が地面に落下する。

「おー、凄いね。ちょっとどうだった、感触は」

そう尋ねると、ティルは目を瞬かせて斧をこちらに見せた。

「か、感触なんて無いです。何か、垂れた糸を棒で撫《な》でたみたいな感触があったくらいで……」

「へぇ。そりゃすごいな。でも、研がないと段々と切れ味は劣化していくんだろうな。元は木だし」

そんな会話をしていると、後ろから圧力を感じて振り向く。

「ゔぁ、ヴァン様……!?　あ、あっしの盾は!?　あっしの盾がまたスパッと、スパッとぉおおおっ!?」

嘆き悲しむクサラ。それを見て、ティルやカムシンが非難するような目をこちらに向けた。

「いや、直すよ？　直すつもりだったし」

肩身が狭くなってきた僕はそう言ってクサラの持つ真っ二つになった革の盾を握る。クサラの悲しそうな目を見て、流石《さすが》に良心が痛む。

「前より頑丈にしてあげるから」

そう言って思い切り強化しつつ修復する。すると、クサラの目が再び光を取り戻した。

「や、やった……！　あっしのオークナイトの背中と肩の皮で出来た革の盾が……！」

喜びの雄叫《おたけ》びを上げるクサラに、僕は軽く頷く。めでたし、めでたし。

「おい、なんの騒ぎだよ」

「あれ？　ヴァン様？」

「誰だ、騒ぐ者は。何をしているのだ」

と、クサラが騒いだせいで、オルトやプルリエル、ディーが起きてきてしまった。何人か村人達も家から顔を出しているのが見える。

「起こしちゃったね。ごめん」

謝ると、ディーが僕に気付いて手を振った。

「いやいや、問題はありませんぞ。しかし、こんな夜更けになにをしておいでですかな」

ディーは僕達の顔を一人ずつ確認するように見てそう言った。すると、カムシンが刀を見せてディーの方へ向かう。

「ディー様！　これを見てください！」

カムシンが刀を掲げてみせると、ディーはその刀を受け取り、刃の部分をジッと見た。

「むむ、中々面白い形状。だが、こんなに薄くては盾や鎧にぶつかれば折れてしまうのではないか？　それに、素材も分からんな。魔獣の骨か？」

ディーはかなり興味を惹《ひ》かれたらしく、刀を上に下にと眺め回す。

「これはヴァン様が作ったんですよ」

カムシンがそう言うと、ディーは驚き、嬉しそうに目を細めた。

「なんと！　それはそれは……これほど見事な曲剣は見たことがありませんぞ。次は金属で作れば良い装備となるでしょうな。さすがはヴァン様です」

まるで夏休みの工作を見て褒める祖父のような顔のディーだったが、カムシンはその台詞《せりふ》の内容に頬を膨らませる。

「ディー様、これはそこらの剣など比べ物にならない武器です」

静かに怒るカムシンに、ディーは困ったように笑いながら頷いたのだった。

「ああ、そうだな。なにせ、ヴァン様が手ずからお作りになった武器だ。至高の武器に違いない」

宥《なだ》めるような声で同意するディーに、カムシンは満足そうに頷き返す。明らかに本音は別にあるようだったが、カムシンは気づかなかったようだ。

と、プルリエルが僕達を見て口を開く。

「夜遅くに何をしてるんですか？　もう寝る時間ですよ？」

「馬鹿。不敬だ、プルリエル」

低血圧なのか、不機嫌気味なプルリエルにオルトが慌てる。だが、それは気にせずに自分から謝罪しておいた。

「夜遅くにごめんね。とりあえず、暇があったら村の守りを固めようと思ってね。騒ぎになったのは別の理由だけど」

そう言うと、皆が疑惑の目を向けてくる。

「なぜ、明かりもないのに？」

「ヴァン様がどうやって防備を強化すると？」

「あ、石を積むのですか？」

と、皆が色々と言ってくる。あ、皆バカにしてないか。怒るぞ、僕も。

「何か出来るか試しに来たんだよ」

少しムッとしながら、僕は門の方へ向かった。

「あ、いやいや！　その心意気には感服致しました！　本当ですぞ!?　ただ、なかなかヴァン様にどうにか出来るような作業が無く……」

しどろもどろになっているディーを放置して、僕は年季の入った門の前に立つ。丸太を組み合わせたような門だが、頑丈そうではある。その作りを確認し、手を門の表面に当てる。素材は木だし、ウッドブロックを作る時と同じような感じでいけそうだ。

だが、先程ちらっとディーが言っていた「重さ」という単語が気になっていた。

たしかに、あまり考えていなかったが剣や槍、斧などの武器は自重も使って威力を増している。首などの急所を狙う武器ならば軽いものでも良いが、本来ならちょうど良い重さというものも考慮しなければならないだろう。

では、扉はどうか。家の扉ならば良いが、これは敵の侵入を阻む防衛の要である。一先《ひとま》ずはこれしか無いが、後日、金属の重厚な両開き扉を作ってやる。まぁ、もしかしたら木よりも金属の方が魔力を消費してしまうかもしれないが、この感じならば徐々に作ることも可能だろう。

と、そんなことを思いながら、粘土をこねるように扉を形作っていく。元々はバラバラの木も魔力を込めて結合していけば、やがては一本の木よりも遥《はる》かに頑丈な素材となる。

「ヴァン様……？　それは、いったい……？」

後ろからディーの声がするが、まだちょっと怒ってるので返事をしてあげない。

「……よし、出来た」

そう呟き、顔を上げる。すると、そこには前よりも大きく、豪華な扉が出来上がっていた。装飾は侯爵家の紋章を使い、ベヒモスを模《かたど》ったものを用いている。

蝶番《ちょうつがい》部分はカバーで包み、持ち手は数人が一緒に開閉出来るようにバーにした。鍵は補強も兼ねて、やはり閂《かんぬき》である。こちらも木だったが、随分小さくなっちゃったので後でウッドブロックを持ってきて補強しよう。

そんなことを思いながら振り返ると、皆が目を丸くしてこちらを見ていた。ティルとカムシンは得意げに皆の横顔を見て笑みを浮かべている。

「……誰が良いかな。オルトさんにしようか。ちょっと、この扉を剣で切ってみて。直せるから、気にせず全力で」

そう言って扉から離れると、オルトは躊躇いながらも剣を取り出し、こちらの顔を見る。

「良いんですか？」

「防衛出来るかの確認だから、思い切りね」

「……分かりました」

そう答え、オルトは剣を抜いて上段に構えた。

そして、気合いと共に振り下ろす。

「シッ！」

前後に開かれた脚と腰の落とし具合、腕の振り。どこをとっても力の入った良い振り下ろしだ。

その辺の丸太なら間違いなく真っ二つだろう。

だが、扉に当たったオルトの剣は硬い金属音を響かせて弾《はじ》かれた。空気を伝わる激しい音に耳を押さえながら、僕は扉に向かう。

呆然とするオルトを横目に扉の表面を確認していき、上部の一部に傷が付いているのを発見した。

「……むむむ。傷がついちゃった。やっぱり、木が材料じゃダメかな」

不満たっぷりにそう言って溜《た》め息《いき》を吐《つ》くと、時間が止まったように動かなかった面々が凄い勢いで扉に迫ってくる。

「いやいやいやいやいやいや！」

「な、なに!?　木の扉がオルトの剣を弾いたの!?」

「これ、本当に木ですかい!?」

「ヴァン様!?　これは、え、ちょっ……ヴァン様!?」

現場は軽くパニックになった。

# 第五章 ★ 家作り

　朝日が差し込み、僕は冷たい空気を吸って薄く目を開ける。身じろぎすると馬車が僅かに軋《きし》む音がした。朝日は届いているが、空はまだ朝焼けの真《ま》っ只中《ただなか》である。深い青と藤色、そして地表を染めるオレンジ色が目に眩《まぶ》しい。

「あ、ヴァン様。おはようございます」

　身を起こすと、先に起きて馬車の掃除をしてくれていたティルが挨拶してくれた。

「おはよう、ティル」

　返事をして馬車の窓から顔を出すと、馬車の周りを掃き掃除しているカムシンがこちらに顔を向ける。

「おはようございます、ヴァン様」

「おはよう、カムシン」

　挨拶を返しつつ、土の地面を掃き続けても意味がなさそうだな、などと考えて周りを見回し、自分の考えが早計であったと知る。馬車の周りだけよく整備されたグラウンドのように綺麗《きれい》だった。

「二人とも、掃除お疲れ様」

　労《ねぎら》うと、二人は照れ笑いをしつつ返事をしたのだった。馬車から降りて背伸びをする。服は着替えたが、水浴びが出来ていないので気持ち悪い。後、馬車の中は広いが寝具が寝袋とかしかないから身体《からだ》が痛い。

あ、馬車を改造すれば良かったのか。忘れてた。まぁ、良いか。とりあえず、もう狭い場所での寝起きは嫌だ。結論、村の防衛を固める前に、衣食住を整えねばならない。

「家、作るぞ」

僕は決意と共にそう呟《つぶや》いた。長いこと野営やら夜営やら馬車移動やらを繰り返し、領地である村に着いても馬車で寝泊まりしているのだ。

あれ、僕貴族だよね？

思わず、自分が冒険者だったかと錯覚してしまう日々だ。パピー、覚えてろよ。

やる気を再燃させ、僕は両手を顔の前で叩《たた》く。

「カムシン！　ウッドブロックを持って参れ！」

「へ？　あ、は、はい！」

慌ててウッドブロックを両手に抱えて走ってくるカムシン。忠犬みたいで和む。遅れて、ティルもウッドブロックを持ってきた。

瞬く間に、僕の前にウッドブロックが積み上がっていく。

「な、何かありましたかな？　あの、それは……？」

と、気が付けば側《そば》にロンダがいた。ロンダはウッドブロックを眺めて唖然《あぜん》としている。まさか、材料が木だとは思うまい。

「この広いところに僕達《たち》の家を建てようかと……あ、建てて大丈夫かな？　この場所、広場とかで使ってたり？」

僕が尋ねると、ロンダは頷《うなず》く。

「村の中央ですからな。領主であるヴァン様の屋敷を建てるならちょうど良いと思いますぞ。広場として村で使うことも減りましたからな」

そう言うロンダには、どこか自虐的な雰囲気があった。恐らく、村の余裕が無い為《ため》に祭りなども開催できないのだろう。

ならば、ある程度余裕ができたら、豊穣祭《ほうじょうさい》と謝肉祭を開催できるように頑張ろう。

そんなことを考えながら、僕はウッドブロックに手を添えた。家みたいな大きな物、果たして僕に作れるだろうか。まぁ、扉は作れたのだから、何とかなるか。

魔力を集中して、まずは柱を作る。僕とティル、カムシンとエスパーダが住めれば良いか。ディーと他二名には別に家を作ろう。柱は一先《ひとま》ず四方を先に準備して大きさを決める。自分が寝起きしていた部屋を思い出しながら柱と柱の間隔を定め、地面に突き刺す。

ここで良い誤算があった。柱を作る際、死ぬほど細い針金のような感じをイメージして地面の奥深くに差し込む。その状態で柱を太くしていけば、なんと地面にしっかりと突き刺さった立派な柱が出来るではないか。

押しても引いてもビクともしない、見事な柱である。後は、それに接合して床、壁を作っていき、最後に屋根を作る。ウニョウニョと伸びていくウッドブロックが気持ち悪いが、見ながら作っていく方が出来上がるのが早い。頭の中に設計図はあるが、実際に出来ていくと大きく感じるな。

外壁と屋根まで出来たら、内側の仕切りの壁を作っていく。

ウッドブロックは全て消費したが、とりあえず家の形は出来上がる。共同設備として食堂やトイレ、寝室として大きめの個室が一部屋と中ぐらいの個室が一部屋。後は小さな個室が二つ。一応、その辺りの差をつけておかないとエスパーダに怒られるのだ。

窓は無いので戸板で代用する。硅砂《けいしゃ》とか何処《どこ》にあるのかも知らないし、今度行商人が来たら聞いてみよう。

そんなことを思いつつ、僕は出来上がった家を見上げる。ロンダは目をひん剝《む》いたままフリーズしたように動かなくなっていた。

「ちょっと大き過ぎたかな？」

そう呟くと、途中から無言で見ていたエスパーダが口を開く。

「いいえ、まだまだ小さいくらいでしょう。とはいえ、現在の村の中では最大の邸宅です。それに、見たことのない様式のようですが、作りも立派なものです」

エスパーダの顔はいつも通りだったが、その声には明らかに喜びの色があった。ティルとカムシンも嬉《うれ》しそうである。

「凄《すご》いです！　あっという間に家が！」

「ヴァン様の魔術は四元素魔術よりも余程領主様に向いてますね！」

ティルの後にカムシンがそんなことを言い、ティルとエスパーダの表情が強張《こわば》る。

僕は苦笑して首を左右に振った。

「面白い魔術だけど、やっぱり領民を守れる強い攻撃魔術が一番良いとは思うよ。ほら、そんな領主の方が住む人は安心でしょ？」

そう言うと、ティルが悲しそうに否定する。

「そんなことはありません。私なら、ジャルパ様の街よりも、ヴァン様の街に住みたいと思います」

と、私情百パーセントのティルの励ましに笑って頷いていると、今度はエスパーダが口を開く。

「ヴァン様。戦乱の時ならば、たしかにヴァン様の言う通りかもしれません。しかし、戦の脅威が無い時ならば、領民が求めるのは暮らしを良くしてくれる領主なのです。その意味では、ヴァン様ほど民の目線に立てる方はいないでしょう」

「ぼ、僕はヴァン様に付いていきます！」

エスパーダ、カムシンと揃《そろ》ってフォローに入る。いやいや、僕はそこまで気にしてないってば。

「ぅおっ!?　なんだこりゃあ!?」

今度はオルトの驚愕《きょうがく》する声が響いた。振り向くと、オルト達冒険者の他にディー達も来ていた。皆が僅か一時間程度で出来上がった家を見上げて唖然としている。

「僕の家」

そう教えると、ディー達が期待のこもった目を向けてくる。

「……木材を持ってきたら、皆の家も建てようか？」

思わず余計なことを口走ってしまった。直後、真っ先にディーが部下二名の方を振り向き叫ぶ。

「木々を集めろ！　馬車を使え！　昼までに持ってくるのだ！」

「はっ！」

騎士三名がこれまでに見たことの無い緊迫感を持って動き出した。いや、いつもの緩い空気は何処にいったんだよ。

「お前ら、森に向かうぞ。即行だ。いいか、俺が切り出す。お前らは二台馬車を使って往復しろ。騎士どもに負けるなよ！」

「おうっ！」

と、何故《なぜ》か今度はオルトが鬼気迫る表情で指示を出し、皆が一斉に走り出した。ディー達を追い抜かんと走り出したオルト達に、僕は思わず目を瞬かせる。

いや、お前らは村に住むのか？　住まないなら家作らないぞ、こら。というか、あいつらは領主をなんだと思ってるんだ。

僕が腕を組んで土埃《つちぼこり》を上げて走る馬車三台を眺めていると、後ろからロンダが村人を引き連れて現れる。

「……あ、あの、聞くところによると、家を建ててくださるとか……」

「え？」

聞き間違いかな。そう思って首を傾《かし》げたのだが、村人達の目はマジだった。

「わ、我が家も雨風が吹き込んで……」

「私の家は床が抜けてしまって……」

「玄関の扉が朽ちて無くなりました」

次々にリフォーム依頼が舞い込んできた。そんなもん、建てたハウスメーカーか工務店に言え。家だけに。そう思ったが、彼らの家は僕から見ても酷《ひど》い。多分、地球なら農家の倉庫の方が遥《はる》かに住み心地が良さそうだ。

故に、僕はこう言うしかなかった。

「……家の状態で優先順位をつけてください。順番に建てましょう」

村は喜びの歓声に包まれた。

エスパーダや村人達は防壁作りを、ディー達やオルト達は木材集めを、そして僕はティルとカムシンを連れて家作りをしていた。

あれ？　本当は自分用の家具を作りたかったのに、何故こんなことに……。

僕は集まった木材を使い、まずはウッドブロックを作っていく。ただの木材から素材を変質させつつ形状も変えていくのは難しかったからだ。だから、流れ作業のように先ずはウッドブロック作りをして、材料がある程度貯《た》まったら家作りだ。だんだん慣れてきたからウッドブロックもかなりの勢いで生産している。丸太や壊れた家の壁、扉などを受け取り、サッサッとウッドブロックにしていく。

一時間ほどで家一軒分近くのウッドブロックを作製することが出来ただろう。

「よし、それじゃあまずは家が無いディー達の家を作ろうか。次にオルトさん達。その後はフーラさんの家。で、インカさんの家……」

段取りをしながら、社畜気分になって気持ちが沈むのを感じながらも、やり出したら止まらない。ディー達の家は兵士としての詰所も兼ねた方が良いかもしれない。訓練場は無理だが、武器や鎧《よろい》の倉庫とかも必要だろう。

中くらいの部屋と小さめの部屋二つ。あとは食堂とトイレ、そして外から直接入れる休憩所。倉庫は大きめの方が良いかな。そんな感じで建物を建てると、領主の館と同じサイズの家になってしまった。まぁ、倉庫のスペースもあるから仕方がないか。

「あ、副団長！　完成しています！」

「なんと！」

と、まるでタイミングを見計らったようにディー達が帰ってきた。出来上がったばかりの家を見上げ、目をキラキラさせている。

「お、おぉ……！　なんと見事な！　流石《さすが》はヴァン様！」

「いやぁ、一時期はどうなるかと……行軍訓練でも最長半年しか野宿はしませんからね」

一人の騎士が思わずといった様子で漏らした台詞《せりふ》に、もう一人の騎士が頭を小突いて黙らせる。

公然と僕の領地を馬鹿にしたな、こいつめ。何が野宿と同じだ。それより少しはマシだわ。

ジッと見ていると、騎士Aことお調子者のアーブが最敬礼をして「申し訳ありません！」と叫んだ。いや、良いけどね？　僕は良いけど皆には謝りなさいよ？

ジッと見ていると、騎士Bこと生真面目なロウが最敬礼をして「お許しください！」と叫んだ。いや、君は何も言ってないよね。

「村の人達に謝罪の心を込めて、いっぱい木を集めてね」

そう告げると、アーブとロウは大きな声で返事をして、矢のように走り出した。一方、ディーは家の周りを見ていたらしく、上機嫌に近付いてくる。

「いや、本当に見事ですな！　ヴァン様の魔力の強さにも驚きましたが、こんな見事な邸宅を作り上げる知識にも脱帽ですぞ！」

ディーはそう言うと、部下がいないことに気付く。

「む？　あいつら、何処に行った？」

半眼で周りを見回すディーに、僕は村の入り口を指差した。

「村人達にもこんな立派な家に住んでもらいたいと言って、木を集めに行ったよ」

そう答えると、ディーの目がカッと見開かれた。

「な、なんと！　そのようなことをあいつらが!?　まさか知らず知らずの内にそのように成長しているとは……よし、私も木を集めに行きますぞ！」

と、ディーは感動しながら走り出そうとするので、待ったをかける。

「馬車は一台でしょ？　今から追いかけても大変だろうし、ディーは村の防衛に残っててよ」

「むむむ……確かに、村の守りに割く力が足りませんな。では、私はこちらに残り、防壁作りの手伝いを行いましょう」

そう言って、ディーは村の防壁作りに加わった。

エスパーダの力により、村の防壁作りはこの日の内に終わり、オルト達の家も出来上がる。オルト達の家は最低限のものにした。まぁ、各自に個室はあるので十分豪華だが。

さらに、余裕があったので領主の館の横に簡単な浴場を作ってみた。単純に風呂に入りたかっただけだが、風呂が出来たと聞いて女性陣が飛び上がって喜んだ。ちなみに、風呂釜は鋼鉄製で、プルリエルが水の魔術を使って水張りをし、釜の下で火を焚《た》いて水を温めるというレトロな代物。いわゆる五右衛門風呂である。試しに入ってみたが、中々良かった。とりあえず、さっぱりと湯で身を清めることが出来たのが有難い。

「ヴァン様は私と入りましょう」

「私も入ります」

などという誘惑もあったが、断った。十歳のカムシンは大人と一緒で、八歳の僕が子供扱いは納得出来ない。僕は立派な大人である。そう抗議すると、ティルとプルリエルから可愛《かわい》いものを見る目で見られた。なにか悔しい。ちなみに後で大いに後悔した。

夕方になり、僕は出来たばかりの我が家で寝ようと思ったが、ベッドを作り忘れていることに気がつき、泣きそうになる。

馬鹿か、僕は。ようやく広々とした空間で寝れると思ったのに、何が悲しくて屋内で寝袋を使用しないといけないのか。急遽《きゅうきょ》、余っていたウッドブロックを使ってベッドを人数分作る。我が家に四、ディーの家に三、オルトの家に五だ。

村人から藁《わら》を分けてもらい、干し草ベッドを簡易的に作る。

ふかふかだ。余は満足である。

おやすみなさい。

次の日、朝と共に起床。久しぶりに熟睡した為か、元気一杯である。

ふははは。ティルよ、もっとオムレツをください。

「美味《おい》しい」

「良かったです！　材料が少ないから、ちょっと心配でした」

僕が感想を述べると、ティルはホッとしたようにそう言った。即席で作ったテーブルと椅子のセットだが、意外にも座り心地が良く満足している。朝から我が家で美味しいご飯が食べられて、可愛いティルと笑い合う幸せ。

と思っていたら斜め前に座るエスパーダが険しい顔で口を開いた。

「……村の防衛も大事ですが、定期的な収入もどうにかしなくてはなりません。今のままでは、一ヶ月に一度来るか来ないかという行商人しか外との交流は無いと聞きます」

真面目なトーンで話しているが、口髭《くちひげ》にオムレツが少し付いてるぞエスパーダ。そんな色々同時にできるかエスパーダ。僕は疲れたぞエスパーダ。

「とりあえず、家や家具、何なら服とかも僕がなんとか出来ると思うし、食料は十分確保することが出来る。だから、防衛力の強化に集中したらどうかな」

そう言ってみると、エスパーダは口元をそっと白いハンカチで拭い、顔を上げた。

「調味料がありません。また、ヴァン様のお好きな甘い焼き菓子などを作ろうにも材料がありません」

「なんだって!?」

僕は立ち上がった。立ち上がって叫んだ。ティルを見ると、視線を逸《そ》らされてしまった。そうか。もう調味料は残り僅かなのか。

「……産業か。よし、すぐにこの村から売り出すものを作ろう。何でも良い。案を出してくれ」

僕がそう言うと、カムシンが手を挙げた。

「ヴァン様が作った木のブロックが良いと思います！」

「却下。僕にしか加工出来ない」

カムシンがシュンとした。

「ま、魔獣を狩ってきて素材を……」

「却下。狩れるのはオルトさん達だけど、狩ったらオルトさん達のものだ。この村の物じゃない」

ティルがシュンとした。

「通常ならば農作物などでしょう。しかし、この村での特色となると難しい。それに、すぐに収入には繋《つな》がりません」

エスパーダが勝手に納得して俯《うつむ》いた。

勿論《もちろん》、運ぶ距離を考えたら木材もダメだ。大きな川の側なら水路が選べるが、この村ではそれも期待出来ない。

「むむ……やっぱり、僕が働くしかないのか」

渋々そう呟くと、皆がこちらに顔を向けた。

・

朝から村人達の家を建てている僕に、オルト達が近づいてきた。

「鉱石の買取をしてると聞いたんですが」

声を掛けられて、振り向く。見ると、オルト達は馬車に木材と一緒に大量の鉱石を持ってきていた。いや、馬車頑丈だな。心なしか馬が迷惑そうな顔してるぞ。

「この奥の森はウルフスブルク山脈の麓のせいか、魔獣が手強《てごわ》いやつが多いんです。そのお陰ですかね。山まで行かずとも珍しい鉱石が採れます」

そう言ってオルト達は両手に鉱石を持ち、僕の前に並べていく。

「こっちは鉄鉱石、更に銅や銀、金も少し採れました。後は……ほら、ミスリル鉱も」

嬉しそうに最後の一つを報告するオルト。原石のままなのに見事な青い銀色の石に、僕は無性にワクワクするのを感じた。

「ミスリル！　それは凄い！　森で採れるなんて……何故、これまで採掘されなかったんだろう？」

ふと疑問に思った。すると、オルトは腕を組んで唸《うな》る。

「推測ですが、これまでは距離が離れていて利便性も無いことから、騎士団による探索くらいしか試されてないんじゃないですか？　騎士の目だと薬草や鉱石なんてのはあまり目に留まりませんし」

「なるほど。じゃあ、腕が良い冒険者なら採掘可能な優良鉱山ということかな。麓でそれなら、ウルフスブルク山脈には相当な資源が埋まってそうだね」

そう口にすると、後から来たエスパーダが不思議そうに眉根を寄せた。

「しかし、珍しい。金属鉱石が山ではなく森で採掘されるというのはあまり聞きません。砂鉄ならば良く聞きますが、そういった塊での鉱石は非常に稀《まれ》かと思われます……例外として、鉱石を用いたストーンゴーレムやアイアンゴーレムなどが出るダンジョンの近くならば、そういった話もあるでしょう」

そんな推察を述べるエスパーダに、オルト達は顔を見合わせる。

「……ゴーレムの痕跡あったたか？」

「いや……あるとしたら、かなり昔に崩れたゴーレムとかか？」

「ダンジョンがあるのか？」

「分かりませんぜ。あまり調査されてませんし、ダンジョンもありえるでしょう」

やり取りを終え、オルト達は真剣な表情で僕を見た。

「……ヴァン様。もしダンジョンが発見されたら、風向きが大きく変わります。この村には、大量の人と物が行き来するようになるでしょう」

その言葉に、思わず口の端が上がる。

「新しいダンジョンか。本当にダンジョンが見つかれば、村の重要度は格段に上昇するね」

なにせ、ダンジョンは資源の宝庫だ。更に、新たなダンジョンとなると宝物や遺産などもあることが多い。

冒険者ギルドの会員はダンジョンを発見した場合、必ずギルドに報告しなくてはならず、報告を受けたギルドは迅速に最も近くの町や村に支部を作るという決まりがある。それだけ重要視されるダンジョンを、各国が放っておくわけも無い。なにせ、各国の国宝と呼ばれる武具や宝玉などの殆《ほとん》どはダンジョンから見つかった物なのだ。

しかし、それ故に問題も生じる。

「この村が今の状態でそんな報告をしても、受け入れる力が無いよね」

そう言うと、オルト達は首を傾げたが、エスパーダは深く頷いた。

「その通りです。大人数の冒険者や行商人、更には調査の為の騎士団なども来るでしょう。この村の設備、施設、食料など、全てが不足しております」

「後、利益目当てで隣国が攻めてきたりね。いや、隣の伯爵領の方が可能性は高いか」

僕が補足で推測を加えると、エスパーダは無言で顎を引く。それに、オルト達は困ったような顔をした。

「……つまり、ダンジョンは暫《しばら》く探さないようにしようってことか」

「内緒で一回潜っちまうか」

「馬鹿。それこそ強制退会処分だぞ」

難しい顔で話し合うオルト達をよそに、プルリエルが腕を組み、こちらに顔を向ける。

「ダンジョンがあるって分かれば、すぐに騎士団を派遣してもらえるんじゃないですか？　それに、ヴァン様の魔術があれば建物の問題もすぐに解決しますよ」

そんな疑問に、僕は苦笑する。

「僕は厄介者だからね。追い出した先が有力な地になれば、また別の場所に追い出されるだけだよ。だから、僕がこの村を大きくした実績を作ってから、ダンジョンを発見しないとね」

そう答えると、プルリエルは眉を上げて驚いた。

「……なるほど。それなら仕方がないですね」

返事をし、オルト達の方へ向き直る。

「皆、ダンジョンを見つけないように資源集めしよう」

「お？　あ、あぁ。了解」

「へーい」

「分かった」

オルト達はあっさりと僕達の希望に添って意見をまとめた。冒険者にとって、新しいダンジョンの発見は立派な功績である。更に、報告さえしてしまえば冒険者ギルドの調査員が来ると同時にダンジョンに潜ることも出来る。

つまり、一番手でダンジョンの宝探しが出来るのだ。マッピングの面でも先に探索した者の方が有利である。だから、オルト達が僕達の意向を受け入れてくれたのは、純粋に好意からなる親切心だろう。ダンジョンを探して報告を急ぐ方がメリットは大きいのだから当たり前だ。

一方、国やその地を治める貴族からしても、ダンジョンの発見は重要な案件である。本来ならば、僕もダンジョンがあるなら早く発見し、報告しなければならない。とはいえ、僕の立場もある。僕の価値はゼロであり、将来を期待されているわけでもない。たまたまダンジョンを見つけたと報告しても、兄の中の誰かに差し出させられるだけだ。

だから、自力でこの村を強大にしなくては。

決意を新たに、僕は地面に並べられた鉄鉱石を手にする。

鉄鉱石に魔力を集中させると、石の内部を透過するように魔力が浸透していくのが分かった。木の場合は均等に何層もある溝を這《は》うように浸透したが、鉄鉱石の場合は魔力の浸透に時間のかかる部分と、即座に浸透する部分とに分かれた。試しに、浸透が楽な部分を砂状にして鉄鉱石から分離してみた。

なんか、ゴリゴリの金属が残った。でも、大きさは三分の一くらいになっちゃったな。

「もう鉄が出来た!?」

オルトの驚きの声が聞こえ、顔を上げた。

「本当なら溶かして不純物を取るから、純度は分からないけどね」

そう返事をすると、クサラが目を輝かせながら鉄を指差す。

「た、試しにそれであっしの剣を作ってくれません？　細めの両刃の剣が良いですぜ！」

クサラがそう言うと、他の冒険者達が目を瞬かせる。

「あいつ、あんなに剣好きだったか？」

「昨日の夜から何かおかしいんだよな」

「坊ちゃんが作る武器だから、後で高く売れるとか？」

カムシンとティルの木の武器が異様な斬れ味となったことを、他の皆はまだ知らない。

クサラは不敵に笑った。凄く悪そうな顔で笑った。まぁ、革の盾の件は可哀想《かわいそう》だったし、サービスしてやろうか。

「じゃあ、短剣で金貨一枚。長剣で金貨二枚ね」

「安い！　なら、短剣と長剣を一本ずつでお願いしやす！」

まさかの即決である。良いのか。百万円から二百万円くらいの価格だと思うのだが。

そう思っていると、オルト達の表情は微妙だった。

「ちょっと割高か？」

「そうね。鉄の武器でしょ？　それなら大銀貨五枚から八枚くらいね」

と、そんなやり取りをしている。そうだよね。高いよね。

だが、クサラは笑みを深めて口を開く。

「ふっふっふ……後悔しても知らねぇですよ。じゃ、坊ちゃん。金貨三枚でさ」

嬉しそうに金貨三枚を持ってきたクサラから代金をいただき、僕は疑問に思いながらも鉄鉱石を手に、材料の鉄を作る。

十分に材料が出来たら、まずは短剣からだ。

さぁ、何を作ろうかな？

好みは装飾が多めの武器である。よし、柄《つか》は握りやすく、鍔《つば》はまっすぐ、刀身はしなやかな両刃に……後は、中心に文字と装飾、柄尻も少し拘《こだわ》ろうか。

刀身の厚みは刀より厚く、けど刃の部分は極限まで鋭く……金属の密度が大事な気がする。ぎゅっと集めて、凝縮させよう。周りから息を飲む音が聞こえたが、気にしない。今はこの剣のことだけを考える。美術では毎回先生に褒められていたのだ。その実力を発揮する。細部の細部までイメージしろ。

「……よし」

手応えはバッチリだ。でも、時間は大して掛かっていない。手抜きというわけじゃなく、コツが摑《つか》めてきたのだろう。その証拠に、僕の手の中には大袈裟《おおげさ》なほど立派な剣が一本在った。長さは六十センチほどで、刃の幅は根元で十五センチほどか。装飾も格好良いぞ。

口の端を片方上げて、短剣をクサラに差し出す。

「はい、どうぞ。記念すべき最初のお客だからね。装飾に凝ってみたよ」

そう告げると、クサラは震える手で剣を受け取り、何故か天に掲げた。

「ふぉ、ふぉおおおっ！」

「え、なに、怖い」

僕は突然咆哮《ほうこう》し始めたクサラにドン引きし、次の剣作製に取り掛かる。

そっとクサラから距離を取り、地面に並べた鉄の塊を持つ。次はお揃いのデザインでただ長くするだけだ。元々イメージは強く固まっている。ぐいんぐいん粘土を引き伸ばすようにして金属の塊を伸ばし、一気に凝縮して剣の形にしていく。長さは一メートル。クサラの場合、これ以上長くなると使いづらいだろうと思う。

背後で剣を見せろと騒ぐ声と抵抗するクサラの声が聞こえるが、完全に無視する。

黙れ、オーディエンス。今ヴァン様がオシャンティーなロングソードを作っておるのだ。

と、そんな余計なことを考えながらでも剣のイメージが壊れず、魔力も均等に流れる。いつか鍛冶屋の歌でも口ずさみながら剣を作れるかもしれない。

「……よし、出来た。うん、中々格好良いな」

僕はそう言って、美しくも力強いロングソードを掲げてみる。柄の長さはやはり両手で握るかもしれないから、持ち方にもよるが三十センチはあった方が良い気がして三十センチ近く。刀身の長さは七十センチだ。鍔はまっすぐ。刀身の太さは太い根元で十五センチくらいかな。力強く、それでいてシャープな感じ。やはり、図画工作と美術の成績が良かっただけはある。

自己満足に浸りながら、僕はロングソードをクサラに差し出した。

すると、クサラは大事そうに持っていた短剣を逆手に持ちながら、器用にロングソードも両手で受け取る。

「ぉほぉおおっ！」

奇声が上がった。その場で飛び跳ねる部族の踊りのようなものまで始まる。騒ぐせいで村人達まで集まってきた。

クサラがあまりに喜ぶので、オルト達が目の色を変えて迫ってくる。

「ヴァ、ヴァン様！　俺にも剣を！　あの長剣が欲しい！」

「俺は短剣だ！　刺突用のが欲しい！」

冒険者達が急に生き生きし始めた。おや、意外にも本職でも欲しがる出来栄えなのか。

僕は優しく微笑《ほほえ》み、オルト達に言った。

「金貨三枚から五枚ね。あ、大剣とかなら十枚かな？」

「値段が上がった！」

「一瞬で高騰したぞ！　どうなってる!?」

値段を倍に吊《つ》り上げてみたが、現場はパニックになった。高過ぎたか。

そう思っているとプルリエルが眉をハの字にしてクサラの剣を見た。

「金貨三枚か……ちょっと厳しいかな。作って欲しい短剣があったんだけど」

悔しそうな雰囲気で呟くプルリエルに、僕の良心が痛む。女の子を悲しませてしまうなんて、僕のバカ。

結果、思わず自分からプルリエルに声を掛けてしまった。

「……仕方ないね。サービスで金貨一枚で作ってあげるよ。今回だけね？」

ツンデレを装い、僕はそっぽを向きながらそう告げる。すると、プルリエルは目を瞬かせて僕を見た。

「い、いいんですか？　本当に？」

「仕方ないからね。今回だけだからね」

そう答えると、プルリエルは嬉しそうに笑った。すると、それを聞いていたオルトが嬉しそうな顔で寄ってきた。

「いいんですか！　今回だけ金貨一枚でいいんですか！」

「オルトさんは金貨三枚ね。あ、長剣なら金貨五枚。大剣ならサービスで金貨七枚」

「馬鹿な！　大剣以外安くなってねぇ!?」

うるさいよ。さっさと出すもん出しな。

「大剣で良いですか？　じゃあ、作りますね」

僕が笑顔でオーダーを確認すると、発注元は慌てて両手を振る。

「ちょ、待っ、分かった！　じゃ、じゃあ長剣にする！　長剣にします！」

「はい、金貨五枚ね」

「ぐはっ」

騒ぎに騒いだオルトは、泣きながら金貨五枚を僕に手渡した。持ってるのか。凄いな、オルト。

僕の中では常に七百万持って冒険してる人に昇格したぞ。そんなもん、持ったまま走るだけで大冒険だわ。心臓止まること間違いなし。

と、なんやかんやと冒険者達から注文を受ける。そうして、冒険者達は総額なんと金貨二十枚を支払った。仕方ない。家用の家具はサービスで用意してやろう。ヴァン様に感謝するがよい。

ん？　剣を高値で買ってもらったのに、そういえば家は無料で用意してしまったな。

どちらかというとサービスし過ぎな気がするぞ。


夕方になり、外の防壁も大方完成し、さらには周囲に簡単な堀まで出来た。

だが、例の盗賊団は来ない。まぁ、元から確実に来るとは限らない話だったけども。

「こうなったら、先に防衛用の設備から準備するか」

そう呟くと、ティルが村を見渡す。

「皆さんの家もあっという間に出来ちゃいましたからね。でも、ヴァン様？　魔力は尽きないのですか？」

「ちゃんと疲れるよ。だから、疲れたら終わり」

「一日中何か作っていた気がしますが……」

ティルが呆《あき》れたような困ったような顔をするが、僕は首を傾げるだけだ。村人達の家は殆どが二部屋か三部屋にトイレといった超簡単な家である。いつか石材がいっぱい手に入ったら建て直そうとは思うが、今はこれで十分だろう。

その証拠に、村人達からは物凄く感謝された。出歩けば頭を下げられて農作物やらなんやら貰《もら》えるくらいである。

うむ、苦しゅうない。物よりお金をください。

家は防衛や村の中での利便性も考え、移動しやすいように四つの家を一組とし、大きめの通りが格子状になるように配置している。方格設計とかいう作り方かな。中心のブロックには領主の館がある。周囲にはディー、村長の家などのブロック。出入りが多いだろうオルト達は出入り口近くだ。

今は敷地いっぱいいっぱいだが、今後は村を拡張しても良いかなと思う。後は資金と資材調達、防衛設備だ。とりあえず、次の行商人が来るまでに武器や鎧、盾のストックを作っておこうとは思うが、防衛の設備も大事である。

人手が欲しいが、工作出来る人は少ない。

仕方なく、僕は簡易的なバリスタを作った。魔獣の皮をゴム代わりにし、前面はクロスボウのような形状で大型の矢などを固定する台がある。射出口のところ以外の前面には、ウッドブロックを使って作った大きめの盾を備え付けており、敵からの攻撃を防ぎつつ破壊力の高い槍《やり》のような矢を飛ばすことが出来る。ちなみに、テコの原理を使って出来るだけ軽く引けるようにしたのだが、それでも重い。

そんなバリスタを、とりあえず村の周囲全方向に八台作った。上下左右に照準を合わせることは出来るが、村の中にまで振り返ることは出来ない機構だ。全てに矢をセットしておいたので、敵が来たらすぐさま使うことが出来る。

「もうちょい強化しないとね」

僕は油断しないのだ。

村の四方の角に物見櫓《ものみやぐら》を作ってみた。とはいえ、材料の問題もあり、二階建ての屋上にバリスタを設置する程度の簡素なものだ。だが、見た目はしっかり城塞都市っぽくなって満足である。

まぁ、規模はかなり小さいが。

そうこうしている内に、辺りはすっかり暗くなった。ティルは食事を用意するといってカムシンを呼び、入れ替わるようにして家に行ってしまった。

「良く働いたね」

そう声を掛けると、カムシンは悔しそうに俯く。

「どうしたの？」

尋ねると、カムシンは土に汚れた両手を開き、溜《た》め息《いき》を吐《つ》いた。

「僕は、何メートルか石を積んだだけです。ヴァン様がこんなに、村を変えたのに……僕は石を積むくらいしか……」

声が沈んでいくカムシンに、僕は困ったように笑う。

「僕は領主だからね。村を良くしていかないと。カムシンは、何を目標にしてる？」

僕の問いに、カムシンは難しい顔を見せる。十歳にする質問じゃなかったかな。そう思っていると、カムシンは力強い目でこちらを見返してきた。

「……僕の目標は、ヴァン様を守ることです」

その言葉に、僕は思わずキュンとした。

いや、冗談を言える雰囲気ではないか。

「無理はしなくて良いからね。でも、ありがとう」

ちょっと照れるが、感謝は伝えておこう。

カムシンは返事をしつつ、急に僕の前を歩き出した。胸を張って、周囲を警戒しながら歩くその姿に、思わず笑ってしまう。第三者が見たら十歳と八歳の子供が遊んでるって感じで微笑ましいかもしれない。まぁ、カムシンは大人顔負けの強い気持ちと覚悟で目標を目指しているが、そんなことは分からないだろう。

今度は、カムシンに鎧を作ってやろうか。

少しでも、立派な騎士に見えるように。

# 第六章 ✦ 盗賊達と

それから三日間。僕はよく働いた。

村の防壁は生産系魔術を使って全て固めた。表面に石を配置していたのだが、それを接合してコンクリートみたいに強くしている。

高さも微妙に違っていたのを、一番高い部分の三メートルで揃《そろ》えた。上部は幅一メートル半くらい。そこに等間隔にシールド付きバリスタを合計百台備えた。

これがタワーディフェンスのゲームなら機銃と地対空ロケット砲を交互に設置したいところだが、残念ながらそんなものは作れない。世の中には火薬の研究をし、形だけでも銃を作った者がいると聞く。行商人が来たら聞いてみよう。

ちなみに、防壁の外の堀は三日で村の周囲を囲むまでに至った。村の正面にのみ橋を渡せるようにしており、滑車で上げ下げする。門も裏側に金属の板を当てて更に補強した。

「うむ。満足満足。こんなに強い村は中々無いぞ」

僕がそんなことを言っていると、ティルやカムシンは「はい！」と嬉《うれ》しそうに返事をし、エスパーダやディーは眉間に皺《しわ》を作り唸《うな》った。

「……これはもはや村ではありません」

「小さな要塞ですな。まぁ、盗賊如《ごと》きではどう足掻《あが》いても攻略出来ますまい」

二人も太鼓判を押してくれた。何処《どこ》か呆《あき》れたような空気が流れているのは気のせいだろう。と、ディーが悔しそうに口を開く。

「……ヴァン様のこの御力《おちから》を、ジャルパ様が気付いてくださったなら……侯爵家はヴァン様を当主、もしくは補佐として大きく発展したものを……」

その呟《つぶや》きに、エスパーダが眉根を寄せた。

「そのようなことは言ってはなりません。ご当主は戦える力を最も重要としただけのこと。そのお考えの可否など、私達《たち》が決めることではないのです」

「しかし、エスパーダ殿！　これを見れば分かるだろう!?　ヴァン様の御力は充分に戦える力ではないか！　むしろ、時間さえあれば誰よりも強大な力とさえ言える……！」

「ヴァン様の御力は守る力です。この拠点を動かすことは出来ないように、ヴァン様の御力は他国を攻めるには向かないでしょう。その代わり、他国から攻められた時、ヴァン様がいれば鉄壁の守りとなり、民を守ることが出来る筈《はず》です」

「馬鹿な……！　エスパーダ殿、戦とは兵と兵がぶつかり合うことだけではない。攻める隊と守る隊、そして補給する隊が上手《うま》く作用してこそ……」

二人の議論は瞬く間に過熱していく。

喧嘩《けんか》でもしているかのような語気の強さに、ティルとカムシンがオロオロしだした。僕はそれを眺め、エスパーダ達に声を掛ける。

「境遇を悔やんでも、才能を悔やんでも仕方ないさ。自分の持ってる物だけで勝負しないとね」

と、僕は有名キャラクターの名言をパクって我が物顔で諭してみた。

するとディーは目を見開いて固まる。暫《しばら》く僕の顔を凝視していたが、やがてディーが吹き出すように笑いだした。

「ふ、ふはははっ！　まさにヴァン様の仰《おつしや》る通りです！　自らの不遇を嘆いていても何も変わりません！　こんな領地の端に追いやられようと、ヴァン様なら盛り返せますぞ！　そして、やがてはヴァン様の領地を……！」

「侯爵家と相対する道を勧めてどうするつもりですか」

ディーの台詞《せりふ》にエスパーダが冷静に突っ込む。だが、エスパーダの目は穏やかだった。表情に変化はあまり無いが、どうやら僕の台詞に喜んでいるらしい。

こういった日の翌日は勉強の密度が高くなる為《ため》、明日は忙しいふりをして武器を作ろう。そう決意を固めていると、ティルとカムシンがキラキラした目で見ていることに気付く。

うわ、直視できない。名言パクってドヤ顔したなんて言えない。

困った僕は、村の外の堀を見るべく歩き出す。何しろ堀は穴を掘っただけで水を張るまでには至っていない。いや、水を溜《た》めない空堀や段差のみの堀もあるが、やはり水を張った水堀が理想だ。風情があるし。

しかし、今は少し水が入ってはいるが、徐々に土が吸ってしまっており、ぬかるんでいる程度の水気なのだ。やはり、堀の底や横の部分をしっかり固めないとダメか。後、水を引くルートを確保しないと。

近くに川、湖があれば良いが、残念ながら近くには無い。ちょくちょく川まで水を汲《く》みに行くこともあるが、あまり水量は無い。他の水は雨を溜めた甕《かめ》があり、それをろ過して使ったりしている。

「やっぱり、水源を確保しないとなぁ。ライフラインが一番大事だ」

そんなことを呟きながら村の出入り口の方へ向かっていると、入り口の扉を開けて、外から村人の一人が走ってきた。

血相を変えてという言葉がしっくりくるような、必死の形相だ。

「と、盗賊達が来た！　街道の向こうから、向かってきてる！　は、早く橋を上げろ！」

息も絶え絶えになりながら叫ぶ村人に、僕はすぐに頷《うなず》き、片手を左右に振った。

「橋を上げて！　すぐに扉も閉めて！　外に出てる人の数は分かる!?」

そう指示を出すと、即座に村人達が動きだした。男は橋を上げ、扉を閉めて閂《かんぬき》を掛ける。避難すべき女子供が急いで村人の顔を確認していった。

おぉ！　僅か数日で僕もしっかり領主として認知されてきたのか！　皆が素早く行動してくれる！

内心でちょっとした感動に浸りながら、僕は状況を確認した。橋はもうすぐにでも上がるし、扉は閉じられた。

ならば、次は配置だ。

「物見櫓《ものみやぐら》の上に一人ずつ行って！　防壁の上には一方向に最低五人！　入り口側には十人向かって！」

次の指示を出してから、僕も防壁に登ろうとした。しかし、ティルに手を引かれて立ち止まる。

「ティル？　僕も行かないと」

そう言って振り向くと、涙をいっぱいに溜めたティルの顔が目の前にあった。

怒っている。

それがすぐに分かった。なにせ、僕がティルの怒るところを見るのは初めてなのだから。

「……ごめん。ディー。部下を連れて様子を見に行ってくれる？　情報を伝えてくれたら、僕も後ろから指示を出すから」

そう告げると、ディーは胸を叩《たた》いて口の端を上げた。

「お任せあれっ!!」

【ディー】

私にとって、これは何度も経験してきた単なる盗賊退治でしかない。騎士の方が少ない時だってあったし、行軍中に奇襲されたこともある。それらは盗賊が依頼者を脅してまでして得た情報であり、騎士団を潰すべく万全の状態で行われた戦いだ。

だが、私はその悉《ことごと》くを打ち破った。

全ては練度の高い兵達と最良の陣形、戦い方を選択した結果だと思っている。

まぁ、つまり私の指揮はそれほど卓越し、天才的であり、最高だと自負している。

だが、そんな私が今はヴァン様の指揮に従ってみたいと思っている。驚くべきことだ。団長のストラダーレの指揮であっても、自分の方が上手く指揮をすることが出来ると思うというのに。

「……いや、違うな」

これまで、私の予測を何度も裏切ってきたヴァン様だからこそ、その指揮を間近で感じたいと思っているのだ。

それに気付き、自然と笑みが浮かんだ。

「はっはははっ！　面白い！　さぁ、どうなるか！　見ものである！」

笑いながら階段を登り、バリスタを構える村人達の怯《おび》えた顔を見て、腰の引けた者共の背中を叩き、街道を見た。

辺境故に何の遮蔽物も無い、見晴らしの良い街道だ。あの村人はかなり遠くに現れた盗賊団に気付き、声を上げたのだろう。優秀な斥候になれる。何しろ、私の目にはようやくこちらに向かって走ってくる集団が野蛮な盗賊だと認識出来る距離なのだ。

野蛮な盗賊どもは統一感のない荒くれ者らしい格好で走ってくる。中には大口を開けて剣を振り上げた格好の者までいた。

「……む、走ってくる？」

その光景に、私は頭を捻《ひね》った。すると、後方からヴァン様の声が響いてくる。

「どうかなー!?」

いつものヴァン様の落ち着いた声に笑いながら、私は一兵卒のように素直に状況を伝える。

「数は五十から百！　まだ数百メートルは先です！　ただ、不審なことに盗賊団は全力疾走でこちらに向かっております！　着いた頃にはバテて地面に転がるでしょう！」

そう返答すると、ヴァン様は一秒か二秒ほど間を置き、すぐに返事をした。

「分かったー！　もしかして、盗賊が何かに追われていないかなー？」

と、そんなことを言ってきた。

成る程。確かにそれならばあの全力疾走も分かる。つまり、巡回中の騎士団に見つかったか何かしたのだろう。そう思い、私が目を凝らして見ていると、隣の村人が「あ！」と声を上げた。

「なんだ？」

聞くと、村人は盗賊団の背後を指差した。土煙が少し上がっているせいではっきり見えないというのに、何か分かったというのか。

「尾だ！　尾が見えた！」

「……尾？」

あまりにも断片的な情報に首を傾《かし》げるしかないが、今一度確認せねばなるまい。

バラバラだが五列ほどに広がって走ってくる盗賊どもの後方を見る。

やはり土煙でよく見えん。しかし、隣の村人以外からもなにかを発見したかのような声が次々と聞こえてくる。なんなんだ、この村は。皆異様に目が良いとでもいうのか。

「あれは、甲殻亜龍《アーマードリザード》だ！」

「それも一頭や二頭じゃないぞ！」

その叫びに、私は顔を顰《しか》める。

最悪だ。この村にとって、最も嫌な相手が現れてしまった。急いで背後を振り返り、地上にいるヴァン様を見て叫ぶ。

「ヴァン様！　どうやら盗賊を追い立てるのはアーマードリザードの群れのようです！　アーマードリザードの通常見える範囲には、並みの武器は効きませんぞ！」

そう言うと、ヴァン様の顔が心なしか曇ったようだった。

それはそうだ。この村において、戦える魔術師はエスパーダとあの冒険者の娘くらいだ。そして、冒険者達は資材調達に出てしまっている。魔術師がいなくとも、鎧《よろい》や重装備を備えた騎士団ならば、アーマードリザードの動きを抑え、弱点である腹部を斬るなどの攻撃を加えれば討伐可能だ。

だが、村人にそんなことはさせられないし、出来ないだろう。

かくいう私も、最重量装備をして一人で二頭相手にするのが限界だ。部下達は二人で一頭といったところか。つまり、重量のあるアーマードリザードの突進や爪、尾の攻撃を受けながら、ただ耐えることしか出来ない。

「皆！　バリスタの矢を変更！　横に置いてる鉄の槍《やり》を載せて！」

と、ヴァン様の指示があった。

僅かな可能性に縋《すが》り、せめてバリスタの攻撃力を上げるということか。やらないよりは良い。だが、無駄であろう。

「……いや、私はヴァン様の指示に従うと決めた。無心である。一兵卒はただ言われたことを的確に実行するのみ！」

一つ空いていたバリスタに向かい、村人達と共に矢をすげ替える。

敵を盗賊と想定していた為、矢はあの不思議なヴァン様の作った木槍だった。これでも普通の人間ならば十分な牽制《けんせい》になるだろうが、アーマードリザードは簡単に弾《はじ》くだろう。軽いその矢を外し、次に側《そば》に置かれている鉄製の矢を手に取った。重いが、短剣程度の重さだ。威力は格段に上がるが、私の振る剣の威力には達しない。

せめて、力のある剣士がもう三人、いや五人いれば間違い無いか。私を合わせて六人が援護をもらいながら戦えば、十や二十の群れであっても撃退出来たものを……。

内心で歯噛《はが》みしながら、鉄の矢を載せた。弓の部分に添え付けられた棒を引き、弦を引く。ぎりぎりと音が鳴るが、バリスタ本体は恐ろしく頑丈だ。これは、本当に良い作りをしている。

とても八歳の子が作った代物とは思えない。

そっと感動しながら、私は準備の整ったバリスタを構えて街道に視線を移した。

もう盗賊どもは目の前だ。

「た、たしゅ……！　たす、けて……！」

息も絶え絶えに走ってくる盗賊どもは、思ったより少ない。四十人前後か？

そして、盗賊どもが近づいたお陰で、その後ろに迫るアーマードリザード達の全容が見えてきた。

そのどれもが大型だ。頭から尾の先まで見れば、八メートルを超えるだろう。堀が無ければ、立ち上がるだけでこの防壁まで届いたに違いない。

それが、およそ三十から四十。稀《まれ》に見る大軍だ。

こんなもの、中規模の街でないと防ぎようが無いぞ。

「八メートル級のアーマードリザードが約四十！　速度は餌が一人脱落する度に落ちる為、大したことはありません！」

「餌って盗賊の人ー？　可哀想《かわいそう》にー！」

と、ヴァン様の場違いな発言に思わず吹き出した。

「はっはっは！　申し訳ありません！　失言でした！」

笑いながら謝罪していると、近くの村人達から信じられないものを見るような目で見られた。

私とて、これが窮地だとは思っている。だが、窮地に立たされた時こそ冗談でも言って笑い、肩の力を抜かねばならん。余分な力は必ず足を引っ張る。

「それじゃ、引きつけてから射《う》つって意味も込めて、堀に盗賊の人達が落ちてから射ってねー！　皆ー！　堀の前に来たら射つんだよー？」

「は、はい！」

「分かりました！」

ヴァン様の指示に、村人達が震えながら従う。

なに、安心せよ。

上手いこと口内や目などに当たれば牽制成功だ。時間を稼ぎ、あの魔術師の娘が戻ってきた頃に、私がアーブとロウを連れて突撃してくれる。エスパーダの援護もあれば、なんとか一体ずつ戦える環境も作れるだろう。

ヴァン様の領民たる貴様らが誰一人死ぬことなく、この戦は終わらせてみせるぞ。

「さぁ、やろうか！　皆の者！　今日は蜥蜴《とかげ》の串焼きである！」

私は歯を見せて笑い、村人たちを鼓舞したのだった。

情けない悲鳴をあげながら、盗賊達が次々に堀に落下していく。

後ろを追い立てるアーマードリザードの凶暴な姿に村人達も一歩引きそうになっているが、地面に設置されたバリスタのせいで退《さ》がれない。まぁ、バリスタの前面に盾がある為、バリスタからも離れたくないだろう。素人でも戦場に立てる良い案である。

私がバリスタの有用性について考えている間にも、脅威は目の前に迫っている。

「ひっ！」

最後尾の盗賊が転倒し、悲鳴をあげた。

アーマードリザードは堀の寸前で倒れた盗賊の一人の脚を咥《くわ》え、軽く振る。子供の人形のように振り回された盗賊の上半身に、別のアーマードリザードが喰《く》らいついて引っ張った。

脚が千切れ、血が飛び散る。

「あ、ぐっ」

聞くに耐えない悲鳴と共に、盗賊の体を二頭のアーマードリザードが喰らった。

村人達の恐怖は最高潮だ。頭上で行われた惨劇を見せられた堀の中の盗賊達も同様だろう。私は息を吸い、大きな声で怒鳴る。

「構えぃ！」

私の叫びに、村人達の体が反射的に動き、バリスタの狙いを合わせる。目の前に八メートル級の蜥蜴が約四十頭だ。外す方が難しい。

口の端を上げ、号令を発する。

「放て！」

叫ぶと同時に、私は一つ奥のアーマードリザードの顔を狙い、引き金を引いた。風を切り裂く鋭い音が鳴り響き、バリスタから放たれた鉄の矢は恐ろしい速度で飛ぶ。頭を軽く上げていたアーマードリザードの眉間に吸い込まれるように飛んだ鉄の矢は、弾かれることなく消えた。

そう、消えたのだ。見間違いかと思い、私は思わず盾の横から顔を出して、再度確認する。

アーマードリザードは額に黒い点を作っただけだ。だが、そのまま横向きに倒れた。そして、その一つ後ろにいたアーマードリザードが絶叫し、身をよじる。

苦悶《くもん》の声をあげるアーマードリザードの前脚に、その鉄の矢はあった。

矢を外したのか。

そう思ったが、横向きに倒れたアーマードリザードは四肢を痙攣《けいれん》させたまま立ち上がる気配は無い。そして、もう一体のアーマードリザードは足に刺さった矢を、足を持ち上げることで抜いた。

つまり、矢は硬い前脚を貫通して地面に刺さり、ようやく止まったということだ。

左右を見れば、村人達は誰もが驚愕《きょうがく》している。

そう、今の十五ほどのバリスタの斉射で、前面にいたアーマードリザードがバタバタと倒れているのだ。同じアーマードリザードを狙った者も多い為、最大の戦果とは言えない。だが、それでも想定外の出来事である。

「どうだったー？」

少し焦れた様子のヴァン様の声が響き、私は振り返る。

「ヴァン様！　とんでもないものを作られましたな！」

「それ、どっちの意味ー？」

「もちろん、良い意味ですぞ！　今の斉射でアーマードリザード十頭は討ちました！」

私の言葉に、一瞬間を空けて村中から歓声が上がった。

「とはいえ、あと一本ずつしか鉄の矢はありません！　他の場所にあるバリスタから鉄の矢を持ってきてもらいたい！」

そう叫ぶと、一部の村人達が慌てて矢を集めに走りだす。

「余裕があったら、木の矢も試してみてー！　軽いけど、硬さと鋭さは鉄並みだよー！」

木なのに鉄並み？

そう思ったが、ヴァン様が気にしておられるなら試さねばなるまい。

「他の者達は急ぎ鉄の矢を準備し、発射態勢に入れ！」

振り返って指示を出しながら、木の矢をつがえ、弦を引き、準備を整える。

思ったより力はいらない為か、皆も準備はあらかた出来たようだ。

「構えぃ！」

叫ぶと全員が流れるような動きで構えていく。良いぞ。たった一回の攻撃で皆が自信を持った。自信は精神を前向きにし、行動力を向上させる。だから、二度目の斉射はもっと狙いが正確に、号令から射つ速度も速くなるのだ。

「放て！」

号令を発した直後、私の矢も含め、先程まで様子見していた物見櫓の連中や防壁の角の奴《やつ》らも加え、合計二十五の矢が同時に発射された。

紛れも無い、一斉射だ。これが今のこの村の最大の攻撃であろう。

鉄の矢は次々にアーマードリザードの頭や背に吸い込まれていく。まるで土に棒が刺さるような音が連続して聞こえたと思ったら、次の瞬間にはアーマードリザード達の断末魔の叫びが響き渡る。

本当に有り得ない光景だ。

だが、もっと有り得ないことがあった。それは、私が放った木の矢が、アーマードリザードの額に突き刺さって一頭仕留めたという事実だ。そう、木の矢が鉄の剣すら弾くアーマードリザードの額を貫いたのだ。流石《さすが》に自重が無い為鉄の矢ほどの貫通力は無かったが、それでも矢の半ばほどまで突き刺さっている。

それを知って愕然《がくぜん》とする一方、指揮官としての私は条件反射のように勝手に口を開いた。

「皆の者！　木の矢を使え！　バリスタを構えろ！」

鉄の矢の供給を待たずとも良い。ならば、求められるのは速度と精度のみ。

弓を引き絞り、構え直す。

「構えぃ！」

村人達は慌てている者もいるが、過半数は準備を終えた。

「狙いを定めろ！」

残りの者も準備を整え、狙いを合わせる。

「放て！」

三度目の号令を発した。

残ったアーマードリザードは、僅かに五体。木の矢は背中や肩に刺されば痛がるだけだが、頭に命中すれば一発だ。風を切り裂く鋭い音が鳴り響き、二十五の矢が飛んでいく。大半はアーマードリザードの背中に刺さったが、私の矢を含めてちょうど五本、頭に命中した矢があった。

なんとも拍子抜けするような、圧倒的なまでの大戦果である。

敵は壊滅し、こちらは死傷者どころか、怪我《けが》一つしていない。挙句、消費した矢は僅かに六十本弱。これを団長に報告すれば虚偽の報告として処罰されてもおかしくない。あの冗談の通じないストラダーレに言えば大喧嘩間違い無しだ。

「……ストラダーレよ。ヴァン様は大きくなるぞ。想像出来ないほどにな」

私はそう呟いてから、背後を振り返り、ヴァン様の顔を見る。

こちらを見る期待に満ちた目は、年齢通りの子供のようにしか見えなかった。

それに笑いながら、私は片手を高々と掲げる。

「勝利しました！　アーマードリザードは全滅！　我々の勝ちです！」

そう宣言すると、大歓声が村を包んだ。防壁の上の村人達も抱き合って喜んでいる。そして、ヴァン様はティルとカムシンに抱きつかれながら、嬉しそうに笑っていた。

実は背後でエスパーダが喜ぶヴァン様を見て涙をハンカチで拭っていたが、それを指摘したら怒られるので止《や》めておこう。

【オルト】

鉱石を大量に採掘して上機嫌に村を目指す俺たちだったが、御者を務めているクサラが急に馬車を停《と》めた為、慌てて馬車の前に移動した。

「何かあったか?」

声を掛けるが、クサラの目は村の方向に縫い付けられたように固定されて動かなかった。見ると、その理由は一目で分かった。

「あ、アーマードリザードだと!?」

剣の通らない厄介な相手だ。しかも、それが数十といる。

「くそ、こんな……!?」

剣を構え直して歯噛みしていた俺は、おかしな点に気付いた。

「お、おい……あのアーマードリザードどもは、なんで横向きになって寝てるんだ?」

「……死んでるんじゃねぇですかい」

クサラの台詞に、斜め後ろにきたプルリエルが唖然《あぜん》とする。

「嘘《うそ》でしょう？　あんな大群、騎士団が二百人がかりで挑んで互角になるかって規模よ？」

プルリエルがそう呟いた直後、村の方向から勝《か》ち鬨《どき》らしき大歓声が沸き起こった。

「……おいおい。俺はもうこの一週間で一年分は驚いたぞ」

思わず、そんな言葉が口を突いて出た。


「勝ったー！」

そんな喜びの声を聞きながら、僕は防壁の上へ急いだ。

「流石ですね、ヴァン様」

「凄《すご》いです」

興奮冷めやらぬティルやカムシンの言葉に頷きながら、一段飛ばしで階段を駆け上がる。

「おぉ、ヴァン様！　見てください、この戦果を！」

防壁の上に登ると、ディーが両手を広げて出迎えてくれた。

「指揮、ありがとうね」

労《ねぎら》いつつディーの脇をくぐり抜けて縁まで行くと、そこには凄い光景が広がっていた。堀の前にゴロゴロと転がる巨大蜥蜴の死骸の山である。いや、もはやそれは恐竜と言っても差し支えない巨大さだった。

「なに、このダイナソー。こんなのが四十もいたの？　良く勝てたね」

思わずそんなことを言ってしまった。すると、ディーは上機嫌に僕の背中を叩く。

「うわっはっはっは！　ダイナ層が何かは知りませんが、すべてヴァン様のバリスタのお陰ですぞ！　鋼の鱗《うろこ》と呼ばれるアーマードリザードを貫通した鉄の矢に、鱗に突き刺さった木の矢。どちらも本来なら有り得ない威力です。それが無ければ、この村ももう無かったかもしれません」

「あぶなっ！　お、落ちるってば！」

背中を叩かれて崩れたバランスを立て直しながら文句を言っていると、ふと、眼下の景色に目を奪われた。堀の中で、顔面蒼白《そうはく》の盗賊達がこちらを見上げていたのだ。

「……そういえば、盗賊達を忘れてたね。もう三十人くらいにまで減ってるけど」

そう告げると、ディーが目を瞬かせて口を開く。

「おぉ、そんな奴らもおりましたな！　よし、バリスタを堀の中に向けて構えよ！　動いたら放て！」

ディーが大声でそう指示すると、盗賊達は震え上がりながら息を呑《の》んだ。

それを険しい顔で睨《にら》みつけながら、ディーが紐《ひも》を一束落とす。

「それで自分を縛れ！　矢の雨を浴びたい者は立ち上がるが良い！」

恫喝《どうかつ》するようにディーが吠《ほ》えると、盗賊達は慌てて自ら自分たちの身体《からだ》を数珠《じゅず》繋《つな》ぎに結んでいったのだった。

盗賊達を引っ立てて領主の館前に座らせていると、オルト達も帰ってきた。

「あの大量のアーマードリザードの死体はなんなんです!? それに、その盗賊どもは!?」

馬車を停めながら怒鳴るオルト達に、盗賊達がびくりと肩を震わせる。

僕は腕を組み、唸る。

「盗賊達が襲撃してきたと思ったら、アーマードリザードに追われてたみたいで、とりあえずアーマードリザードだけ倒した、という感じ?」

「ど、どうやって、あんな綺麗《きれい》な姿でアーマードリザードが……! 俺達でも簡単には倒せない厄介な魔獣ですよ!?」

「弓で?」

困惑するオルトにどう答えたら良いものかと思ったが、取り繕っても仕方がないと思い直した。

「弓で!? アーマードリザードが!?」

驚愕するオルトにカムシンが自慢げに口を開く。

「矢、六十本しか使ってませんけどね」

「矢、六十本しか使ってないのか!?」

驚き過ぎてオルトは台詞の復唱しか出来なくなったらしい。故障気味のオルトをよそに、プルリエルが困惑しつつ質問をする。

「エスパーダさんの魔術も無しに、あれだけの数を？　矢では傷一つつかないと思うのですが……」

「僕もあれだけの戦果は意外だったけどね。あ、皆も僕が作った剣持ってるから、斬れ味知ってるんじゃない？」

そう聞き返すと、オルト達は顔を見合わせて、目を見開いた。

「……まさか、あのバリスタの矢は……」

オルトにそう聞かれ、首肯する。

「皆の剣と同じ鋭さ」

僕の答えに、冒険者一同が絶句した。

それに反するように、ディーがずいっとこちらに歩み寄る。

「オルト殿達にヴァン様が剣を……？」

自分は貰《もら》ってませんが？

そんな副音声が聞こえる顔だった。後ろを見れば、アーブとロウも泣きそうな顔で寄ってきている。

「いやいや、オルトさん達は買っていったんだよ。短剣は金貨三枚。長剣は金貨五枚って感じで。ね？」

助けを求めてオルト達に確認すると、オルト達はそれぞれ剣を取り出し、ディー達に見せつけるように持ち上げた。

「小型魔獣しかいなかったが、なんの抵抗も無く骨を切断しました」

「細身で軽くて振りやすいのに、恐ろしいまでの切れ味のお陰で助かってます」

「その場で要望を聞いてもらえて数分で出来上がるのに、見た目も切れ味も最高でやした！」

何故《なぜ》か、冒険者達が通販番組のモニターのようなノリで感想を述べていく。

それにディー達が口惜《くや》しそうに歯を噛み鳴らす。ギリギリと音を立てながらオルト達を睨み、すぐにこちらを振り向いた。

「ヴァン様！　私も買いますぞ！　大剣はいくらですかな!?」

「私は長剣と短剣のセットを！」

「私も同じものを！」

三人はぐいぐいにじり寄りながら剣の発注をしてくる。すごい気迫だ。もはや殺気すら感じる。

逆に、オルト達は不敵な笑みを浮かべて、剣をこれみよがしに眺めている。

その対照的な二組に笑いながら、首を左右に振る。

「こんな辺境にまで付いてきてくれた忠臣から、お金はもらえないよ。素材と村の財政さえ何とかなれば、装備一式進呈するさ。三人分ね」

そう告げると、三人はガッツポーズをして喜んだ。一転、オルトが不満顔でこちらを見る。

「えー……俺達も結構貢献してますよ。装備一式欲しいなぁ」

と、甘えた様子で言ってきた。厳《いか》ついおっさんがやっても何かの恐怖映像と大差無い。僕は笑顔で却下する。

「ダメ。領民には出来る限りのことをするし、部下は厚遇する。でも、いずれこの村から出て行くオルトさん達はちゃんと領地の為にお金を払ってくれないと」

「ぐぁああっ！　なんで八歳なのにそんなしっかりしてるんですか!?」

頭を振りかぶりながらショックを受けるオルト達に、エスパーダが澄まし顔で口を開いた。

「この私の教育の成果です。ヴァン様は基本知識の他に帝王学、経済学、政治学を学んでおられます」

「なんて余計なことを……」

エスパーダの台詞に、オルトは天を仰いで嘆く。そのやり取りに笑い、僕はオルトやプルリエル、クサラ達を順に見て、口を開く。

「この村に冒険者ギルドが出来た時、村専属になってくれるなら装備一式贈呈するけどね」

そう告げると、オルト達は顔を見合わせ、輪になって何か話し始めた。まぁ、結論など出ないだろうし、結論を急がせれば必ず断られるだろう。そもそも、自由がモットーの冒険者を縛り付けようというのが間違いなのだ。

僕は笑いながら、盗賊達を見る。

「……さて、この盗賊達をどうしようかな」

その呟きに、盗賊達は顔を青くして口々に命乞いの言葉を発した。

「こ、これからぁ心を入れ替えて頑張りやす！」

「俺らぁ、引き渡されりゃあ縛り首でさぁ！」

「ここで働かしてくだせぇ！」

半泣きで騒ぐ様は哀れだが、こいつらがどんな罪を犯してきたのかは分からない。簡単に信用してはいけないだろう。とりあえず、村の長たるロンダに聞いておく。

「彼らの言葉をどう思う？」

そう尋ねると、ロンダは険しい表情で盗賊達を睨んだ。

「この者達によって、我が村は甚大な被害を受けた過去があります。殺された者も十ではきかないでしょう」

「はい、有罪《ギルティー》」

即決である。というか、これから一緒に暮らして行く村人達に思い切り悪感情を持たれている段階で甘い対応は厳禁である。リスクが高まるだけでなく、村人達からの信頼も失ってしまうだろう。

「悪いけど、行商人がきたら引き取ってもらおうかな」

「そんな!?」

「あんまりだ！」

盗賊達からクレームが来るが、無視する。

と、そこで良い仕事を思い出した。

「じゃあ、盗賊の皆さんには行商人が来るまでの間にアーマードリザードの素材バラしをやってもらおうかな！　皮、骨、肉で切り分けたら大丈夫？」

そう聞くと、オルトが頷く。

「目、牙、爪も綺麗に保存した方が良いですね。内臓は売れませんが、魔核だけは確実に」

「あ、そうだね。じゃあ、皆には木の剣を貸してあげよう。頑張れば切れるみたいだし」

僕がそう告げると、盗賊達の顔が絶望に染まった。


甲殻亜龍《アーマードリザード》と呼ばれるだけあり、アーマードリザードの皮は大変硬い。たとえヴァン印の名刀であるデキタテノボクトウであっても簡単ではない。大型のナイフくらいの大きさで、切れ味は抜群。比較的柔らかい腹や脚の付け根から切り裂いていけば、盗賊達の力でも何とか素材を剝ぎ取っていけた。

バリスタで狙いをつけられたまま、盗賊達は必死に村の外で素材の剝ぎ取りを行う。三十人がかりでも、一日で四、五体分を解体するのが精一杯のようだった。

「こりゃ間に合わないな。素材がダメになっちまう前に俺らが手伝うか」

オルトは防壁の上から見てそう呟き、頭をぼりぼりと掻《か》いていた。

仕方なく、二日目からオルト達やディー達とカムシン、そして手の空いた村人が交代で解体を行った。人数が増えたことと、剝ぎ取りナイフがヴァン印のデキタテノホウチョウに替わったことにより、剝ぎ取り大会は何とか三日で終了となった。

そして、その夜。我が村では久しぶりの祭りが行われた。

大・謝肉祭である。

なにせ、後数日で何十トンというアーマードリザードの肉が腐ってしまうのだ。燻製《くんせい》などは出来ないし、干し肉を作るのも限界がある。

だから、どうせなら皆で食えるだけ食ってしまおうというわけだ。領主の館前の大通りで、等間隔でキャンプファイヤーみたいな焚き火《たび》を行い、サッと作った長い串で小分けにした肉を刺し、火で炙《あぶ》るのだ。なお、部下や村人達だけでなく、三日間こき使われた盗賊達にも多少は振る舞う。

皆がパチパチと音を立てる夜の焚き火に興奮冷めやらぬ様子の中、ロンダに促され、僕は高さ一メートルほどのお立ち台に登った。

「えぇー、皆さま。お陰様で村は以前よりも強く、立派になってきたと思います。ささやかではありますが、肉数十トンを使って、謝肉祭を開催したいと思います。今回ばかりは多少の出費も気にせず、ふんだんに塩などの調味料を使って、美味《おい》しいお肉を食べていただきたい。なお、酒には限りがあります。お一人二杯まで。お一人二杯までを守り、存分に楽しんでください。それでは、皆さま。此度《こたび》の大勝利を祝って……乾杯！」

口上を述べた後、僕が美味しい水が入ったコップを掲げると、大歓声と共に皆がコップを掲げた。

「ヴァン様ー！」

「やったぞー！」

「おい、肉を焼け！　肉！」

「久しぶりの酒だー！」

乾杯が終わると、すぐさま場は賑《にぎ》やかな酒場となる。ビアガーデンも真っ青な賑やかさだ。灯《あか》りは焚き火と点々と置かれた松明《たいまつ》程度だが、村人達は久しぶりの祭りに目をキラキラと輝かせて喜んでいる。

「こんなにアーマードリザードの肉が食べられるなんてな」

「高いから、いつも売っちゃうのよね」

「今回は食べまくっても廃棄する分がでますぜ。あー、勿体《もったい》ないですねぇ」

冒険者達も複雑な顔をしながら肉を焼きだした。アーマードリザードは硬い甲殻に守られている分、中の肉は脂たっぷりで美味《うま》いらしい。甲殻関係あるか？

「そういえば、アーマードリザードの素材が凄い沢山とれたけど、売ったらどれくらい？」

僕が素材剝ぎ取り中にそう尋ねた時、オルトは乾いた笑い声をあげながら指を一本立てた。

「普通のアーマードリザード一体で冒険者ギルドが金貨十枚出します。商人はそこから仕入れるから、末端価格で金貨二十枚くらいでしょうか」

「え？　アーマードリザード、四十くらい狩ったけど」

そう言うと、オルトは諦めたように鼻で笑う。

「普通なら騎士団が中規模以上動く案件です。怪我の治療や武器防具の修理、更には死者の慰霊金まで出せば、あまり利益なんざ出ません。この村が……いや、ヴァン様がおかしいんですよ」

「怪我人ゼロだからね。あ、剝ぎ取りの途中で盗賊の人が指怪我したね」

軽口を叩くと、オルトにジトッとした目で見られた。

「肉は大半腐るでしょうが、それでも一頭につき金貨六枚は下らないでしょう。商人に売れば輸送費込みでも金貨八枚です」

おぉ。ということは金貨三百枚以上はいくじゃないか。凄いな、マジで。日本円だと多分三億超えか？

僕はオルトに剝ぎ取り頑張ってと力強くお願いして、領主の館に帰り、ティルの手料理を食べたのだった。ちなみに、その時初めてアーマードリザードの肉を食べたが、不安だったから表面をカリカリになるまで焼いてもらったのに、中はジューシーで柔らかく、溢《あふ》れる肉汁は濃厚で絶品だった。高級ブランド牛も真っ青である。肉の味はサガリなどに近かったが、部位によってまた異なるだろう。僕でもあっさり五百グラム完食したのだ。村人たちは泣いて喜ぶぞ。

そんなことを思い出し、僕が一人ニヤニヤしていると、エスパーダがこちらに来た。自分と僕の分の肉を焼くカムシンを横目に、エスパーダが隣に立って口を開く。

「魔獣討伐と村の防衛成功、おめでとうございます」

「ありがとう。エスパーダも防壁作り頑張ってくれたね。お肉食べようよ」

そう言ってティルに頼むと、ティルもカムシンと一緒に串二本スタイルで肉を焼き始めた。

微笑《ほほえ》ましい気持ちでそれを眺めていると、エスパーダはいつもの無表情に僅かに申し訳なさそうな空気を出し、口を開く。

「……ヴァン様。素晴らしい戦果なのですが、金貨百枚以上の収入を村や町が得た場合、税として五割を侯爵家に納める決まりがあります」

「ぶほっ」

思わず水を噴き出した。そういえばあったな、特別課税！

「……内緒には出来ないよね」

「無理です。せめてアーマードリザード一体ならばどうにかなったでしょうが、どう考えてもあの量では露見します。それこそ、売る相手次第では隣の伯爵領や隣国にまでバレるでしょう。毎月一体分ほどの流通だったアーマードリザードが、一度に四十体となれば、必ず何処かで群れが狩られたという話に繋がります」

低い声でそう言われ、僕はがっくりと肩を落とす。三億手に入ると思ったら一億五千万になったのです。まぁ、元々あぶく銭か。問題は、それに派生して他のことがバレないかということだ。

「この村の状況もバレるか」

端的にそれだけ口にしたが、エスパーダは眉根を寄せて視線を外す。

「秘密にしておくのは難しいですが、手が無いこともありません」

と、エスパーダが答えた。

それに僕は大いに驚いた。なにせ、侯爵家に仕えつづけて何十年。エスパーダほど献身的に仕えてくれた人を僕は知らない。

そのエスパーダが、こちらから動いて父の目を誤魔化す手を提案したのだ。信じられない。

ダンジョンの話とはわけが違う。ダンジョンの場合は発見していないから、不確かな情報では報告出来ないと納得することが出来る。だが、今回は起きている事実をバレないように隠そうと行動するのだ。

大袈裟《おおげさ》に言えば、父への裏切りである。それは同時に、父よりも僕の平穏な生活を選んでくれた、という意味でもあった。

いや、そっと喜んでいる場合じゃない。気持ちを切り替えて、エスパーダの考えを聞かないと。

「……その手段って？」

咳払《せきばら》い一つして尋ねると、エスパーダは眉間に縦ジワを作ったまま、静かに口を開いた。

「ヴァン様の兄上でいらっしゃる、ムルシア様に一報を入れるのです」

「兄さんに？」

首を傾げると、エスパーダがこちらの顔を見て、顎を引く。答えないところを見ると、これはエスパーダからのテストも兼ねるみたいだ。仕方なく、僕は腕を組み、唸る。

「村の状況……兄さん……」
二、三秒して、僕は成る程と頷いた。
「そうか。アーマードリザードを兄さんの手柄にしてしまえば良いのか。騎士団はダメだから……あ、傭兵《ようへい》や冒険者なんてのもアリかな。群れを発見したが、森の中だったから撃破出来たってことにすれば……兄さんも功を欲してたからね。お互いに丁度良い話だ」

僕は脱落したが、次期当主を狙って上の兄弟三人は功を奪い合うような大変な戦いをしている筈だ。ならば、僕もムルシア兄さんに勝ってもらいたいし、良い話となるだろう。

「素晴らしい案だね、エスパーダ」

そう告げると、エスパーダはそっと微笑み、頭を下げたのだった。


謝肉祭は大いに盛り上がった。

盛り上がり過ぎて、交代で外の警戒をしていた村人たちから嘆願され、夜中まで行われることとなった。百五十人近い人数で肉を楽しんだが、肉は全く減った感じではない。

「美味い、美味いなぁ！」

「くぅ……！　もう入らん……！」

「明日も頂けるのだろうか……」

謝肉祭終了後も、片付けをする村人達の中には肉をつまむ者が続出した。

村人たちはすっかり餌付けされたらしい。朝になって見回りに行くと、村人達からは次々に声を掛けられた。

「ヴァン様！　おはようございます！　肉、美味かったです！」

「領主様、見回りお疲れ様です！」

「領主様！　ティルさんをお嫁にください！」

「はぇっ!?」

僕が歩く度に好意的な挨拶やお礼が投げかけられ、大変嬉しい。だが、最後にティルと結婚したいと言った奴。そんな言葉はディーを倒してから言うが良い。取られるのが嫌なので、僕はティルの手をとって歩く。

「あ、ヴァン様が久しぶりに私の手を……うふふ、甘えたくなりましたか？」

嬉しそうにそう聞いてくるティルの目は慈愛に満ちている。まぁ、八歳だからね。お子様の特権である。しかし、大通りを歩いていると微笑ましい顔で皆に見られている為、気恥ずかしい。

「あ、離しちゃうんですか？」

残念そうに言われたが、ヴァン君は領主である。可愛《かわい》さも大事だが、威厳も大事なのだ。

「ティル？　ティルの結婚相手は僕が一番優しい人を見つけるからね」

そう言うと、ティルは楽しそうに笑った。

「私はヴァン様のお世話が仕事です。結婚なんてまだまだ考えてもいませんよ？」

拗《す》ねた弟を見るような優しい目でティルにそう言われ、僕は唇を尖《とが》らせる。

「だって、あんまり悠長にしてたら、ティルが行き遅れちゃうかも……」

「そ、そんなことはお気になさらず……」

ティルの笑顔が引き攣《つ》った。

そうは言うが、ティルも十八歳である。通常ならば、ティルは結婚していてもおかしくない年齢だ。まぁ、この世界ではギリギリで二十五歳くらいまでは猶予があるかもしれないが、主には十五から二十までで結婚する人を大半が決めてしまうものだ。

仕方がない。もし二十五歳になるまでに結婚しなかったら僕が貰ってやろうか。そんなことを考えつつ、僕は村の出入り口に辿《たど》り着いた。

左右を確認し、だらけている方の監視役がいる物見櫓に向かう。階段を登り屋上に行くと、縁にある分厚い手摺《てすり》部分に肘を載せて寄っかかっている村人の隣に立ち、同じように街道を眺めてみる。

「何か変わったことはあった？」

「何もねぇなぁ。暇だ。とはいえ、畑組も水汲み組もキツいしなぁ……贅沢《ぜいたく》は言ってらんねぇよ」

苦笑しつつそんなことを言い、男は振り返った。そして、まず身長が近いティルに気付き、次に僕とカムシンを見て固まる。一拍の間見つめ合い、すぐさま男は後ずさった。

「ヴぁ、ヴァン様!?　も、もも、申し訳ありやせん！　俺は、その、サボってたわけじゃ……！」

冷や汗を掻きながら言い訳を始める村人に苦笑し、僕は村の外を眺める。

「監視は外を警戒するのが仕事なんだから、サボってるなんて思わないよ。でも、街道以外も見るようにね」

そう言って笑うと、男は背筋を伸ばして返事をし、周囲警戒に勤《いそ》しみだした。

「あ、あれは！」

と、男が急に街道の先を指差して声を上げた為、驚きながら目を凝らす。じっと目を細めて凝視するが、見えるのは辛うじて黒い点のような影だけだ。じぃっと穴が開きそうなほど見つめていると、反対側の物見櫓の監視役から声が上がった。

「行商人だ！　行商人のベルさんとランゴさんだぞ！」

顔まで認識出来るのか!?

僕は驚愕しつつ、ティルとカムシンを見たが、二人とも同じような顔で街道の先を見ていた。

良かった。どうやら僕の視力が特別悪いわけではないらしい。ホッとしつつ、僕は意外に人数が多いことに気がつく。だいぶ近付いてきて、行商人達が二台の馬車であり、周囲に五人か六人の人がいることが分かった。

もちろん、多少近付いたところで顔までは認識出来ない。

「とりあえず、橋は巻き上げてバリスタ構えようか」

「ヴァン様!? 盗賊じゃありませんよ!?」

村人が驚くが、見知った顔を一人二人見かけたから大丈夫だなんて思ってはいけない。

「馬車の中や周りにいる人が護衛や商会の人じゃなくて、盗賊の可能性もある。脅されている場合だってありえるからね」

僕がそう言うと、村人は不服そうに押し黙った。まぁ、良く分からないだろうな。

だが、村を守る為なら疑心暗鬼くらいで丁度良いと思っている。

「ティル、ディーとオルトさんを呼んで来て」

そう言うと、ティルは「はい!」と良い返事をして走っていった。

「さぁ、ようやく機会が訪れた」

僕はそう言うと、自身の持つ短剣を見る。侯爵の家紋であるベヒモスのレリーフが光を反射させた。ようやく訪れたチャンスだ。やらなくてはならないことがいくらでもある。アーマードリザードの素材や肉を売り、金を得なければならない。村で手に入らない調味料や食材も買わなくてはならない。他にも、他の町や村、隣の伯爵領の情報を得なくてはならない。

そして、我が村には素晴らしい特産品があると宣伝もしなくてはならないのだ。今回の機会を生かすも殺すも、まさに僕の手腕に掛かっている。

徐々に近付いてくる商人達の顔もようやく認識できて、僕は笑みを浮かべた。

第七章 ✿ 行商人

驚いた顔をした商人、ベルとランゴは、村の防壁を見上げ、目と口を丸くした。護衛の冒険者らしき男達《たち》と何か会話しているところに、僕から声を掛けることにした。

「商人の方とお見受け致します。僕は領主のヴァン・ネイ・フェルティオです。商人の方は商会名とお名前を。護衛の方は職業とお名前をお願いします」

僕がそう告げると、商人や冒険者は顔を見合わせて何か話し合いはじめる。暫《しばら》くして、一番前にいる商人の青年が口を開いた。

「わ、私はメアリ商会のベルと申します。もう一人は弟のランゴです。護衛は冒険者のエアさん率いるBランクパーティー、銀の槍《やり》の皆さんです」

ベルがそう紹介すると、ランゴが頭を下げ、エアと呼ばれたスキンヘッドの男が銀色の槍を掲げてみせた。それに、僕は隣に立つオルトを見る。

「知ってる人？」

そう聞くと、オルトは頷《うなず》く。

「はい。良く冒険者ギルドで会ってたし、一緒に呑《の》んだこともありますよ」

それを聞き、改めてベル達を見る。

「入村を許可します。ようこそ、我が村へ！」

僕がそう言うと、村人達が急いで橋を下ろし、開門する。

それを横目に見ながら、僕達は早足で地上に戻り、門を目指した。

ちょっとおっかなびっくりといった様子で、ベル達が馬車を引き、入ってくるところに間に合う。

村の中では一番にロンダが歩み出て、軽く会釈する。

「待っていたぞ。良く来てくれた」

ロンダがそう言うと同時に、村人達がわいわいと集まって馬車を取り囲む。村人達からすれば久しぶりの外からの品が届いたのだ。弥《いや》が上にもテンションが上がる。

ベルはようやくいつもの村の風景に触れてホッとしたのか、強張《こわば》っていた顔に笑顔が戻った。

「中々来れず申し訳ない。途中でちょっと足止めを食らってしまって……」

そう言うベルの方へ歩いていくと、ベル達は慌てて背筋を伸ばした。

「やぁ、お手間をとらせました。改めてご挨拶を。ヴァンです」

そう言って笑うと、ベルは眉間に皺《しわ》を寄せて深く一礼し、僕を見る。

「ベルと申します。よろしくお願い致します。ところで、大変失礼ですが、もしやフェルティオ侯爵家の四男のヴァン様ですか？」

そう聞かれ、僕は首を傾《かし》げる。

「そうですが、僕のことを？」

侯爵家は有名だろうが、僕自身そんなに有名人のつもりは無いのだが。疑問に思っていると、ベルは面白いものを見たような顔で口を開く。

「いや、侯爵様の城下町では話題になっていたもので……侯爵家一番の天才が、今どこにいるのか、とね」

と、そんな言葉を言われて、僕は目を瞬かせて口を噤《つぐ》んだ。

【ベル】

街道を進みながら、御者席にいる私は弟のランゴと馬車の中を振り返って話をする。

「今回は参ったな……最後に端村に行って調味料とか日用品売っても大した額にはならないからなぁ」

端村とは、あの辺境にある名もない村のことだ。端にある村だから、我々は端村と呼んでいた。

「端村から持って帰るものも無いんだよな。今回は大赤字だ」

ランゴも同調するように愚痴を返してくる。

いつもなら、そこそこの黒字は出る。第一都市から第二都市へ商品を売りに行き、町一つと村二つを回り、最後に第二都市へ戻ってから第一都市へと帰る。これがいつもの経路だ。第一都市の高級品を第二都市に持っていくのは堅い商いであり、第二都市で買った衣類や調味料、宝石などは次の町でそこそこ売れる。そして、その町で出来るだけ安い調味料を大量に仕入れ、最安値の日用品をざっくばらんに買い、村二つを回る。

これを一ヶ月かけて一周といった感じだ。

端村で何か買って帰るとしたら木材や魔獣の皮などだが、残念ながら金にならないし、運ぶのも大変なので毎回断っていた。一ヶ月掛けてこれで金貨五、六枚程度の純利益だから、他の行商人達は嫌がる。

なにせ、収入は商会に半分とられる。そして、金貨三枚を受け取った商会はそこからまた侯爵家に税を納めないといけない。つまり、私達兄弟の手元には金貨二、三枚程度しか残らないのだ。

多少自分達の為《ため》に金を使えば、残りは金貨二枚以下。これを元手にして、次はもっと高く、利益を上げるために良い品を買い求めたり、馬車を修理したり、馬の世話の費用に充てたりと出費がある。だいたい、一ヶ月で金貨一枚貯蓄出来れば良いくらいか。

だが、今回は途中で馬車が破損し、修理代と一週間余分に滞在費や護衛費用が掛かった。挙句、馬車が横向きに倒れた為、多数の商品が破損したり売り物にならなくなってしまったのだ。

これだけでもう大赤字だ。

だから、もう後はどうせ赤字なのだからと気にせず、思いきった仕入れを行った。

調味料や酒、日用品を馬車二台分買ったのだ。これをいつもの販路で売り、売れなければ隣の伯爵領の村に挑戦してやろうくらいの気持ちである。

そんな自暴自棄な気持ちで最後の端村に来た時、いつもと違う景色を見て戸惑った。

「おい、あれがその端村とやらか？　どう見ても村って規模じゃないぞ」

冒険者のエアにそう言われ、私は曖昧に頷く。

「ああ……私もそう思う」

そう返事をすると、エアが不審そうにこちらを見た。

だが、それ以上なんと言えというのか。なにせ、他のどの村と比べても貧相な、小屋しか無い村だったのだ。似たような辺境の村からして、あの地の果ての村などと揶揄《やゆ》される貧乏な村だったのだ。

それが、何故《なぜ》か村のあった場所には高い石造りの城壁が建ち、左右には三階建てはありそうな櫓《やぐら》が建てられている。素材は分からないが、間違いなく木でも石でもないだろう。そして、その櫓や壁の上には大型の設置式弓矢が幾つも並び、挙句跳ね橋が壁側に上げられているのだ。

つまり、壁の前には堀まであるということだ。

「道、間違えてないよな?」

ランゴにそう聞かれるが、私は答えられなかった。道は間違えていないと断言出来るが、あの村がコレだとは断言出来ない。

呆然《ぼうぜん》としたまま、馬車は進んでいき、街道の端にまで来た。

やはり堀がある。それもかなり深い。城壁も新しそうだが、とても堅牢《けんろう》そうだ。小さな城塞都市といった雰囲気である。壁の上からは見たことのある雰囲気の村人達が大型の弓矢を構えている。

あ、あの弓矢は前面に盾が付いているのか。だから形状が斬新だったのだ。

「商人の方とお見受け致します。僕は領主のヴァン・ネイ・フェルティオです。商人の方は商会名とお名前を。護衛の方は職業とお名前をお願いします」

と、城壁に見惚《みと》れていた我々に対し、領主を名乗る人物がそう言った。若い声である。男か女か、一瞬分からなかった。

「お、おい、兄貴。いま、ヴァン・ネイ・フェルティオって……」

後ろからランゴが困惑した声でそう呟《つぶや》き、振り返る。

「まさか、フェルティオ侯爵家の四男か？　今、噂《うわさ》になっている……」

そう聞き返すと、エア達が揃《そろ》って頷いた。

「俺らは第一都市を拠点にしてるからな。何度か見たことがある。あの子供がそうだ。良く街を見回ってたらしくてな。街の奴《やつ》らは結構話したことも多いから有名なんだよ」

そう言われ、成る程と答える。確かに、そんな話を聞いたことがあった。私達兄弟は長くても一週間ほどしか街にいない為、噂の侯爵家の四男を見たことは無かった。

見れば、本当に十歳にも満たない子供のようである。

領主ということもあり、侯爵家の話題には事欠かなかった。とりわけ、最も街に顔を出していた四男の話題だ。

曰《いわ》く、一を聞いて十も二十も知る天才、だ。

商人と会話すれば、幾つか質問しただけでどのような商売か理解し、あまつさえ取引の方法や商品などに的確な助言までくれるという。町民と会話しても気さくであり、子供とは思えない気遣いをみせる。子供が奴隷として売られそうな時、私財を使って助け出したという話もあったか。

噂は人を伝う度に大げさになる故に、そんな噂も眉唾だと思っていたが、ヴァン様が街を去られたと聞いて気にはなっていた。どうやら、こんな辺境の村の領主に追いやられたらしいが、解せない。

天才の子が疎まれることは多々あるだろう。しかし、わざわざ辺境に追いやったというのに、この村の状況を見る限り相当な援助を行っている。考えられることは幾つかあるが、ここで色々と推測していてもラチがあかない。

私は振り返り、口を開いた。

「わ、私はメアリ商会のベルと申します。もう一人は弟のランゴです。護衛は冒険者のエアさん率いるBランクパーティー、銀の槍の皆さんです」

「入村を許可します。ようこそ、我が村へ！」

僅かな時間で、私達は通行の許可を得た。

可動橋が滑らかに動いて下り、街道と村が繋《つな》がる。大きくなった門が開き、中の景色が見えた。

橋を渡りながら徐々に広がっていく村の中の景色を見ても、見慣れた光景ではない。

素材は分からないが、しっかりとした家屋が規則正しく建ち並んでいる。美しい町並みだ。まだ地面は土のままだが、それに違和感を感じるほどの整った町並みである。だが、こちらに向かって来る人々を見て、私はようやく目的の村にたどり着いたのだと認識した。

「待ってたぞ。良くきてくれた」

村長のロンダが現れ、労《ねぎら》ってくれる。途端、村人達がわらわらと集まってきた。月に一度程度しか来れないから、私達が来たら村人達はいつも歓迎してくれる。皆が喜んでくれるから、あまり金にならずともこの村に寄って帰ろうと思えるのだ。

ロンダや村人と話しているとヴァン様がこちらに向かって歩いてくるのが見えた。

「やぁ、お手間をとらせました。改めてご挨拶を。ヴァンです」

そう言われ、私は一礼する。それから二、三話をし、ヴァンという子供が、貴族としての教育を受けているなどの理由ではなく、純粋に天才であると確信することになった。

挙句、村人達からも言われたが、この村の変容ぶりは全てヴァン様とその部下達によるものであるとのことだ。信じられないが、村人達が私に嘘《うそ》を言う意味は無いし、そのような雰囲気は一切無かった。

村人達が言うには、盗賊団に襲われている村を救い、村の防壁を遥《はる》かに頑丈に作り直し、家すら建て直した。その上、設計から作製まで全て自ら行い、あのバリスタを作ってしまったという。

噂は本当だったのだ。

私は、この子供のことが無性に気になるようになった。


「アーマードリザードの素材とか、売れるかな？」

そう聞かれて、私は即座に頷いた。

「勿論《もちろん》です！　アーマードリザードを討伐したのですか？　素晴らしい。冒険者も戦うのを嫌がる強敵ですよ！」

思わぬ臨時収入だ。こんな村でそんな貴重な素材が手に入るとは。

そう思い、私はランゴと手を取り合って喜んだ。大赤字かと思っていたが、とんでもない誤算だ。神様ありがとう。

私はランゴとホクホク顔でヴァン様の後に付いて行き、出入り口近くに建てたという素材倉庫に向かう。村の入り口から右手の一番角にある、大きな二階建てだった。素材を陽《ひ》や風雨に当てないように工夫しているのか。そう思い、感心しながら中に入り、絶句した。

「あ、あ、あの……これは？　まさか、二十メートルとか三十メートル級のアーマードリザードとか出ました？」

ランゴが馬鹿みたいなことを言って乾いた笑い声をあげる。だが、それを馬鹿に出来ないような光景が目の前に広がっていた。

二階建てと思っていた建物は異様に天井が高い一階建てであり、その天井につきそうな程うず高く、アーマードリザードの皮が積まれていた。他にも爪の山、牙の山、骨の山、そして石ころのように魔核の山が積まれている。

それを見て、ヴァン様が笑顔で尋ねてくる。

「アーマードリザード約四十を討伐する際、盗賊三十人も捕縛したからね。その人達を引き取ってもらって素材運んでもらっても良いと思うけど、どうだろう？　あ、荷車なら用意するよ」

「ちょ、ちょっとこの数は……もし、お時間をいただけるなら、一ヶ月後……いえ、四週間以内には商会から人手を集めて来ますので、お待ちいただけないでしょうか？」

「ああ、大丈夫ですよ。ちなみに、肉は皆で食べたほうが良いですか？」

そう言われ、私はアーマードリザードの肉の存在を思い出した。皮でこの量なのだ。比較的量が取れないと言われていても、十トンや二十トンじゃすまない量だろう。

つまり、百人や二百人では消費出来ずに腐らせてしまう。

「肉……もし良かったら、隣の村に販売に寄って帰っても構いませんか？　お値段は、少し安く売っていただけると助かります」

そう聞くと、ヴァン様は片方の眉を上げた。

「隣の村？　アーマードリザードの肉を買えるほど余裕があると？」

嫌味ではなく、本当に疑問に思ったのだろう。不思議そうにそう言われた。それに苦笑し、私は片手の手のひらを上に向ける。

「いえ、貧乏な村ですよ。ただ、今年は税の徴収をされたら蓄えが出来ないらしく、食料を頼まれていまして……」

後でアーマードリザードの素材を一手に売買出来るなら、十二分に回収出来る。そう思い、私は隣の村に無償で肉を配ろうと考えた。だが、ヴァン様は私の顔をジッと見て、首を左右に振る。

「肉なら多分半数を腐らせてしまうからね。タダでいいよ。そちらも、あまり利益は出そうとしてなさそうだし、ね」

苦笑混じりにそう言われて、私は思わず息を呑んだ。

「……大変助かります。その代わりと言ってはなんですが、盗賊達の引き取り代金は多めにお支払いしましょう。一人大銀貨四枚お支払いします」

金貨十二枚。我々商人からすれば破格の値段だ。その場で買ってそのまま売っても利益はほぼ出ない。こんな辺境から連れて帰れば、売値を一人金貨一枚にしないと利益にならないだろう。

貴族には分かってもらえないが、こちらとしては最大限の誠意である。

対して、ヴァン様は軽く頷いて笑った。

「ありがとう。その代わり、今後もこの村に来てくれるなら、後悔しない取引をさせてあげるよ。例えば、良質な武具とかね」

そう告げられ、私は首を傾げる。

「この村には、高度な設計士と凄腕《すごうで》の大工以外にも、鍛冶屋までいるのですか？」

驚く私に、ヴァン様は嬉《うれ》しそうに目を細めた。

見事な剣だった。

装飾過多気味でありながら、その剣は確かに武器としての威圧感のようなものを放っている。武器の良《よ》し悪《あ》しはまだ正確には分からないが、一先《ひとま》ず美術品としての価値は十二分にあると知れた。

「どうですか、武器としての価値は」

専門家に聞くと、剣を手渡されたエアは魅入られたように刀身を眺め続けており、オルトという冒険者仲間に声を掛けられるまで反応しなかった。

「ほら。これ、アーマードリザードの皮の端っこだ」

ニヤニヤと笑みを貼り付けたオルトがアーマードリザードの皮を差し出すと、エアは自分の持つナイフで皮の表面を切りつける。だが、小さな線のような傷くらいしか入らなかった。私が驚愕《きょうがく》しているると、エアは静かに頷く。

「確かに、アーマードリザードの皮だな。試し切りしても？」

「良いよ」

エアが尋ねるとヴァン様はのんびりした雰囲気で了承する。少し不安そうに、エアはあの見事なロングソードをアーマードリザードの皮の表面に添えた。

そして、押し当てながら引いていく。

「っ!? ば、馬鹿な！」

直後、エアは目を見開いて驚愕し、剣を皮から離す。何があったのかと見れば、あの硬いアーマードリザードの皮がスッパリと綺麗《きれい》に切れていたのだ。

「まるで、鶏肉《とりにく》でも切るくらいの感触だったぞ!?」

「凄いだろう？」

エアの驚きに、オルトがくつくつと笑って自らの腰を指差した。そこには、同じような雰囲気の剣が差されている。

「金貨五枚の特注品だ。俺が振りやすい長さと厚さにしてもらった。信じられるか？ これ、鉄の剣なんだぞ」

「これで金貨五枚だと!? 安過ぎる! 俺も買うぞ! 槍は無いのか!?」

大興奮のエアにオルトは笑う。

「命を預ける大事な相棒だ。注文するなら、出来るだけしっかりと形や重さを考えたほうが良い。言っておくが、想像より軽くて強いものが出来るからな。受けが出来る部分も作るならその部分は切れ味を落としてもらえよ?」

「な、なるほど……切れ過ぎるせいか……」

オルトの助言にエアは自らの顎を片手でつまみ、少し俯《うつむ》く。唸《うな》りながら考え込むエアを見て、私は言った。

「……武器としても破格のようですね。こちらも言い値で買いましょう。ただ、やはり量が多すぎて持って帰れません。これも、申し訳ありませんが……」

「あぁ、後日でも大丈夫だよ」

「ありがとうございます」

私は深々と頭を下げた。

それから、私たちは村の中を見学し、ヴァン様に調味料と酒、日用品を買って貰《もら》った。こちらの方が得になり過ぎてしまうが、アーマードリザードの肉と私用の短剣一本で全て差し出した。

「良いなぁ、兄貴……」

そう言われて、もう一本短剣を個人的に買わせてもらう。金貨三枚とのことだった。

ランゴは買ったばかりの剣を、子供のように眺め、嬉しそうにしている。もう十八なのだから、落ち着いてほしいものだ。

苦笑しつつそんなことを思い、アーマードリザードの肉を炙《あぶ》って食べ、また驚愕した。

気が付けば、私はすっかりこの村の虜《とりこ》になっており、今後どうするかと頭をひねる。商会に帰って商会長と話をしてからになるが、この村に店を出すのが一番良いのかもしれない。

だが、販売先との往復は必須だ。

「……ランゴ。商会長に掛け合って、中規模のキャラバンを組織してもらおうと思うが、どうだ？」

「良い案だ。もしくは、馬車三台の商隊を二組作って二週間ごとにこの村に来るようにするか」

「そうだな……その場合は、途中の町か村で一度合流するか……」

色々と話していき、どちらともなく笑い出した。

「これから忙しくなるぞ」

「ああ、楽しみだ」

夕食をともに食べ、ベルとランゴがアーマードリザードの肉に大喜びして舌鼓をうっていた。

夕食の中で今後の展望も聞かれる。僕なりの村の次の形を伝えると、ものすごく興味を持っていた。好感触だ。大型の商隊で月に一回来るか、今の規模を少し拡大して月に二回来るかということを質問され、月に二回が良いと答えておいた。

調味料や酒はありがたいからね。食が充実するだけで村人達のテンションが上がり、活気に繋がる。しかし、武器の宣伝も頼むと渋い顔をされた。どうやら、兄弟で独占販売を目論《もくろ》んでいたようだ。甘いぞ、二人とも。

同じルートでいつも行商している二人が揃って剣の販売なんてすれば、すぐにこの村まで辿《たど》り着く。ならば、最初から宣伝しておいて、売れれば売れるほど利益が出る仕組みを考えれば良い。

そう告げると、二人は目を見開いて食いついた。

「どうやって!?」

「この村に店を構えて販売する。店主か行商か、どちらかを人を雇って行えば可能だよね」

僕の答えに、二人は笑みを浮かべて顔を見合わせる。結果、形になるまではベルがこの村に店を構えることになった。ご祝儀として、特別に金貨五枚で家を建ててやることにする。

これでこちらも色んな商人と何度も交渉せずに済むので有難い。

実は両者得になる取引なのだ。なにせ、ベルとランゴにとっては安定した収入を得て、自分の店まで持てる。こちらは僕の時間節約になり、更には村の中に初めての店が誕生する。これは大いなる進歩だ。

僕達は談笑とともに、商談を終えたのだった。

翌日、朝からランゴがエア達と共に村を出ると言って準備を始めた。倦怠期《けんたいき》の夫婦の喧嘩《けんか》みたいだが、内容は前向きであり商売的理由からだ。

利益を最大限に発揮する為には、速さが最も求められる。故に、ランゴは商会を説得して人手と資材を得る為に早々に動き出した。商会を説得する材料は僕の剣とアーマードリザードの皮と魔核。上手《うま》くいけば、次にランゴが村に来る時は立派な商隊で現れるだろう。さらに、その二週間後には別の商隊も来るはずだ。

ランゴは剣を買ってホクホク顔のエア達と共に、村を去った。

ちなみに、功績を全て譲るべく、ランゴにはムルシア宛の手紙を持たせている。まぁ、僕の封蠟《ふうろう》付きだから大丈夫だろう。ランゴには最後まで何故手柄を譲るのかと疑問を問われたが、曖昧に濁しておいた。

村を去るランゴ達を見送ってから、ベルに顔を向ける。

「よし。じゃあ、チャチャっとベルの店を建てようか」

「え？　今からですか？」

何故か驚くベルに、僕は手招きする。

「この大通りに面してた方が良いと思うけど、入り口近くで良い？」

正面の大通りを指し示しながらそう尋ねると、ベルは入り口すぐの空いた部分を指差す。

「……あそこが良いですね。入り口からすぐに見えますし、利便性も高そうです」

「じゃ、そこにしようか。次は間取りかな。こっちが入り口で、正面にカウンターとかどうだろう？」

「そ、そうですね。店の中が見える形の方が良いと思います。カウンターも良いですが、商品の陳列の仕方も工夫したいですね」

「スーパーよりは雑貨屋みたいな感じが良いかな。輸入雑貨のお店みたいなのも雰囲気が良いし。いっぱい並べるよりも少しずつ並べた方が高級感出るみたいだし、剣とかは壁掛けで一種類一本ずつ置いてみる？」

「え？　あ、そ、そうですね。それも良いかもしれません。しかし、そうすると在庫を置く場所を考える必要が……」

「地下室作ろうか。二階を住居にすれば充分広く使えると思うけど」

トントン拍子に話は進み、驚くほどスピーディーに店舗の間取りが決まった。

まぁ、後で不満が出れば一部を作り変えれば良いのだ。一回のリフォームは無料でやってやろう。

地下室を作るということでエスパーダを招集したが、地下室のリフォームは難しいだろうな。

そんなことを思いながら、僕はカムシンとティルが運んできたウッドブロックを家を建てる場所に並べ、イメージを固める。

後ろでベルが首を傾げる気配を感じるが、放置だ。

いつものように魔力を集中し、ウッドブロックの形状を変えていく。

「え!?　え!?」

奇声が上がるが、それも無視。

柱を立て、地面はエスパーダに土の魔術で掘ってもらう。多少の穴さえ出来ればこっちのものである。床、壁、天井を作って地面を支えていき、最初に作った柱と連結させていく。そして、また地下室を作っていった。

気がつけばそこそこの広さの地下室が完成していた。気になったので太い柱を四本設置したが、それでもかなりの在庫を保管出来るだろう。目を皿のようにして地下室を歩き回るベルを放置して、今度は一階部分と二階部分を作り上げる。

村人の為に相当数の家屋を建設してきた為、ベルの店もあっさり完成した。時間にすると、地下室に一時間、一階二階は合わせて十五分くらいである。地下室を我を忘れて見て回っていたベルが驚いたのは言うまでもない。なにせ、地上に出たと思ったらもう店も住居も出来ていたのだから。

信じられないものを見るような目で見られたが、僕は一切気にせずに話を進めた。

商品は二週間後までに用意しておけば良いということなので、ベルの店関係は一先ず終了とする。

昼になり、アーマードリザードの肉を調味料たっぷりで舌鼓を打ちながら食べて、僕は村の外へ行くと告げた。

「エスパーダとディー達も連れて行こう。後は、村の外に詳しい人を」

そう言って人を集め聞いてみた。すると、ロンダが狩人《かりゅうど》のインカが良いと意見を述べる。

「インカは狩りをする為とても目が良いのです」

君たち皆異常に目が良いじゃないか。

そう思ったが、何も言わずに頷いておく。なにせ、呼ばれたインカは胸を張って片目を瞑《つぶ》って見せている。

「……じゃあ、川まで案内してもらおうかな」

そう告げると、インカは頷いて前を歩き出した。

ディー達やオルトも森に素材集めに行くということで、一緒に村から出た。仕事があるのでエスパーダも付いてきている。後はティルとカムシンだ。

村から出て街道を進むこと十分。そこから街道を外れ、一路北へ進路を変更する。道無き道とまでは言わないが、中々の悪路だ。馬車でこなくて良かった。

「大丈夫ですか？」

心配そうにティルに聞かれるが、意地でも元気良く歩く。

「大丈夫。頑張る。ティルは大丈夫？」

周りへの気遣いも忘れない。僕は男の子だ。

「はい。ありがとうございます」

嬉しそうに礼を言うティルとホワホワしながら歩く。カムシンは僕達の前を歩きながら、雑草だったり邪魔な石だったりを排除している。

なんと紳士な男か。

暇な道中、何とかカムシンよりジェントルマンになろうと努力したが、寡黙にやるべきことをこなすカムシンは強敵だった。

勝手にライバル心を燃やして獣道を進んでいると、気がつけば目的の川に辿り着く。思ったより綺麗で大きな川だった。橋か舟を渡さないと向こう岸に行くのは大変そうなくらいだ。まぁ、見る限り水棲《すいせい》の魔獣も見当たらないが、流石《さすが》に泳いで渡る気にはならない。

水面がキラキラと光を反射させている様子は美しく涼やかだが、問題はこの川が使えるかどうかである。

「さぁ、エスパーダ。この川からちょこっと水をいただこう。引き込み工事開始だ」

「畏《かしこ》まりました」

僕の指示に、エスパーダは恭しく頭を下げた。

休憩しつつ、エスパーダが川から水を引き込む為の支流を作っていく。

とはいえ、作業に支障が出る為、川のすぐ側《そば》に壁を作っており、それ以降の支流となる部分を掘っている。エスパーダが数十メートルを一気に掘り進め、休憩中はディーやカムシン達が凄い馬力で掘り進める。僕とティルは後から付いて行きながら、地面や壁の部分の強化をしていった。川との距離から考えて「こりゃ大仕事だな」なんて皆で言い合ったのだが、意外にもサクサク進む。

というか、尽きないエスパーダの魔力にも驚きだが、尽きないディーの体力にも驚きである。

「ぬぅーあははははっ！」

疲労困憊《ひろうこんぱい》で座り込むアーブ、ロウとカムシンをよそに、ディーは僕が作ったスコップでざくざく掘り進めていく。

何が楽しいのか、ディーの口からは笑い声が溢《あふ》れ出していた。

「……もう四十だというのに、元気な男です」

エスパーダが呆《あき》れたような顔でそう口にした。ディーって四十なのか。なんか凄いな。

そんな訳の分からないことを考えながら川の引き込み工事をすること半日。まさかの村が見えてきた。馬鹿みたいなペースだ。小一時間結構頑張って歩いて川に辿り着いたのだから、距離的には四キロ近くある筈《はず》だ。

その距離を、地面を掘りながら帰ってきて約八時間。恐らく、一キロほど先に我が村が見えるところまできた。

「はい、今日は終了」

僕がそう告げると、ディーとエスパーダが不可解そうにこちらを見た。いや、アーブやロウ、カムシンを見たまえよ、君達。もう息も絶え絶えじゃないか。

「むう、久しぶりに良い鍛錬方法を見つけたと思ったが……たしかに、無理はしない方が良いか」

ディーがツッコミ所満載なコメントをしたが、誰も何も言えなかった。まだ余力があるのか、ディー。馬鹿じゃないの。

信じられなさ過ぎて思わず心の内で罵倒してしまった。

ちなみに、エスパーダも涼しい顔をしていたりする。ああ、恐ろしい。年配者とベテランの底力を知った一日だった。オルト達は川作りに興味ないとのことで、鉄鉱石やらを大量に仕入れてきたが、疲れ果てた僕は剣作りを断った。

そして次の日、なんと午前中の内に村の堀にまで到達した。逸《はや》る気持ちを抑え、村の裏側に水の抜ける道を作る。

そこからちょっと進んだ所に、深い溜《た》め池《いけ》を作った。水が増水したらこちらに抜けるようにしたのだ。本当ならば、最終的に川に戻るようにして循環させたいが、それをするのはまた次回とする。とりあえず、僕は早く水が引き込まれる様子をみたいのだ。

僕達は今度は馬車に乗って、また川まで戻った。馬車は街道に置き、そこからはやはり歩きだ。川に辿り着くと、僕は皆を労う。

「えぇー、皆様の多大なる貢献により、ついに水引き込み工事の完了する時を迎えました。この一日半の間、大変な苦労があったことと思います。本当にありがとうございました。では、開通」

労いの言葉を言い終えると同時に、川と引き込み先とを遮っていた壁を破壊する。水はすぐさま川から新たな支流へと流れ込み始めた。

「おぉ！　素晴らしい！」

じゃんじゃん流れ込む川の水に、僕が思わず拍手喝采。皆も合わせてくれて拍手喝采。川の水がどんどん流れていくのを見るとワクワクする。

いやー、楽しい楽しい。水の流れを追いながら、馬車で優雅に村を目指す。

しっかり水路の補強ができていたからか、水の勢いは衰える気配無く進んでいく。ここまで水の流れが良いと逆に心配になってくるよね。後で堀の様子を見て確認しよう。

そう思いながら村まで戻ると、僕達が帰ってきたことに気が付いた村人達が橋を下ろして門を開けた。

「おぉ！　水だ！」

「本当に川から水が……！」

村人達がワラワラと出てきて、水が堀に流れ込んでいく様を驚きとともに眺めている。

「凄い凄い！」

子供がキャアキャア言って堀の周りを走りながら貯《た》まっていく水を追っていった。僕も是非とも加わりたい。

「これで水がすぐ手に入るようになったのですな」

ロンダが歩いてきて感動とともにそう呟いたが、僕は首を左右に振る。

「これまでは飲み水が随分適当だったからね。濾過《ろか》して煮沸するまでやっておきたいんだ。だから、それ用の設備を作らないとね」

「は、はぁ……」

戸惑うロンダに微笑を返し、僕はディー達に鉄鉱石を準備させる。

「こちらです！」

珍しくやる気に溢れるロウが大量に鉄鉱石を運んできた。そして、キラキラした目で僕を見ている。

「……何を作るか興味あるの？」

「は、はい！　どういった設備をつくるのか、と」

驚いた。どうやらロウは物作りが好きらしい。そういえば、川の引き込み工事完成時も凄く楽しそうだったな。

「じゃ、一緒にやろうかな。まずは、この水を持ち上げる水車を作る」

「はい！」

テンションの高いロウが嬉々《きき》として素材を運んできて、僕が形にしていく。ディーとアーブは補助だ。堀の片側に水車を設置し、側面に等間隔で桶《おけ》を取り付ける。それが水車の回転に合わせて水を高所へ運ぶのだ。

防壁の上までできた水は、下降する際に桶が傾き、防壁の上から村の中に向かって伸びる水路となる。そのすぐ先には受けがあり、枝や葉、砂、土、石、布などを用いて作ったろ過機だ。そこを抜けて綺麗になった水は、そのまま金属の水槽に貯められる。水槽は錆《さ》びないように表面と裏面を銅でコーティングした為、水は綺麗なまま貯まっていく。

貯まったら、水槽の下に設置している蛇口から必要な量を出し、煮沸機に送る。

残念ながら、煮沸機の火ばかりは自分で点火しないといけない。火熾《おこ》しだ。ティルが火の魔水晶があれば簡単に火が点《つ》きますよと教えてくれたので、購入を検討しよう。

とりあえず、これで水は安心、安全な飲み水となった筈だ。

ロンダに設備の使い方を教えていると、今度はカムシンが走ってきた。

「水がいっぱいになりました」

と、まさかの満水報告である。開通から三時間。夕食前に完了してしまったというのか。僕は急いで防壁に登った。

「おぉ、満水だ」

思わず感嘆の声をあげてしまう。まだ引いたばかりの川の綺麗な水が堀をいっぱいにしていた。この勢いで水が来ると、流石にまずい気がする。

「雨とかで増水したら氾濫とかしないかな？」

そう尋ねると、斜め後方に待機していたエスパーダが目をわずかに見開いた。

「……良くお気付きになられました。本来、水量を見ながら川の幅を広げたり、よく氾濫する場所は堤防を築いたりするものです。また、こういった先が行き止まりとなる水路は工夫が必要になります」

珍しくエスパーダに褒められた。

「水の行き場が無いからね。じゃあ、川の下流に戻すようにするか、もしくは裏側に湖でも作ろうか」

そう告げると、エスパーダは眉根を寄せて唸る。

「本来なら、川の下流に戻すのが良案ですが、湖を作るという案も思いのほか良案かもしれません。雨が降らずに水が川から流れてこなくなった時、貯水池があると助かるでしょう」

「氾濫対策さえしていれば大丈夫ってことかな？　よし、それでいこう」

こうして、村の裏側から二百メートルほどのところに、湖を作ることになった。雨が降るまでに済ます強行突貫工事である。

こうして、この湖は三日であらかた完成してしまった。

「すりばち状じゃなくて良いから、出来るだけいっぱい貯められるようにするよー」

「はっ！」

「斜面になるから、満水時はあちら側に水が流れるように高さを変えるよー」

「はっ！」

僕がイメージを伝えると、ディー達が形にしていく。ちなみにエスパーダは湖の大体の形作りと堤防を築いたりしている。後は、災害予防策として、川からの引き込み口に手動で閉じることのできる水門を設置しようかな。

他は実際に使ってみて考えていこうか。

一先ず、綺麗な水がいっぱい入って僕は満足である。

# 第八章 来訪者が次々と

次の日、僕は慌てた様子の村人達《たち》の来訪により、起床した。

「朝、早いんだけど……まだ、陽《ひ》も昇りきってないんだけど……」

ふらふらしながらそう言うと、ティルが僕の頭の寝癖を必死に直しながら頷《うなず》く。

「申し訳ありません。ロンダさんを含め、大勢の方が慌てた様子でしたので……もうディー様、エスパーダ様も現場へ向かっております」

「現場って？」

「昨日お作りになった、ヴァン湖です」

「え、何その名前？」

え、何その名前？

僕は心からそう聞いた。

「ヴァン様の偉業を讃《たた》え、後世に残すべく名付けをしたそうです。ちなみに、村の名前もヴィレッジ・ヴァンと……」

「やめて、本当。なんか色々ヤバい気がするから」

そんなことを言いつつ、僕は急いで準備して館から出る。外には慌てた様子の村人Aが青い顔で待っていた。

「ヴァ、ヴァン様！　さぁ、こちらへ！」

そう言って、村人は走り去っていく。馬鹿者、置いていくでないわ。

渋々、早歩き程度の移動速度で後を追う。村人は村から出て、外側を回り込むようにして走って行った。うん、今度裏側にも出入り口を作ろう。わざわざ裏側へ回るのは面倒だ。

決心を固めつつ、僕達は湖へと向かった。そこには手の空いた村人達もわらわら来ており、奥にはディー達やエスパーダ、よく見たらオルト達までいた。

「何があったの？」

そう言って顔を出すと、皆が僕に気が付いて道を空けてくれた。

そして、目の前に陽の光を反射する湖が広がる。自分で作っておいて何だが、中々広い湖だ。だが、見慣れないシルエットが湖面にある。

丸い頭らしきものがぴょこんと顔を出している。

「なに、あれ」

僕がそう口にすると、エスパーダが口を開いた。

「……恐らく、半人半魚の亜人、アプカルルと思われます。深い森の美しい川に棲《す》むとされる存在、あまり目撃されない種族です」

「アプカルル？　ふぅん、聞いたことないなぁ」

そう答えつつ、僕は湖のふちまで移動する。よく見ると、子供っぽい感じである。真っ青な髪は神秘的で、肌は少し浅黒い。目は黒だ。長い髪の隙間から魚のヒレに似た耳が突き出ていた。

「君の名は？」

そう尋ねてみるが、アプカルル君はなにも言わない。もしや、言葉が通じないのか。

とりあえず、友好を示す為《ため》に餌付けでもしてみるか。

「ティル、カムシンと一緒にお肉取ってきて」

「はい！」

二人が良い声で返事をして、素早く走り去る。しばらくアプカルルと睨《にら》めっこしていたが、やがて肉の塊を手に走ってきたティルとカムシンに、微妙に反応を示した。

「お腹《なか》空《す》いてるのかな」

それならばチャンスである。僕はカムシンから肉の切れ端を受け取り、アプカルルに手を振った。

すると、アプカルルは徐々に近づいて来る。

「お、おぉ……」

息を飲んで成り行きを見守る村人達。

ディーやオルトがそっと剣の柄《つか》を握るのが見えたが、僕は気にせずアプカルルを呼び続ける。

と、アプカルルはもう目と鼻の先ほどの距離に来た。お互いが手を伸ばせば届くだろう距離で、僕は肉を差し出す。湖面から肩まで出して、アプカルルは肉の前に鼻先を持ってきた。すんすんと匂いを嗅ぐアプカルルに、敵意は無さそうだ。

近くで見ると、人間に良く似ていた。目は普通より大きめで、鼻は小さい。顔は少し丸顔か。大きな違いはやはり耳だろう。後は、首にエラらしき溝が薄っすら見えた。

「……食べていい？」

「おぉ！　喋《しゃべ》った！」

可愛《かわい》らしい声を発したアプカルルに、僕は思わず驚愕《きょうがく》して声を張り上げてしまった。

途端、アプカルルは水の中に潜ってしまい、また湖の奥の方で顔を出す。水中の移動が信じられないほど速かったが、まぁでかい魚みたいなものなのだろう。アプカルルはすっかり警戒してしまったのか、湖面から顔半分だけを出して僕を見ている。

眉根が寄っても顔が可愛らしいので怖くない。

「ごめんよー。ほら、おいでおいでー」

もう一度呼んでみる。だが、ぷいっと顔を横に背けられてしまった。

機嫌を損ねてしまったか？

「ティル、果物とかある？」

「はい、すぐに持ってきます！」

第二の策、甘いものは別腹作戦実行である。こういった辺境ではお菓子なんて代物にはお目にかかれない。だから、甘い果物は大人気だ。まぁ、砂糖なんて高級品を使えるのは貴族だけだからな。あとは仕入れている商人くらいか。

そういった状況だから、お菓子の文化はあまり進んでいない。一般の民にも砂糖やバターなどの菓子材料が普及すると菓子の種類もそれだけ増えるだろうけど。個人的にはバターたっぷりの焼き菓子が食べたいが、中々叶《かな》えることは難しいだろう。

と、話は逸《そ》れたが、つまるところ余程の金持ちか貴族でないと、美味《おい》しいお菓子なんて食べられないということだ。なので、たった今ティル達が持ってきた甘い果物を並べてアプカルルを呼ぶと、その結果はすぐに出た。

顔半分を湖面に出したアプカルルが、目を輝かせて徐々にこちらへ来る。

「肉が良い？　果物が良い？」

そう尋ねると、アプカルルは眉をハの字にして黙り込み、やがて顔を出して口を開いた。

「お肉食べて、果物食べる」

「はいはい」

笑いながら、僕は肉の切れ端を差し出した。すると、アプカルルはそっと肉を受け取り、また少し離れて口に入れる。

直後、目を見開いてこちらを見た。こちらを見ているが、肉を夢中で食べている。数秒で肉を食べ終わったアプカルルは、少し険しい顔になって僕達をジッと眺める。ディーやオルト達の顔も確認しているようだった。

「……このお肉……」

もの言いたげに呟《つぶや》いたアプカルルに、首を傾《かし》げて答える。

「アーマードリザードの肉だよ。もう傷みそうだから、明日以降も食べたいなら干し肉であげるけど？」

と伝えると、アプカルルは目を見開いてカムシンが持つ肉の塊を見る。

「……誰が狩ったの？」

その問いに、僕は首を傾げて周りを見た。誰だ？　バリスタを扱った全員か？

そう思って皆の顔を確認しようとしたのだが、皆が一様に僕を見ていた。

そして、誰ともなく口を開く。

「ヴァン様だな」

「ヴァン様です」

「ヴァン様のお力でしょうな」

口々に僕の名前が連呼される。

「いや、バリスタでしょう」

そう言ってみたが、結局僕がやったことになった。犯人に仕立て上げられた気分である。

「僕が倒したらしい」

仕方なくそう供述すると、アプカルルは大きな目を瞬かせて僕の顔をまじまじと見る。そして、小さく口を開いた。

「……そう」

それだけ言って、アプカルルは僕の手から果物を受け取り、湖の中へと消えたのだった。

「……ん？」

疑問符を浮かべて振り返るが、誰もが首を捻《ひね》って眉根を寄せていた。

翌日、またもや気持ちよく寝ている僕の下にティルが走ってくる。

「ヴァ、ヴァン様ぁっ！」

「なにごと!?」

扉を豪快に開け放ったせいで、僕は寝ぼけたまま飛び起きた。ティルは自分の行った無礼に冷や汗を流しながらも、土下座のような体勢で頭を下げる。

「も、申し訳ありません！　何者かの襲撃という連絡があり、慌てて……！」

「襲撃……?」

「は、はい！　敵勢力は今は堀で止まっているとのことでして……！」

「むむ、危険だね。バリスタでも退《ひ》かない相手ってことかな」

そんなやり取りをしながらも、僕は華麗にティルに着替えさせられている。ものの数十秒で着替え終わり、「さぁ、行くよ」と言いながら部屋から出る。

僕の村を襲撃するとは、良い度胸だ。叩《たた》き潰してやるぜ！

そう思って防壁の上に駆け上がり、堀を見下ろして唖然《あぜん》とする。

堀や水路には所狭しとアプカルル達が並んでいたからだ。

「……アーマードリザードがアプカルルの神さまだったなんてことは無いよね？」

ティルに顔を向けてそう尋ねると、ティルは困ったような顔で首を傾げたのだった。

剣を抜き、構えるディーやアーブ、ロウ。バリスタにしがみ付くようにしてアプカルル達を見下ろす村人達。

一触即発の空気の中、アプカルル達は水路や堀の水面から肩まで出してこちらに一歩分近づいてくる。昨日のアプカルルは可愛らしい子供だったが、今回は男女年齢全てバラバラだ。とはいえ、見る限り四十歳を超えそうな者は見当たらない。

若い男女、後は子供達がメインだ。皆が美しい青い髪で、美形が多い印象だ。まぁ、下半身は魚みたいな感じらしいから何とも言えないが。それらの顔触れを眺めていると、三十代後半くらいの男がこちらを見上げて口を開いた。

「……そこの少年。話をさせてもらいたい」

男は、まっすぐに僕の顔を見てそんなことを言った。

目が怖いオジカルルだ。ディーを側《そば》に置いて行こう。ボディーガードがいないと怖くて対面出来そうにない。ボディーガードになりそうな人を引き連れていこうと声を掛けていると、何故《なぜ》か商人のはずのベルが寄ってきた。

「アプカルルは一部の商人と取引をしています。何処《どこ》から持ってくるのかは分かりませんが、希少な素材も多く、商人達の間ではアプカルルと取引をすることは大きな商いのきっかけになるとも……」

目を輝かせたベル。その熱意は半端じゃない。まぁ、その希少な素材というのも興味はあるし、ベルに商談くらいさせてあげても良いのかもしれない。

そう思い、同行を許可する。跳ね橋を下ろして門を開け、外へと出る。アプカルルが堀や水路に顔だけ出してこちらを見ている。

不安になる映像だ。生首が転がってるみたいだな。

と、先ほどの男が橋のすぐ横に現れた。

「……娘が、世話になった」

「娘？　ああ、昨日の子か」

つまり、父親に「よその家で食べ物もらった」と言ったのか。成る程、成る程。そう納得していると、男は浅く頷いて目を細める。

「……少年が、アーマードリザードを倒したと聞いたが」

「まぁ、そんな感じ」

諦めてそう答えると、アプカルル達が俄《にわ》かに騒ついた。

「まさか、こんな子供が……」

「強大な魔術師か？」

「だが、確かに強者《つわもの》達が付き従っている」

小さな声でそんなやり取りが行われている。ディーやオルト達は雰囲気で強いと分かるのか。なんとなく成り行きを見守っていると、オジカルルが険しい顔で口を開いた。

「……認めよう、勇者よ。そなたとラダプリオラの婚姻を」

「え？　婚姻？」

急に口にされた宣言に、僕は目玉が飛び出しそうになった。

なにを言っているのだ、オジカルル。あと、ラダプリオラって誰だ。昨日の子か？　今日来てないやんけ。

プチパニックである。

届け、この想《おも》いとばかりにオジカルルの顔をガン見していると、オジカルルはブスッとした顔になり、口を開く。

「まさか、不服か？　ラダプリオラはこの私、ラダヴェスタの一人娘だ。見目も麗しく、将来は宝石のように輝くだろう」

「それは凄《すご》いが、そのラダプリオラちゃんは何処かな？」

そう尋ねると、ラダヴェスタは眉間に深いシワを刻んで自分の斜め後ろを指差した。よく見ると、遠くに昨日のアプカルル、ラダプリオラがいた。他の小さな子に何か言いながら、防壁を指差したりしている。

いや、ラダプリオラちゃん、お友達らしき子と遊んどるやないか。

どこから婚姻の話なんて出たのか。そう思いラダヴェスタを見ると、何故か睨み返された。

「……我らラダ族はこれまで人間達と繋《つな》がりは持たずに過ごしてきた。しかし、近年我らの棲む川をアーマードリザードが水場にしてしまっていた。故に、我はラダプリオラの婿として、強者を求める」

「ほほう」

僕はなんとなく頷いた。つまり、最近怖い魔獣が多いし、強い人間と仲良しになって安全を確保したいということか。同盟の条件として、一族の長《おさ》の娘を嫁に出すって感じかな。

戦国時代の政略結婚みたいだな。まぁ、貴族間でもよくあるらしいけど、僕にはそんな話は来ない。当たり前か。

「では、我らは婿の近くに住むとする。この水場は婿の物か？」

「え、この堀のこと？　いや、それなら裏にある湖に行ってもらって良いかな？　ここだと、橋とかも下りてくるし、お客とか行商人が来たら吃驚《びっくり》しちゃうからね」

そう答えると、ラダヴェスタは静かに頷き、皆を先導して湖に向かった。

あれ？　気が付いたら認める形になってないか？

「ちょっと!?　僕は結婚なんてしないからね！　結婚なんてしなくても守ってあげるから」

声を張り上げてそう主張したが、アプカルル達はすでに水の中に潜り、湖に向かってしまっていた。

伝わったのか？

首を傾げていると、目を輝かせたベルが迫ってきた。

「あ、あの！　もし希少な素材が手に入る時は、何卒《なにとぞ》私の店で、よろしくお願いします！」

興奮気味なベルに一歩引きながら首肯しておく。

「わ、分かったよ。とりあえず、そういったことになればね」

そう答えると、ベルは「信じられない。なんて日だ」などとぶつぶつ言いながら感謝した。

村人達はなにが起きているのか明確に把握出来ていないのか、ざわざわと騒ついているだけである。唯一、エスパーダは若干険しい顔で唸《うな》っていた。

「大変な幸運でしょう。しかし、まさかヴァン様の最初の婚約者がアプカルルとは……これればかりは、どのような評価を受けるか、私にも予測出来ません」

悩むエスパーダに、僕は声を大にして言いたい。婚約は確定してしまったのか、と。困ってティルの方を見ると、とても複雑な顔で俯《うつむ》くティルの姿が。

「私は、その、ヴァン様がお選びになったのなら、その……」

いや、明らかに不服そうですよ。しかし、一応言葉に出して断ったのだ。婚約者騒動は未遂であろう。

そう思いつつ様子見で湖に向かってみると、湖はすでにアプカルルに占領されてしまっていた。岸付近では大人のアプカルルがのんびり談笑しており、湖の中心辺りでは子供のアプカルルが水遊びに興じている。

平和そのものの光景だが、何だこの脱力感は。

「……味方すると決めたからには、しっかりとフォローしてやろうか」

そう呟き、エスパーダに指示を出す。

「左右を拡張してくれるかな。舟屋みたいにするから」

「舟屋……つまり、小舟などが入る家、ですか？」

「そうそう。舟を降りたら二階の家に上がるような感じかな。嵐の時とか、舟屋があると舟を中に収納出来るから便利だよね」

そう答えると、エスパーダは成る程と言いながら頻《しき》りに感心する。

「スクーデリア王国にそのような形式の家屋があると聞いたことはありません。他国の、それも海洋国家などの国の様式でしょうか。流石《さすが》はヴァン様。私ですら知らない知識をお持ちとは……知らぬところでも十分に学んでおられるようだ」

「い、いいから。早く作業終わらせちゃうよ。あ、カムシン。他にも人手を募ってウッドブロックを運んできて。多めに欲しいかな」

「分かりました！　村人達に手伝ってもらいます！」

こうして、湖畔の宿、とまではいかないが、湖畔の休憩所が二箇所完成した。

この改装はアプカルル達に大ウケであった。休憩所に入り浸る大人達が多く、狭いという意見まで出る始末。裏側の奥に防壁を設置して、そちら側にもう一つ舟屋を作るか。

まぁ、将来の構想は置いておいて、ついでに村の裏側の防壁にもう一つ門と跳ね橋を設置したので、これで裏側に回り込むのも楽になった。これにより、最初は怖がっていた村人達もアプカルルと少しずつ交流し始める。

農作物や肉をお裾分けすると、意外に律儀なアプカルルが色んな鉱石を持ってきたりするらしい。それをベルに売ると良い収入になるそうだ。ベルの貯蓄がもう底を尽きそうだが、そこは気にしないことにする。

既に元の村の面影は微塵《みじん》も残っていないが、まぁ、皆喜んでいるようなので良いか。

第二の防壁はしっかりしたものにしよう。城塞都市さながらといった頑強なものが良い。

そんなアバウトな構想の下、僕は第二の城壁を築くべく資材集めを行いつつ、エスパーダと打ち合わせをする。

「今後の発展を考え、一万都市となることを見越して城塞を築くのが良いかと」

「一万？」

僕はエスパーダの言葉に首を傾げた。一万都市とは、一つの街に一万人が住む街という意味だ。

ちなみに、アプカルル達を含めても村の規模は二百人程度である。

「一万人が住める街作り？　ちょっと、広くない？」

そう尋ねるが、エスパーダは首を左右に振った。

「今の村の発展する速度を鑑みれば、一万でも少ないほどです。しかし、城壁を築けば管理をしなくてはならず、周囲を警戒する者も相当数配備しなくてはなりません。その為、少し狭くなりますが、一万都市の規模で作るべきだと進言致します」

まるで今日の予定を話す秘書のように淡々と口にしたが、こちらは驚いて内容を上手《うま》く飲み込めていない。

なにせ、規模で言うなら王都が三十万都市で、フェルティオ侯爵領の第一都市で二十万都市なのだ。第二都市になると十万都市。他の街などは五万から一万都市である。

つまり、我が村が立派に発展したところで、流れてくるような民がそんなにいないのだ。三国志とかの中国の街でも中には五十万人が住む都市なんてのが出たりするのに、この世界ではまだそこまで人口の多い街は聞いたことが無い。

そんな中、この二百人もいないような辺境の地の小さな村に、これから一万人もの人が住むようになるというのか。

のどかな田舎暮らしが素敵！　なんてレベルじゃない田舎だが、わざわざ引っ越してくる変わり者がどれだけいるか。

「……千人か二千人くらいの規模で良いんじゃない？」

控えめにしてみようと提案するが、エスパーダは眉根を寄せた。

「駄目です。必ず、あとで余計な手間と作業が発生するでしょう。そうなるくらいなら、最初にそれらも考慮して計画をするべきです」

むぅ。エスパーダは頑固者で有名である。執事長であり、主人を立てることにおいて右に出る者はいないような人物だが、意見を申し立てる時は父が相手でも引かなかった。

「分かった。じゃあ、今の防壁の位置から四方に百メートルずつくらいの距離でどう？」

「全く足りません。住居だけならばそれで何とか収まるでしょうが、防衛施設や宿、各ギルドの拠点なども入ることを考慮し、一辺が六百メートルずつは欲しいところです」

「一辺六百メートルずつ⁉」

もはや、今の村の規模からは想像も出来ない広さだ。しかも、今度作るのは本気の城壁だ。城壁を名乗るなら高さ十メートル以上は欲しい。

だが、それを自分で作ると思うと気が遠くなる。僕が嫌な顔をしていることに気がついたのか、エスパーダは真顔で頷く。

「勿論《もちろん》、今後ヴァン様の下に人が集まり、十分な人手を確保した時が本格的に城壁を構築する時となります。今は後に改良しやすい形で防壁のみを築ければと思います」

「防壁は作るのか……」

と、やはり引く気配は無い。

溜《た》め息《いき》を吐《つ》きつつ、アーブとロウが作成した簡単な地図を眺める。手作りであり、測量という感覚も無い騎士が作っただけに、かなり雑だ。しかし、それでもなんとなく雰囲気は摑《つか》める。

街道が延びて行き止まりが我が村だ。後ろには人工湖があり、その奥には森、そして山脈が控えている。左右は拓《ひら》けているが、奥にはまた森や川がある。つまり、正面の街道は人間の騎士団や盗賊団などの為に備えて、それ以外は魔獣への対策をした方が良いだろう。

人間相手ならば手数と多様性。魔獣相手ならば威力重視かな。それらを踏まえて、こちらの手数を増やすべく形状を変えても良いかもしれない。

「四角い城塞都市じゃない方向でやってみようか」

そう告げると、エスパーダは片方の眉を上げた。

「それは、円形の城塞都市を、ということですか？　百年ほど前までは円形城塞都市が多かったものですが、強力な魔術師の台頭により、一点突破にて城塞を破られる事例が増えてしまいました。それにより、防衛のし易《やす》さから正方形に近い形の城塞都市が主流となりましたが」

丁寧にも過去の歴史を紐解《ひもと》いて円形よりも四角の城塞都市の方が優れていると教えるエスパーダ。

それに、僕は頷き、でも、と否定する。

「真正面から受けることが出来れば四角の城塞都市は力を発揮するけど、角は少し弱いよね。城壁の強度を上げるから円形よりマシだけど」

「……角を失《な》くす、と？」

疑問符を浮かべるエスパーダに、僕は首を左右に振る。

「いや、角を増やす」

曖昧な言い方で答えると、あのエスパーダが固まった。長考し始めたエスパーダに、僕は先に自分の考えを伝える。地図に直接書き込み、六芒星《ろくぼうせい》を描いた。

「……こういう、星形の城塞都市なんだけど」

「これは……しかし、街道側に迫《せ》り出したこの二箇所の角は、先程指摘された防衛し辛《づら》い箇所になるのでは？」

困惑するエスパーダに、分かりやすくなるようにもう六ヶ所書き込みを加える。六角形に、三角が六つ付くような形だ。角を切り離した形とも言えるだろう。

「この角の部分は、破壊しても街には入れない。独立した要塞が六つあるのと同じだと思ってくれたら良いよ。屋上部分は城壁と繋がっているけど、城壁側に跳ね橋を設置すれば分離も可能なんだ。

だから、攻める側は時間をかけて角を攻略してからじゃないと本体には辿《たど》り着かない。無視して城壁を崩しにかかっても三方向から集中攻撃を受けるからね」

と、説明するが、エスパーダは無言で唸るのみである。

これは大砲とかが使われ始めた頃に地球で考えられた要塞の形だが、この剣と魔法の世界でも有効だろう。長距離射程の迫撃砲のような魔術が無ければ問題無い。まぁ、そんな事情を知らないエスパーダに理解しろというのも酷だろうな。

そう思って詳細を説明しようとしたが、エスパーダはそれよりも早く、口を開いた。

「成る程」

「ん?」

首を傾げると、エスパーダは地図を指差す。

「正面から攻めれば集中攻撃、角を攻めても左右に広がることが出来ない為、少数で要塞の攻略をしなくてはならない……これは、とても良く考えられた形です。強力な魔術師も、これならば盾となる歩兵を十分に並べることが出来ない。つまり、玉砕覚悟で要塞攻略に挑まなければならない、と……」

そう言った後も、エスパーダはぶつぶつ言いながら地図を眺め続けていた。

「ヴァン様、お茶のおかわりは如何《いかが》ですか?」

「あ、頂戴。ありがとう」

話がいち段落したと思ったのか、ティルがお茶をくれた。飲みやすくて美味しい。紅茶とかフルーツティー的なホッとする味のお茶だ。

と、のんびりしていると、突然館内を走り回る足音が響いてきた。カムシンだろうか。それにしてもドタドタと良く響く。我が館の防音性はどうなっとるのかね。誰だ、建てた奴《やつ》は。

頭の中で文句を言っていると、領主の執務室の扉が外から勢いよく開かれた。

「ヴァン様！」

現れたのはまさかのアーブである。騎士が廊下を走るでない。

「どうしたの？」

聞くと、アーブは目を見開いて外を指差す。

「どうしたじゃありませんよ！　隣接するフェルディナット伯爵家より使者が来ております！」

「は？」

僕が首を傾げると、アーブの後ろからロウが顔を出した。

「フェルディナット伯爵家の風車と剣の紋章の旗だけじゃありません。伯爵家の派閥の新興貴族であるカイエン子爵のユニコーンと盾の紋章の旗もありました。馬車は三台。兵士は百名程度です」

ロウの補足した情報に、思わずティルとエスパーダの顔を見る。

「まだ、目立ってないよね？」

そう聞くと、エスパーダが曖昧な顔で答える。

「目立つことは十分になさいましたが、まだ各地にその情報は流れていない筈《はず》です。噂《うわさ》を聞きつけて動いたとしたなら、あまりにも早過ぎるでしょう」

「そうだよね……ん？」

僕はエスパーダの言葉に頷いた後、しばらくして疑問符を浮かべた。

とりあえず、待たせるわけにもいかないか。エスパーダの真意を問いただしたいが、そんな時間もなさそうだ。そう思い、僕は領主の館二階に用意した来客と会談する為の応接室へ移動する。

低いテーブルを挟む形でソファーを三対並べた応接セットだが、馬車が三台ということはもしかしたら客は三人以上いるかもしれない。ソファーの配置をちょっと変えてみようか。いや、四対二にしたらしたで、客が三人以下だったら不恰好《ぶかっこう》になるかな？

悩む。

同席するエスパーダやディー、カムシンは座らない為、こちら側は僕一人しか座らないのだ。ちなみにティルは慌てて軽食とお茶の用意をしている。

やはり、相手の人数を聞いてもらえば良かったか？

そんな微妙な悩みに頭を悩ませていると、ドアをノックする音が聞こえてきた。

諦めた。

「どうぞ」

そう返事をし、ソファーの真ん中にどんと座って待つことにする。まぁ、僕は爵位の無いただの地方領主なのだから、相手次第では座っていてはいけないのだが、それは相手を見てからで良いだろう。ただでさえ子供なのだから、態度で軽く見られてしまったらヘリウムガスより軽く扱われそうだ。

どーんと構えていると、ドアはゆっくり開かれた。

そして、現れたのは二十代半ばに見える美女と、十歳ほどに見える美少女の二人だった。美女は長身でスラッとしつつもメリハリのあるナイスボディで、ウェーブのかかった長い金髪を揺らしている。


簡単に言うと「OH! It's an American dream!」みたいな感じだ。

美少女は逆に根暗な印象を受けるほど幸が薄そうな雰囲気である。髪も白く、肌も白い。そして、自信が無いのが透けて見えるような猫背と上目遣いだ。困り顔がデフォルトだろうか。少女を見ていると、親か学校の先生のような気分で虐《いじ》められていないかと心配になる子である。

……これは、座っていた方が良いのか？

なんとも判断に困る二人だ。いや、こんな子供が派遣されるなら、ただの子供のわけが無いか。そう思い直して、僕は立ち上がった。

「初めまして。ヴァン・ネイ・フェルティオです。この村の領主を任されています」

そう自己紹介をして軽く会釈すると、美女と美少女が一礼し、先《ま》ずは美女が胸に手を当てて口を開いた。

「私の名はパナメラ・カレラ・カイエン。ついこの間陞《しょう》爵《しゃく》し、子爵となった。騎士爵からの成り上がり者だ」

不敵に笑い、パナメラと名乗る女がそう自己紹介する。自らを卑下しているような言い方だが、言葉の端々から自信が滲《にじ》み出ている。

それも当たり前か。本人は簡単に言ったが、一代で騎士から男爵になり、子爵となるのは並大抵のことでは無い。このアメリカンドリーム美女は相当な実力者であり、頭脳も明晰《めいせき》なのは間違いないだろう。

対して、真逆な雰囲気を持つ白髪の美少女は自信なさげに顎を引き、口を開く。

「わ、私はフェルディナット伯爵の末娘のアルテ・オン・フェルディナットと申します……その、この村にフェルティオ侯爵家の方が来られたと聞き、父のバリアット・シロッコ・フェルディナット伯爵より、挨拶に向かうよう言われ、参りました……よ、よろしくお願い致します」

辿々《たどたど》しい挨拶を終えると、アルテという少女は深く頭を下げた。

裏を読むならば、ライバル視しているフェルティオ侯爵の息子の一人が辺境送りになったぞ、よし、何かあっても問題ない末の娘を使って偵察だ！　ということか？　だが、それだとパナメラの存在が謎だ。

そう思い、視線を送ると、獅子《しし》のような圧力のある目がこちらに向いた。怖いので、とりあえず座ってもらい、僕も同時にソファーに腰掛ける。パナメラのその目からは友好な空気などは感じられず、こちらの真意を推し量ろうとするような気配が伝わってくる。

そこで、気がついた。

王の決定とはいえ、自らの領地を削られた形となったフェルディナット伯爵は、怒りと共に侯爵への畏怖も持っているのだ。

だから、天才少年ヴァン君が何故辺境送りになったのか気になった。つまりは、このヴァン君の

可哀想《かわいそう》な処遇も全てフェルティオ侯爵の作戦の可能性有りと考えて、辺境から奇襲を掛けられないか心配したのだ。その為、恐らく歴戦の強者であるパナメラを娘と共に派遣した。

そこまで推測し、顔を上げる。

「これはご丁寧に。こんな何も無い村まで、わざわざ御足労いただき、感謝の念に堪えません。こちらこそよろしくお願いします」

そう言って笑いかけると、アルテはホッとしたように肩の力を抜いた。しかし、パナメラは獰猛《どうもう》な笑みを浮かべて口を開く。

「……見たところ、アルテ嬢よりも少し歳下《としした》でしょうが、随分と落ち着いている。他意はない問いなのだが、ヴァン殿は我々が何故ここに来たとお思いか」

ど直球な質問がきた。その余りにもストレートな台詞《せりふ》に、僕は思わず笑いが漏れる。

「多分ですけど、敵情視察と見定め、後は懐柔の為、ですかね」

簡単にそれだけ答えると、パナメラは目を見開いて笑い出した。

「ふ、ははははっ！　凄いな、ヴァン殿！　十歳前後でそこまで深く考えられるのか！　まさしく、だよ！　ヴァン殿の推測は的中だ！」

何がおかしいのか、笑いながら隠すべき内容を暴露するパナメラ。

「フェルディナット卿《きょう》はフェルティオ侯爵の腹の内が読み切れなかったのさ。誰もが有力者の世継ぎには注目していたが、ヴァン殿は二年前から時折名前が挙がっていた。通常ならば八歳の魔術適性の鑑定を受けてお披露目会が実施され、それに合わせて注目されるようになるが、君は少々特殊だ」

観察するような目のまま、僕の顔を見下ろすパナメラ。

「まぁ、恐らくは魔術適性が四元素魔術ではなかったのだろうが、この何も無い辺境に名ばかりの領主として据えるのも理解出来ない。なにせ神童なんて噂があった子だ。本来なら、領主として十分に学ばせ、領地の発展の為に働いてもらうものだ。だから、この伯爵領とイェリネッタ王国の境界となる地を任されたヴァン殿を訝《いぶか》しんだのだ」

と、何を考えているのか、パナメラは朗々と内情を語る。

いや、事実はどうであれ、同国内の上級貴族同士が腹の内を探り合い、潰し合うような真似《まね》をするのは厳禁だ。そんな処罰対象になりそうなことをしにきたと堂々と話すパナメラは、やはり貴族としては変わっている。情報を与えて僕がどう動くか見極めるつもりか?

横ではアルテがキョトンとしてるぞ。

「……まぁ、隠してもいずれバレますからね。僕が四元素魔術の適性では無いということは正解と答えておきましょう。ただ、残りの心配は杞憂《きゆう》ですね。ただ追いやられただけなんですから」

自嘲気味に笑い、そう言うと、パナメラはジッと数秒もの間僕の顔を見ていた。

そして、不意に体を起こし、深い溜め息を吐く。

「……本心、か。つまらんな。神童という話も、噂に過ぎなかったか」

「父が、僕になにかさせるつもりである、と?」

パナメラの言葉に少しカチンときて、僕は聞き返す。こちとら素晴らしくスピーディーに家から追い出されたのだ。そこには何の疑いの余地もない。ダディの馬鹿。サンキューブラザーの気持ちは今も変わらないのだ。

だが、パナメラは呆《あき》れたような顔で片手を広げた。

「何故気付かないのか。私はこの地に来てすぐに気が付いた。たった百人程度の小屋しかない吹けば飛ぶような村と聞いてきたというのに、僅か一、二ヶ月か？　その短い期間でこのような城壁を築き、全ての建物も素材さえ知れぬ最新のものに建て替えられている。領主の館には経験豊富な執事、外には有用そうな熟練の騎士もいる」

それだけ言うと、パナメラは一瞬アルテの顔を確認した後、静かに言葉を続けた。

「……少なく見積もって五千人の部下を派遣したか？　こちらに気付かれずに用兵する技術は脅威だな。だが、気付かれる可能性も考慮して、それを実行したのだ。それは何故か？　ヴァン殿に絶大な期待を寄せ、この辺境を新たな軍事拠点とする為だろう」

それだけ言って、パナメラはこちらを見る。

「ぶふっ」

パナメラの壮大な勘違いに、思わず吹き出した。

いや、この勘違いは、まずい。

良くない流れだ。

だが、あまりにも素晴らしい勘違いに笑いが止まらない。しかも、はたから見れば筋は通っているのがまた面白い。

「……なにがおかしい」

ドスの効いた、低い声が聞こえた。見れば、パナメラは周囲を警戒しつつ、こちらを睨んでいる。思惑が露見した為、秘密裏に暗殺される。そんなことを考えていそうである。

その殺気に、ディーもそっと腰を落とし、臨戦態勢に入った。遅れてカムシンが腰に差した剣の柄を持つ。

「ふ、はっはっは」

僕は真面目な空気になればなるほど、おかしくて堪《たま》らなくなった。ダメだ、ツボった。皆から注目されているのは感じているが、一頻り笑わせてもらおう。


「いや、笑ってしまって申し訳ない」

少しして、僕はなんとかそれだけ言った。まだ口元は緩んでしまうが、先程までよりは落ち着いたか。

不審な目つきでこちらを見るパナメラと、心配そうに僕を見るアルテ。エスパーダとディー、カムシンはまだ油断なくパナメラを注視しているが、もうここで衝突することは無いだろう。全く意識していないが、僕が笑い出したお陰で緊迫感は薄れたようだ。流石はヴァン君。

僕は苦笑しながら、パナメラに対して口を開く。

「では、その勘違いを訂正しましょう」

「勘違い？」

眉根を寄せるパナメラに頷き、答える。

「僕がつけてもらった部下はそこのカムシンという子供と、メイドのティルの二人だけ。大して金銭も貰《もら》えませんでしたよ」

そう告げると、パナメラの目が細められた。

「……ならば、そこの騎士と執事は何だ。外に控える二人の若い騎士もどう考えても部下だろう」

パナメラがそう聞くと、僕が答えるよりも早くディーが口を開く。

「我らは自主的にヴァン様に付いてきたのだ。見送りと護衛だと言って飛び出してきたからな。先日騎士団長の奴から即時帰還の指示書が来たが、無視してやったわ」

と、豪快に笑う。いや、笑い事ではない。

「帰還命令がきたなら帰らないと。退団させられちゃうよ？」

そう言ってみるが、ディーは愉快痛快と笑うのみである。それを呆れて見ていると、今度はエスパーダが口を開いた。

「私はもうこの通り老骨でして、ヴァン様が田舎に赴かれると聞き、良い機会だと引退してこちらに参りました。老後の趣味として、ヴァン様に私の知識の全てをお教えする所存です」

なんて迷惑な趣味だ。嫌がらせか。

そう文句を言いたいが、最近はエスパーダの講義の時間は減り、一日一時間程度で済んでいる為、さほど苦ではない。ディーは僕とカムシンだけでなく、村の子供達にも剣を教えている為、訓練の時間は少し減った。

まぁ、どちらも毎日行っていることに変わりはないのだが。今日も夕方訓練して夕食後に勉強か。そう思って苦笑していると、パナメラが何とも言えない顔で口を開いた。

「……では、この村の変貌ぶりはどう説明するつもりか？」

その疑問には、僕が答える。

「実際に見てもらいましょうか」

「む？　何処に行く？」

答えながら立ち上がると、パナメラはまたも不審そうに眉をひそめる。

「外ですよ。ちょうど、新しく外側に城壁を築く予定でしたから」

そう告げると、パナメラは無言で立ち上がり、アルテも慌てて腰を上げた。

連れ立って外に出ると、見事に整列していた兵士達が一斉にこちらを向く。いや、パナメラを見たのか。そんな兵士達を横目に見つつ、僕は村の正面の出入り口に向かった。すると、すぐ後ろを付いてきたパナメラが兵士達に横顔を向ける。

「視察に出る。五メートル後に続け。縦列だ」

端的にそれだけ言って歩き出すと、兵士達は素早く隊列を組み直して後に続いた。

物々しい雰囲気に村人達が何だ何だと集まってきているが、僕は挨拶代わりに片手を振って応える。なにせ、後ろには貴族の子ではなく、貴族本人がいるのだ。村人達の相手をしていては無礼に当たる。

　まぁ、子供が話しかけてきたら笑いかけるくらいはするが、貴族社会としては位が上の貴族がいれば優先順位はそちらが上である。あぁ、面倒臭い。

「あ、皆でウッドブロックを運んできてくれる？」

　ふと材料が足りないことを思い出し、近くにいた村人にそれを伝える。村人は返事をすると、人手を集めに走った。

　うむ、良きに計らえ。

　それから門を抜けて橋を渡り、街道をしばらく進んでいると、焦れた様子のパナメラが口を開く。

「何処まで行く？」

　やはり不審に思われているか。まぁ、理由も説明せずに連れ出せばそうなるだろう。なので、その場で立ち止まり、辺りを確認してエスパーダを見る。

「この辺り？」

「そうですね。六角形の一面ならば、ここで問題ないでしょう。角の部分はもう少し先になりますが」

「そうか。じゃあ、後で修正出来るように、幅二メートルくらいで作ってみようか」

「了解しました」

　そんなやり取りをしてから、パナメラの方を振り返る。

「では、城壁を作りますね」

「……今からか？」

驚くパナメラをよそに、エスパーダにアイコンタクトを送る。無言で首肯したエスパーダは、その場で詠唱を始める。十秒ほどで詠唱は終わり、魔術は発動した。街道のすぐ脇のところに、瞬く間に土が盛り上がり、巨大な土の壁が出現する。左右の幅二メートルほどだが、厚さは五メートル以上はあるだろうか。高さも十メートルはちゃんとありそうである。

「む、これは……貴殿は引退した一流の四元素魔術師だったのか。だが、これだけでは魔力が失われた時、この壁も崩れて力を失う筈だが」

そう指摘するパナメラの前で、僕は出来たばかりの土の壁に向かい、手のひらを当てた。大地から隆起している為だろうか。土、岩だけでなく、骨や火山岩、一部鉱石も含まれた壁だ。ならば、接合する素材はいくらでもある。本来なら完全なコンクリートを目指したいが、それには各材料の素材が足りない。なので、応急処置だ。

城壁が固まったのを見てから、村人達が総出で運んできたウッドブロックを手に取る。

「……その材料は、家屋に使っていたものか」

パナメラが興味深そうに眺める中、僕はさっさとウッドブロックを接合していき、一気に門を作製する。後で金属のコーティングもするとして、形状と頑丈さは意識して作り上げた。ウッドブロック職人のヴァン君は五メートル級の両開き門も僅か十数分で作り上げるのだ。ちなみに、形は五分。模様や装飾に十分かけている。

門の上部は後で反対側の城壁と繋ぐとして、今はこれくらいで良いだろう。

「よし、こんな感じかな」

そう呟いて振り返ると、パナメラ達が唖然とした顔で門を見上げていた。

# 第九章 ★ ヴァン君の脅威

あの規律正しく行軍していた兵士達《たち》も目と口を丸くし、間の抜けた顔を晒《さら》している。誰もが何も言葉を発しない状況の中、混乱気味のアルテがポツリと口を開いた。

「……ヴァン様の、魔術適性は何なのでしょうか」

その言葉に、パナメラが正気を取り戻す。

「そ、そうだ。今のは何だ？　なぜ、こんなことが出来る？　君はいったい……」

まだ混乱しているようだが、パナメラは何とか努めて冷静に質問をしてきた。

それに肩を竦《すく》めつつ、曖昧に笑う。

「残念なことに生産系の魔術適性ですよ。なので、物を作ることしか出来ません」

自嘲気味にそう告げると、パナメラは目を見開き、出来たばかりの門に視線を移した。

「……これだけのことが出来て、何が残念なのか分からない。この力は脅威だ。下手をしたら、一ヶ月で要所に拠点を築くことが出来る力だ。やはり、フェルティオ侯爵はこの力で伯爵領に攻め入るつもりで……」

「あ、父は僕の力のことは何も知りませんよ。四元素魔術の適性が無いと知った瞬間に放り出されたので」

そう答えると、パナメラは呆《あき》れたように目を細め、息を吐いた。

「……馬鹿な。なんと勿体《もったい》ない選択か。この力があれば、侯爵家はこれまで以上に飛躍的に強大となったものを……いや、知らなければ、想像も出来ないのか。まさか、生産系の魔術師がこれほどの可能性を持っていたとは、私とて予想だに出来なかった」

険しい顔でそんなことを呟《つぶや》いているパナメラに、僕は村の方向を指差す。

「じゃ、帰りましょうか。城壁作りはまた明日から行いますので」

そう告げると、パナメラは複雑な顔で頷《うなず》いた。

「……了解した。まだ、この城壁の築造を見てみたかったが、仕方あるまい」

と、素直に頷く。どうやら、パナメラの誤解は無事解けたようだった。

良かった良かった。

領主の館に戻るまでも様々な質問が飛んできた。

「この家々は全て一人で？」

「あの見事な跳ね橋もか」

「ほかに生産系の魔術師はいないのか？」

「あの材料は何だ？　強度はいかほどか」

そんな質問の数々に軽く返答しながら、領主の館に帰り着く。相対してソファーに座り直し、僕は口を開いた。

「さて、これでフェルティオ侯爵家が謀《はかりごと》の為《ため》に、僕にこの地を任せたわけでは無いと理解してもらえましたか？」

確認すると、パナメラは真面目な顔で顎に手を当て、唸《うな》る。

「うむ……納得は出来ないが、理解はした。本当ならば、フェルディナット卿《きょう》からアルテ嬢の婚姻の話も出すように言われていたが……」

と、パナメラはアルテの顔を見る。

成る程。つまり、脅威となりそうならば、上手《うま》いこと子爵であるパナメラを仲介させてアルテと婚約させ、敵対しないようにしようとしていたということか。まぁ、予想の一つでもあったので、驚く程では無い。

「ここは強大な魔獣が現れる可能性の高い地域ですからね。今後も城壁を強化し、村を大きく発展させるつもりです。しかし、別に誰かと争いたいわけじゃない。それを分かってもらえれば十分ですよ」

と、念押しに言っておく。

だが、それを聞いたパナメラの眉間には深いシワが寄った。

「……確かに、この村は今後も成長していくだろう。むしろ、私は俄然《がぜん》興味が湧いた。この村もそうだが、ヴァン殿。君に、だ」

そう言って、獲物を見つけた狼《おおかみ》のような獰猛《どうもう》な笑みを浮かべる。

「アルテ嬢は個人的に少々気になる子でね。フェルディナット卿がアルテ嬢を婚約させるつもりと聞いた時は大いに反対したのだ。なにせ、嫁ぎ先が敵対する可能性すらある侯爵家であり、相手は幼くして辺境の領主にされた末の子だ。領主として期待された有能な子であろうと、放り出された無能の子であろうと、アルテ嬢は不幸せになる可能性が高いと思っていた」

「まぁ、そうでしょうね。冷遇されるか、物資も金も無い辺境住まいとなるか、村と共に盗賊団や魔獣に滅ぼされるか」

パナメラの台詞《せりふ》に同意して悲惨な未来を語ると、アルテの顔色はどんどん悪くなっていった。

そう思うと、当初からアルテがただ暗く見えたのは、自分の命を投げ出す覚悟が決まりきっていなかったからかもしれない。自分の未来を嘆き、悲愴《ひそう》感に沈んでいただけなのか。まぁ、ある意味似た状況に置かれた自分からすれば理解出来る。納得、納得。

と、アルテの顔色を見て頷いていると、パナメラが腕を組み、顎をしゃくった。

「その通り。だから、私は色々と理由をつけて、アルテ嬢を婚約させない心算で此処《ここ》に来た」

そう言った後、パナメラは「だが」と言葉を続ける。

「気持ちは大きく変わった。ヴァン殿との婚約ならば、私はむしろ大賛成だ。アルテ嬢よりも少し歳下《としした》かもしれないが、内容は完璧に近い。子供とは思えない遠謀深慮、冷静さ、領民や部下への配慮。不幸にも辺境送りにされてさえ、自ら付いてくる部下がいる求心力。自らの不遇を跳ね返す精神力と知識。更には、その誰しもが想像だに出来なかった魔術師としての力……歳が近ければ、私が婚約者として名乗りを上げても良いと思えるような相手だ」

悪戯《いたずら》小僧のように笑いながら、パナメラはそう僕を評した。

褒められてる。超嬉《うれ》しい。褒められたからか、僕の中でのパナメラの印象が一気に良いものになった。もっと褒めて、パナメラ姉様。

内心では小躍りするくらい喜んでいたが、表情には出さないように努める。

すると、パナメラは面白いモノを見るような目で僕を眺めて、アルテに視線を移した。

「どうかな、アルテ嬢？　私は、これ以上ない相手と判断するが。後は双方の意志だけだ」

そう言われて、アルテは自分の穿《は》くスカートの裾を両手で強く握る。

「わ、私、は……その、ヴァン様は良い人とは思い、ますが……ま、まだ、分からなくて……」

涙目になってしまった。十歳に「結婚する？」なんて聞いても分からないよな。

僕は苦笑しつつ、パナメラに言った。

「まぁ、今日決める話ではないでしょう。それに、当の僕だって結婚なんてまだ考えられないのですから」

冗談はヨシ子ちゃんデスよ。そんな軽いノリで返すと、パナメラは不服そうに鼻を鳴らす。

「……僅かな期間にこれだけ村を発展させたのだ。確かに素晴らしい功績であり、何もせずとも噂《うわさ》を聞きつけた者達がこの村に注目し、様々な理由からより発展していく筈《はず》だ。だが、どうせならもっと上を目指すべきだろう」

「……アルテ嬢と結婚することで、それが可能だと？」

「当たり前だ。聞けば、これまで侯爵家からの援助は一切無かったのだろう？　だが、アルテ嬢と婚約すれば、今後はフェルディナット伯爵家の援助が期待出来る。何より私の援助も、だ。これは公式に発言すべきでは無いが、領地を取り戻そうとフェルディナット伯爵の騎士団が攻めてくる可能性も無くなるだろう」

パナメラは両手を広げ、どうだ、メリットばかりだろう、と言ったノリでそう告げた。

詐欺っぽーい。聞けば確かに利点ばかりだが、聞けば聞くほど嘘《うそ》っぽい。

確かに、政略結婚の理想形はこれだ。敵が減り、味方が増える。経済的にも利益が生まれるなら万々歳だろう。だが、一つ気がかりがある。そう、フェルディナット伯爵の利益だ。まさか、この僕と縁が生まれることが利益だ、なんてことは無いだろう。伯爵がアルテを差し出す条件は、僕が父から密命を受けて辺境を開拓していた場合のみだ。ならば、今の状況だとアルテを差し出すほどの必要性は無いと言える。

疑惑の目を向けていると、パナメラがフッと息を漏らすように笑った。

「立場が逆になったな」

パナメラはそう呟くと、背凭《せもた》れに優雅に体重をかけ、試すような目で僕を見た。

「今日は泊めさせてもらうつもりだ。一日しっかり考えてみるが良い。探りたければ、私でもアルテ嬢でも会話することが出来る。まぁ、私がやりたくてやっていることだからな。探ったところで何も出ないが」

「え、泊まるの？」

パナメラの台詞に思わず素で聞き返してしまった。子爵相手に無礼極まりないが、トンデモ発言するパナメラが悪い。

「ふ、はは！　ようやく本来のヴァン少年を見ることが出来たな。そちらの方が好印象だぞ、少年。子供らしくないところばかりだったからな」

にやにや笑うパナメラに頬が引き攣《つ》る。

「……それで、今日泊まるのはあの兵の方々も？」

そう尋ねると、パナメラはまた不敵に笑う。

「下手をしたら此処は敵地だ。か弱い女の私には恐ろしい状況だからな。味方は一緒に寝泊まりして欲しいところだ」

誰がか弱いんだよ。まさか目の前のアメリカンドリームか？　今まであった人の中で一番強そうだぞ。

と、文句が次から次に湧いてくるが、パナメラは優しげに微笑《ほほえ》み、アルテを見た。

「アルテ嬢はどうするかな。もし泊まりたいなら、ヴァン殿の屋敷に泊まらせてもらっても……」

「そ、そそ、そんな……！　だ、男性と同衾《どうきん》なんて……その……」

誰が同衾するなんて言うか。

アルテの発言に僕は心の中でツッコミを入れる。婚約を視野に入れて訪ねてきたからか、アルテはソッチ方向の覚悟もしているのだろうか。耳まで真っ赤にして俯《うつむ》く様子を見る限り、十歳にして相当アレな想像をしてしまっているに違いない。

元の肌が白いせいか、赤面すると分かりやすいな。

「残念だったな、ヴァン殿。アルテ嬢はまだまだ子供なようだ。今回は、私と同じ部屋に泊めてもらいたい。この屋敷に、寝泊まり出来る部屋はあるか？」

意地の悪い笑みを浮かべながらそう言われて、僕は深く溜《た》め息《いき》を吐《つ》く。

「ご心配なく。すぐに宿を作りますので」

　そう告げると、冗談だと思ったのか、パナメラは声を出して笑ったのだった。


「……まさか、本当に宿を建てるとは思わなかったぞ」

　呆然《ぼうぜん》とした様子でパナメラにそう言われ、肩を竦めた。そして、目の前に建つ二階建てのビルっぽい建物を見上げ、解説する。

「材料が少々心許《こころもと》無かったので、申し訳ありませんが兵の方々には四人一部屋で建てました。後はパナメラ様、アルテ嬢、その他三部屋個室を用意しています。トイレは個室には一つ付きますが、他は共同のものとなります」

「十分過ぎる設備だ。夜営のつもりで来たのだから、兵達は大いに喜ぶだろう」

　パナメラはそう言ってから、兵達に宿に入り、宿泊準備をするよう伝えた。荷物を置くロッカーは作ったが、バカでかいリュックが置けるかは不明である。パナメラとアルテが確認の為に宿に向かう背中を見送り、僕は腕を組んで考える。

　各部屋は小さく作ってあるので、思ったよりスペースはとらないが、それでも村の防壁側で空いていた土地をかなり使ってしまった。人口の増加があろうがなかろうが、城壁の建設は進めなければならないだろう。今後の村の改造について考えていると、ティルが口を開いた。

「あの、皆様のお食事はどうされますか？」

「そうだね……とりあえず、この前来た魔獣の肉は？」

そう聞くと、ティルは難しい顔をした。

アプカルル達が棲《す》み着いてから直《す》ぐ、村の東側に魔獣が現れたのだ。

群れで狩りをする森の魔獣・鱗狼《スケイルウルフ》である。大きなモノは体長三メートルにもなる狼で、頭や背中、足の表面が硬い鱗《うろこ》で覆われているのが特徴だ。牙や爪は破壊力抜群であり、更に動きも素早い。

それが数十体もの群れで行動する為、大変危険な魔獣であるとされている。

今回現れたのは十五体と比較的少数の群れだったが、何故《なぜ》か全て大型の三メートル級だった。

商人のベルが狂喜乱舞したのは言うまでも無い。

「鱗狼《スケイルウルフ》の鱗鎧《よろい》、鱗狼《スケイルウルフ》の鱗盾、鱗狼《スケイルウルフ》の鱗兜《かぶと》……！」

一頭で大体一人分の装備しか作れないらしく、その分値段は高い。僕が試しに装備を作ってみたのだが、甚《いた》く気に入ったベルが防具一揃《ひとそろ》えで金貨三十枚出すと言い出した。ただし、そんな金はもう持っていないので、後日支払ってもらう予定で店に保管してある。

その戦いの後に鱗狼《スケイルウルフ》の肉が残ったのだが、まぁ中々に美味だった。その肉ならパナメラやアルテであっても喜ぶと思うが、ティルはなんとも言えない顔をしている。

「どうしたの？」

そう聞くと、ティルは真剣な顔で僕に一歩近付いた。

「ヴァン様。私としては、あの可憐《かれん》なアルテ様との婚姻は是非とも成功させたいです。なのに、初対面で最初に共に食べる料理が肉のみでは悲しすぎます……！」

「え？　ティルは賛成なの？」

聞き返すと、ティルは何度も頷く。

「とても可愛《かわい》らしいですし、控えめな方なので、ヴァン様が行う突拍子の無いことにも異論は挟まず、付いてきてくれそうです」

「突拍子の無いこと……」

「はい。それに、優しい方がヴァン様の奥様になられたら、私もお側《そば》に居やすいですし」

「職場環境の問題か……いや、大事だけどね？」

そう答えると、カムシンは同意するように頷いた。

「僕も、アルテ様なら良いと思います。ただ、出来たらもっと力強い方の方が……パナメラ様みたいな」

おぉ、カムシンは気の強い女性が好みか。ふむ。カムシンの奥さん探しの参考にしよう。

と、そんなことを考えていると、エスパーダが口を開いた。

「私の考えですが、パナメラ子爵の言は誠でしょう。申し訳ありませんが、伯爵家から見ればヴァン様とアルテ様を婚約させる意義はあまりありません。ただ、最初から婚姻もありきで送り出すところを見ると、アルテ様の魔術適性は四元素魔術ではなかったのでしょうが……」

エスパーダの言葉の歯切れが珍しく悪い。まぁ、アルテも僕と同じく、家から追い出される運命にある、というのは言いづらいか。

僕が苦笑していると、エスパーダは咳払《せきばら》いを一つして、言葉を続けた。

「……純粋に、パナメラ子爵がヴァン様の力を認めた可能性は高いです。故にあの言葉も嘘ではないでしょう。ただし、アルテ様と婚姻することにより生じる状況の変化は無視出来ません」

「伯爵家やパナメラ子爵が訪れた際は、無条件で村の中に入れるようになるね。後は、バリスタや砦《とりで》の建設、武器や防具についても色々と聞かれるだろうね。あ、今はアプカルルとの繋《つな》がりも、か」

そう答えると、エスパーダは頷く。

「お父上とも話をしておかねばなりません。これまで決して良好な関係ではなかった伯爵家との縁談です。恐らく、今後を考えるなら破談となるでしょうが、もしかしたらということもあります」

「破談……あぁ、父が伯爵領を狙う可能性もあるってことか。でも、今のご時世じゃあ無理じゃないかな？」

我がスクーデリア王国は十数年もの間領土を広げ続けた。つまり、それだけ近隣の国からは怖がられているし、恨まれている。それ故に、身内同士で争うことを国王であるディーノ・エン・ツォーラ・ベルリネートはなによりも嫌った。

しかし、エスパーダは首を左右に振る。

「様々な手法があります。戦で活躍して領土を増やしたり、経済的に困窮させて領土の維持を難しくさせたり、足を引っ張って降格させたりと、やり方はいくらでもあるでしょう」

「怖いね。領地なんてそこまでして広げなくても良いだろうけど」

僕はそう言って短く息を吐き、目を細めた。

その日の夕方、パナメラとアルテを領主の館に招待し、歓待する。

パナメラとは良く会話をしたが、アルテとはあまり話せていなかった。だから、夕食の間はそれなりに会話を試みた。楽しんでくれたかは分からないが、料理は満足してもらえたらしい。美味《おい》しいという感想が聞かれ、後方でティルが小さく握り拳を突き上げていた。

食事が終わって、僕は二人を宿に送る。まぁ、僕が送るという形だが、実際はティルとカムシンも一緒である。村の中の移動の為か、パナメラ側の護衛の兵士は誰もいない。これはパナメラから信用されたとみるべきか。

「村の中は安全であり、平和だな。料理も驚くほど美味《うま》く、食材や調味料などが豊富ということでもある。そして、この村の住民は誰もがヴァン殿を認めているようだ」

村の中を見回しながら、パナメラが言った。

少し慣れてきたのか、アルテがチラチラとこちらを見てくる。

「そうですか。ティルは料理が上手ですからね。食料事情を改善したので、村の者からの評判も良いのでしょう」

そう返答すると、パナメラは口の端を上げた。

「ほほう。謙虚だな。私ならば自らの功績を高らかに自慢する。それが外への宣伝にもなるからな」

「村を囲う壁も家の資材も部下や村人達が用意してくれましたからね。僕はそれを加工しただけですよ。今後村の規模が千人を超えたら自慢を書き連ねて書状にしましょう」

「はっはっは！　楽しみにしていよう！　では、また明日会おう！」

そんなやり取りをして、パナメラは宿に消えた。

と、何故かアルテがその場に一人で残っている。

「どうしました、アルテ嬢？」

そう聞くと、アルテは言いづらそうにモジモジしていたが、やがて伏し目がちに口を開いた。

「……きょ、今日はありがとう、ございました。婚約するかもしれない方と思い、緊張しておりましたが……その、ヴァン様がお優しい方で、あ、安心しました。あ、えっと、これからも、よろしくお願い致します……！　おやすみなさい！」

途中から早口になり、就寝の挨拶を叫びながら走り去るアルテ。

「……まぁ、悪い評価ではなかった、のかな？」

僕は首を傾《かし》げて呟き、館に戻ったのだった。

【アルテ】

もとより、私はお父様と会話する機会には恵まれなかった。お母様とも然程《さほど》顔を合わすことも無い。

理由は簡単で、私が出来損ないだったからだ。

小さな頃から怖がりな性格で、好き嫌いも多く、勉強も出来なかった。得意なことなんて何もない。あるとするならば、傀儡《かいらい》の魔術だろうか。私は運動なんて出来ないし、踊りも下手だが、不思議と人形を操ると思いの外綺麗《きれい》に動かすことが出来る。何も出来ない私だったけれど、これでお母様を喜ばせることが出来るかもしれない。

殆《ほとん》ど会うことのなかった父と母に褒められる未来に胸を弾ませ、私は魔術を練習した。

でも、私が自分と同じくらいの大きさの人形を操ってみせた時、お母様は恐ろしい顔で怒り出した。

ようやくの機会に、私は毎日練習した人形の舞踊を披露したのだが、お母様にはそれが悍《おぞ》ましく、嫌だったに違いない。

何を言われたのかは殆ど覚えていない。ただ、頬を引っ叩《ぱた》かれ、部屋から廊下に髪を摑《つか》まれて引きずり出されたこと。後は「なんと親不孝な子か」と怒鳴られたこと。それだけを覚えている。

私は、何故怒られたのか分からなかった。魔術を学ぶことは八歳からとされていたから、詳しくは知らなかったせいでもある。

けれど、世界が狭かった私には、お母様の言葉は一生忘れられないものとなった。

私は、何をやってもダメだった。

自信が無いから、自分から何かを言ったり、何かを行うことなんて出来なかった。

これならばと必死に練習をし続けた魔術も、結局ダメだった。

むしろ、それが決め手になってしまったのかもしれない。それ以来、お母様は私を見ることはなくなった。お父様は元々会うことが無かったが、時折すれ違うお母様が私を無視するのは、堪《たま》らなく辛《つら》かった。

でも、自分が悪いのだから仕方がない。だから、私は静かに息を潜めるように過ごした。

やがて、私は誰からも気付かれない存在となっていった。誰からも話しかけられず、ただ無為に過ごす日々。

何もされていないのに、部屋で独りでいると涙が出た。

もしかしたら、お母様は私の魔術適性の結果に期待してくれていたのかもしれない。だから、望む結果じゃなくて悲しかったのかもしれない。

もしそうなら、私はなんて酷《ひど》いことをしてしまったのだろう。私を産んでくれたのに、私に期待してくれたのに、私はお母様に何も出来なかった。ただ、失望させただけだった。

なんと親不孝な子だろう。

その言葉が頭の中に浮かんだ時、私は声を出して泣いた。悲しくて、悲しくて、辛かった。

それから二ヶ月か、三ヶ月か、それとも半年は経《た》っただろうか。初めて、お父様に呼ばれた。毎日泣いて過ごしていた私は、もう呼ばれたことに期待なんて出来なかった。

私には何も無い。体は小さく頭が良いわけでもなく、才能も無かった。だから、呼ばれた理由はきっと私の居場所がなくなるという話だろう。

そう思い、広い部屋の片隅に置物のように立って待っていた。

現れたお父様は、数年前に見た時より少し太っていた。

「お、お久しぶりです、お父様……」

精一杯丁寧にお辞儀をした。声と一緒に、スカートの裾を持つ手が震えた。こんな簡単なことも満足に出来ない私を、お父様はどう思うだろう。

私は、怖くて顔を上げることが出来なくなった。

すると、お父様は叱責することなく、後に続いて現れた誰かと会話をした。どうやら、女性のようだ。

「これがそうだ」

「なるほど。しかし、本当に私で良いのですか。相手を考えるなら召喚状を送り付けても良いくらいでしょう」

「馬鹿を言え。それも時と場合による。何かあってもあれならば痛くはない。話した通りにしてもらう」

「……分かりました。まぁ、相手次第では連れて帰りますよ?」

不機嫌そうな声音でそう言って、硬い足音が近づいてくる。

「やぁ、アルテ・オン・フェルディナット嬢。私はパナメラ・カレラ・カイエン子爵だ。貴女《あなた》の婚姻だが、話は聞いているかな？」

見た目は強そうな女性だったが、カイエン子爵は優しい目をした人だった。

「あ、その、私は、き、聞いてなく……」

どう答えたら良いか分からず、最後まで言えなかった。しかし、子爵は怒らなかった。

「ふむ……もし、有能な人物であれば、貴女の婚約者とするという話だ。無能ならばこちらから断るので心配しなくても良い」

「……私、いらない、から、家を、出ないといけない、のですか……？」

「そんなことは無い。知っているだろうが、アルテ嬢の兄上や姉上も、もう婚約者はいるのだよ。貴女が最後だ。良い人ならば良いな」

どちらかといえば男らしい、快活な笑い方で笑い、子爵は私の頭を撫《な》でた。頭が振り回されるように豪快に撫でられたと思ったのに、不思議と優しさに溢《あふ》れた手だった。

鼻の奥がツンとして、私は慌てて涙を堪《こら》える。

これからどうなるのかなんて分からないが、感情が溢れてしまった。

だって、二年ぶりに私を見てくれる人に会えたんだから。


それから約三週間の馬車の旅は、人生で一番楽しい日々だった。パナメラ様は良く何かに怒るが、優しい人だった。

私が自分のことを役立たずと言ったことに憤慨したが、叱責した後で抱きしめてくれた。

何度も頭を撫でられ、話しかけられた。

自分でも驚くほど突然泣いてしまったこともある。それだけ嬉しかったからだ。でも、パナメラ様は怒らず、また頭を撫でてくれた。私はパナメラ様の手が大好きになった。

優しくて温かい、魔法の手だ。

そう告げたが、パナメラ様は鼻を鳴らして傷とマメだらけの手だと笑った。

目的地である辺境の村に着く頃には、私は婚約なんてしたくないと思っていた。このまま、パナメラ様とずっと一緒にいたかった。

だから、最初に相手となる小さな村の領主の子供に会った時は、あまり近付こうとは思えなかった。向こうもそのつもりだったのか、パナメラ様とばかり話していた。

また、私のことを見ない人に会った。そう思ったが、全く気にならない。だって、私にはパナメラ様がいてくれるから。

そう思って、私は他人事《ひとごと》のようにヴァンという子を観察する。

ヴァン様は、明らかに特別な存在だった。パナメラ様が最初に村を見た時にも警戒心を露《あら》わにしていたが、実際に会ってよりそれが強くなっていたようだった。城に住んでいた私には分からなかったが、この小さな領主が村を見違えるほど強く、豊かにしたらしい。

凄《すご》いなぁ。

ぼんやりとそんな感想を抱く。

私とは真逆の存在だ。パナメラ様と初対面で堂々と会話をし、見るからに彼を慕っている部下がいる。きっと、彼はなんでも出来て、父と母の期待にも応えてきたのだろう。才能に溢れ、実力を持ち、自信を滲《にじ》ませている。

嫉妬して醜い気持ちになってしまいそうで、私は辛くなった。

なぜ、私と彼はこんなにも違うのだろう。

なぜ、彼ばかりがこれほど恵まれているのか。

そう思って暗く沈んでいたが、彼が突然笑い出し、パナメラ様の言葉を否定したのを見て、私は顔を上げた。

「僕がつけてもらった部下はそこのカムシンという子供と、メイドのティルの二人だけ。大して金銭も貰《もら》えませんでしたよ」

そんな言葉を聞き、私は混乱する。

まるで、冷遇されていたかのようなことを口にしたが、そんな筈は無いだろう。もし私のように扱われたなら、こんなに堂々と出来ないと思う。

だが、彼は自分が家を追い出されたと言った。

その言葉に嘘は無さそうで、自虐的に笑った横顔を見て、私はヴァン・ネイ・フェルティオという少年に強い興味を抱いたのだった。

それから、ヴァン様は私に四元素魔術以外の魔術の凄さを見せ付けた。

貴族は四元素魔術に信仰にも似た強い思い入れがあり、私は貴族らしからぬ俗な魔術の適性であるとされてしまう。

だから、私はあの時から、母が私を見なくなったあの日から、魔術を使うことをやめた。

私がもしあの時、まだ魔術の練習をやめなかったら、ヴァン様のようになれただろうか。ややもやした気持ちのまま、私はヴァン様と夕食を共にすることになった。

「……アルテ嬢、美味しいですか？　もう少し食材が手に入るようになればお菓子の類も作れるようになるでしょうが……」

「あ、い、いえ……お肉も、サラダも、果物も、と、とても美味しくて、驚いております……」

少しだけ慣れてきたけれど、まだ喋《しゃべ》ろうとすると途切れ途切れになってしまう。恥ずかしいが、不思議とヴァン様に蔑むような視線は無かった。

もしかしたら、パナメラ様と同じくらい優しい人なのかもしれない。もしそうなら、確かにそんな人に出会う機会なんてもう無いだろう。

私は少し頑張ってみることにした。

「アルテ嬢は何が好きですか？」

「あ、わ、私は、可愛らしいものが好きで……」

「良いですね、可愛いもの。小さな動物とかですか？」

「に、人形とか、綺麗なお花とか、です……動物は、あまり動かなかったら……」

「人形か。まだあまり見たことがないなぁ。良かったら今度見せてくれる？」

不意に、ヴァン様はまるで大人のような言い方でそう言ってきた。でも、何故か違和感はなく、むしろ、誰よりも大らかな大人の雰囲気を感じ、驚く。

「あ、は、はい……！　ば、馬車に乗せてますので、明日にでも……」

「本当？　ありがとう」

優しげな微笑とともにそう言われ、胸の中でフワリとした気持ちになった。嬉しいような、ワクワクするような、不思議な気持ち。

ソワソワしながらヴァン様の横顔を見ていると、パナメラ様が意味ありげな微笑みを浮かべてこちらを見ていた。

恥ずかしくなり、視線を逸《そ》らす。

その後も、ヴァン様は何度も話しかけてくれた。少しずつ慣れてきて、私はもっと話したいと思うようになった。だが、自分からも話しかけようかと思って様子を窺《うかが》っていたら時間がきてしまった。あっという間に、夕食の時間は終わってしまったのだ。

その後、ヴァン様がパナメラ様と会話するのを聞きながら、宿まで戻った。

即席で悪いけど、なんてヴァン様が笑ったが、とんでもない。見たこともない様式の立派なお屋敷だった。

部屋は人数分用意する為に狭く作ってあるそうだが、少なくとも見た目は立派だ。それを見上げると、また心の中に嫉妬が渦巻きそうになったが、私は首を左右に振って溜め息を吐く。

と、そうこうしている内に、パナメラ様は宿に行ってしまった。

ヴァン様と目が合う。

意を決して、私は自分から話しかけた。

「……きょ、今日はありがとう、ございました。婚約するかもしれない方と思い、緊張しておりましたが……その、ヴァン様がお優しい方で、あ、安心しました。あ、えっと、これからも、よろしくお願い致します……！　おやすみなさい！」

私は早口にそう挨拶をし、返事も聞かずに走り去る。

失礼だったかな。ヴァン様は、私を変な子だと思ったかもしれない。あ、私の部屋が何処《どこ》か分からなくなった。どうしよう。

ぐるぐると色々考えてしまい、頭の中がいっぱいになる。半泣きになりながら廊下を歩いていると、兵士の人達が怪訝《けげん》な顔で私を見ていた。ようやく部屋に辿《たど》り着くと、中ではパナメラ様が下着だけの姿で立っていた。女の私から見ても魅力的な女性らしさの塊のような体だ。男の人はこういう魅力的な女性を好むのだろう。

パナメラ様は綺麗な木のコップで、透明な液体を口に流し込んでいる。

「お、ようやく来たか。子供同士、勢いだけで一線は越えたか？　既成事実を作ったなら言え。力になるぞ」

「い、い、一線、なんて……」

思わず悲鳴のような声が出てしまった。不意に言われた言葉に動揺した私は、上手く答えられずに顔を両手で隠す。

すると、パナメラ様は面白そうに笑う。

「明日で帰る予定にしていたが、もう数日残ろうか。流石《さすが》にいつまでもタダで世話になるわけにもいかないから、毎日人数分の金貨でもやるとしよう。いや、そうすると三日で尽きるか。ならば、一週間で金貨百枚払うとするか」

楽しそうにそんなことを言うパナメラ様に、私は頷く。明日会ったら、私からまた話しかけてみよう。ヴァン様なら、多分話を聞いてくれると思う。

久しぶりに、私は明日が待ち遠しくなっていた。水浴びにて汚れを落とし、ベッドに乗る。ベッドは驚くほど寝心地が良く、毛布も柔らかかった。


【パナメラ】

これぐらいの条件ならば良い。曖昧ながら、そういう基準を作ってから辺境の村へ足を運んだ。最初村を遠目に見た時は、これは期待出来ると喜んだ。最初に聞いていた村の雰囲気とまったく違ったからだ。明らかにその辺りの町よりも防衛力は高く、村を囲う壁も新しい。使用されている頑丈そうな素材が何かは分からなかったが、侯爵ともなれば様々なコネがあることだろう。十中八九、侯爵が揃えた筈だ。

つまり、この地はやがて強大な城塞都市か、要塞となる。

伯爵は侯爵の力を恐れ、争う位ならば娘を差し出すつもりだ。ならば、今のこの状況は早急に婚約を決定し、公表するべき事態である。出来ることなら侯爵から可愛がられている末息子であって欲しいところだ。そうなら、アルテが気に入られさえすれば、婚約を押し通すことも可能だろう。

だが、私はこの婚約に当初から反対だった。

伯爵がそれほどまでに侯爵家の勢いを警戒するならば、反対に侯爵は伯爵家を恐れていないだろう。ならば、わざわざ縁を繋ぐのでは無く、争う姿勢のまま領地を奪い取ろうと画策する筈だ。ならば、もし婚約してしまったら、アルテの立場は無い。

この幸薄い少女は、生き地獄を味わうことになるだろう。それは流石に寝覚めが悪い。せめて、アルテの犠牲の上に伯爵家が栄えるならば、意味だけは出来る。しかし、私の予想通りならば無駄な犠牲だ。

「……気に入らん」

声に出して怒気を吐き出し、堅牢《けんろう》そうな村の囲いを見た。侯爵に媚《こ》びを売るくらいならば処罰を覚悟で争えば良い。そう思ったが、指揮官として認められ、武功を挙げる機会を貰った恩がある。仕方あるまい。

私は自分を無理矢理納得させて侯爵の息子を推し量る為に門をくぐったのだった。実際に会ってみれば覇気の無いノンビリした少年であり、正直期待外れだと感じた。

だが、話してみればみるほど、子供とは思えない。言葉遣いではなく、受け答えした内容と考え方が子供のそれとは違うのだ。そして、彼が口にした侯爵家の支援は一切無いという言葉と、実際に見せてくれた物を創り出す魔術。

面白い。

こんな魔術の使い方はこれまでに無かった。

この少年は、必ず大きくなる。下手をしたら自らの父を超えるほどに。戦の世はまだまだ続く。この少年の力は、下手をしたら他国からも狙われる稀有《けう》なものだ。

半日も経つ頃には、私はすっかり心変わりをしていた。

どうにかして、アルテをこの少年と婚約させてしまわねばならない。アルテにしたら最高の相手であるし、少年からすれば伯爵家の令嬢との婚約は知らぬ者から見れば評価を上げることになる。

伯爵家が娘を嫁に出すような将来有望な相手なのだと、周りは思うだろう。そうすれば、かの若者の領地はどうかと噂になり、人が集まることとなる。

そうして、私が仲を取り持ったとして、繋がりを作らせてもらおう。

良いぞ。久しくなかった新たな風を感じる。

さぁ、ここから三週間。いや、二週間で決めてみせようか。

私は恥じらいながらヴァンのことを話すアルテを眺めつつ、静かに口の端を上げた。

# 第十章 ✿ 村の防衛力

「城壁作りは防壁作りと一緒で、エスパーダ主導の下行う。まぁ、二回目だからね。迷わずに作業出来るかな。規模が大きくなるから、ゆっくり怪我《けが》をしないように。ディー達《たち》は資材調達。力のある人はお手伝いよろしくね。オルトさん達は何するの？」

皆に超アバウトな指示を出した後、何故《なぜ》か朝礼に参加していたオルトを見る。オルトは面白そうに列を作って並ぶ村人達を眺め、口を開く。

「いや、面白い光景だなと……最近、村人も兵士みたいに綺麗《きれい》に並び出しましたよね。あ、俺達はまた魔獣狩りに行ってきます。もらった剣のお陰で楽しくて楽しくて」

そんな感想をもらい、なるほどと頷《うなず》く。

「また状態の悪い魔獣の素材が出たら貰《もら》うからね。状態の良いのはベルさんに売ると良いよ」

「了解です」

ビシッと一礼し、オルト達が村人達の列の隣に立つ。

それに苦笑しつつ、僕は皆を見回した。

「それじゃあ、今日も怪我なく、安全作業でお願いします。ちなみに今日は金曜日です。今日と明日は貯《た》まった肉を使って大バーベキュー大会を開催します。頑張ろう！」

片手を突き上げて告げると、皆が異様なほどテンションを上げて両手を突き上げ、歓声を上げた。

「ぃよっしゃあ！」

「頑張るぞー！」

「バーベキュー！」

どちらかというと物静かな人が多かった村人達がパーティーピーポーになってしまった。ウキウキした様子で各作業場に向かう村人達と、それを先導するエスパーダ、ディーの二人。

そして、皆がいなくなった後で、残されたパナメラ達がこちらに来た。パナメラのすぐ後ろにはアルテがおり、更に後ろには兵士達が見事な整列を見せている。

「……おはよう。なかなか面白い激励だった。戦とは違うが、士気の上げ方は見事だ」

「おはようございます。まぁ、軍じゃないですからね。これくらいの緩さでちょうど良いんですよ。ちなみに一週間で最も頑張ってくれた人、上位十名まではお酒が倍になります。コップ小がジョッキになりますからね。酒好きは特に張り切ってますよ」

エサで釣る作戦である。

パナメラはその返答に大笑いして首肯する。

「確かにな。それなら私も誰よりも働くことだろう」

そう言って笑うパナメラ。その横から小走りに今度はアルテが出てきた。

何故か怒ったような顔で、アルテが頭を下げる。

「お、おはようございます、ヴァン様。今日は、その、天気も良く、良い一日になりそうですね？」

「ん？　あ、あぁ、おはようございます。アルテ嬢は今日はとても元気そうですね。やはり、昨日は旅の疲れが出てました？」

勢いに押されつつ挨拶を返して、そう聞き返す。すると、アルテはこちらを見ながら頷いた。

「は、はい。今日はとても元気です。なので、ヴァン様のお仕事を、拝見してもよろしいでしょうか？」

「うん、どうぞどうぞ。それじゃ、今日は水まわりを増強しますよ」

そう言って笑いながら、僕は後ろを振り返った。後ろに控えていたティルとカムシンがこちらを見て、表情を曇らせる。

「まさか、また下水ですか……？」

不安そうな顔でティルとカムシンがそう聞いてきたので、無言のまま笑顔で頷く。

途端に項垂《うなだ》れる二人。

それに苦笑しつつ、口を開く。

「汚れ仕事も誰かがやらないといけないからね。嫌なら僕だけでも大丈夫だよ？」

そう言うと、二人は慌てて背筋を伸ばし、首を左右に振る。

「だ、大丈夫です！」

「ヴァン様お一人にさせるわけには……むしろ、僕が一人でやります！」

「カムシンの魔術適性はこういうのに向いてないでしょ」

笑いながら、村の出入り口側の防壁裏にある現場に向かった。後ろからは兵士を連れたパナメラとアルテが付いてきている。

見られて困ることでは無いが、汚れ仕事だからな。まぁ、これでエスパーダが危惧していた結婚による影響は無くなるかな。

自嘲気味に笑いながら門を抜けて、堀の前を歩く。堀と城壁の間には板を渡したような仮設橋が一箇所あり、そこを僕とティル、カムシンで渡った。

「なんだ？　何をする？」

後ろから声を掛けられるが、とりあえず作業優先である。パナメラなら文句は言うまい。

「気を付けて横を持って」

僕が指示をすると、カムシンとティルがうなずき、配置についた。防壁に隣接するような形で、目立たない場所に上下にスライドする蓋が設置してある。そこを左側に僕とティル、右側にカムシンで摑《つか》んだような格好となっている。

と、そこへ堀の中を進んできたアプカルル達が顔を出した。

「む、水を送るのか」

「手伝おうか」

大人のアプカルルが二人現れると、堀の向こう側にいたパナメラ達が騒ついた。

「な……アプカルルだと？　なぜ、こんなところに……」

「凄《すご》い。初めて見た……」

パナメラとアルテの言葉に、子供のアプカルルが三人、すいすいと泳いできて答える。

「僕たちはこの裏に棲《す》んでるんだ」

「ヴァン様が美味《おい》しいご飯をくれるよ」

「私はヴァンの嫁。ヴァンは私の婿」

子供達は口々に余計なことを言った。何気にラダプリオラが交じってるじゃないか。

「ま、まさかアプカルルを嫁に？」

「そんな……」

誤解が生じた。

僕はラダプリオラを半眼で見つつ、否定する。

「婚約はしてないでしょ。お父さんのラダヴェスタに言ったからね？」

そう告げると、ラダプリオラは睨《にら》み返しつつ水の中に潜って姿を消した。

「いじめたー」

「ラダプリオラちゃんをいじめたー」

子供のアプカルル達から責められるが、そこはきちんと言い返す。

「文句言うなら今日はお肉あげないからね」

「っ!!」

「わるかったー！」

「ヴァン大好き。お肉ちょうだい」

伝家の宝刀を抜いた瞬間、アプカルルの子達は態度を一変させる。と、何故か最後にまたラダプリオラが交じっていたな。

そっちを見ようとすると姿を隠したが、間違いなくラダプリオラの声だった。子供はどこの子も無邪気だな。そんなことを八歳児の僕が考えつつ、大人のアプカルル達を見る。

「じゃ、悪いけど力を貸して。水中から引き抜くのは大変でさ」

そう言うと、アプカルル達は頷いてカムシン、ティルと入れ替わった。僕達が橋を渡ってパナメラ達の下へ行くと、パナメラ達は驚愕《きょうがく》の眼差《まなざ》しで僕を見ていた。

「……アプカルルを従えているのか。幻の種族とまで言われているのだが……」

「あの子達、可愛《かわい》かったです……」

そんな声に曖昧に笑いながら、僕はアプカルル達に指示を出した。すると、アプカルル達はいとも容易《たやす》く蓋を引き抜く。

直後、蓋の下の方から水が抜けていく音が聞こえた。

「よし、閉めてー！」

「わかった」

合図に合わせ、アプカルル達が蓋を閉じる。しばらくして音が止《や》むと、そわそわしていたパナメラがこちらを向いた。

「なんだ、今のは？　何がどうなった」

相当気になっていたようである。むしろ、パナメラはよく我慢したと言える。

「あれは下水の代わりですよ。各建物に設置されたトイレの穴は地下五メートルほどまで続いていて、トイレの上部にあるタンクから水を流すと最下部まで排泄物《はいせつぶつ》が流れます。ただ、最下部は各トイレを大きな配管で繋《つな》いでいるだけなので、そのままだと段々と臭くなり、不衛生のままだと疫病も発生したりします」

「ほ、ほう……病気は困るな」

パナメラが難しい顔になった。

「まぁ、とりあえず排泄物は処理したいわけです。なので、傾斜をつけて配管を設置し、この堀の水を定期的に流し込みます。すると、傾斜で勢いのついた水が配管内を洗浄します」

「この水をか……ん？　その流れた先は何処《どこ》だ？　まさか、堀の中に返しているのか？」

「いえ、今は村の斜め前方に向かわせて地下空洞を設置してますよ。ちなみに、その空洞の下部からはまた配管を繋いでいる最中です。最終的には川に戻す方向で考えていますがね。実は、まだ配管が川まで到達してないんですよ。多分、後一日か二日で完成するとは思いますが」

「ぬ、ぬぬぬ……」

パナメラの顔が歪《ゆが》められた。まぁ、軍人に言葉だけで説明しても難しいよな。そもそも説明の内容がダメだったかもしれない。しかし、仔細《しさい》まで説明するのも面倒だ。後で図にして説明するとしよう。

そう決めて、僕は次の作業に向かう。

辺境の領主は忙しいのである。

下水処理を終えた後は、建設中の城壁に向かう。

流石《さすが》はエスパーダというべきか。街道の方を見てみれば前方には巨大な壁が前回よりも範囲を広げていた。

「おぉ、早いね。もう三十メートルは出来たんじゃない？」

そう声を掛けると、エスパーダが地図を片手に頷く。

「正面の真《ま》っ直《す》ぐな壁は良いのですが、その後が少々難易度が高くなります。角度を付けて正六角形を描かねばなりませんので」

「角は後で作る作戦だね。じゃあ、先《ま》ずは地面に線を引こうか。エスパーダは正面の壁を作っててね」

「承知いたしました」

アバウトな指示に即了承するエスパーダ。格好良い。執事の鑑《かがみ》。

これで線引き担当の僕がポンコツだったら目も当てられないが、まぁ何とかなるだろう。

「三角測量とか習ったけど、あんまり覚えてないからなぁ……まぁ、村を中心にするから対角線になるように角を決めてみようか」

そんなことを考えつつ角度を見ていると、後ろから兵士を連れたパナメラが声を掛けてきた。

「角度を見ているのか？　どう線を引くつもりだ」

「六角形ですけど、どうかしました？」

そう聞くと、パナメラは顎に手を当てて周りを眺め頷く。

「城壁の位置だろう？　ならば、我々が手伝ってやろう。ロープで長さを測り、幾つか線を結べばかなり正確な図を描ける。まずは、一辺の長さを測ろうか」

と、パナメラはずんずんと兵士を連れてエスパーダの方へ向かって行った。

するとと、残るのはアルテである。まさかの護衛の兵士一人いない状況に、僕の方が驚く。

「……一人で残って大丈夫かい？」

声を掛けると、僅かに頬を染め、小刻みに頷くアルテ。まぁ、信用されているとみるか。

「じゃあ、僕達は測量の様子を見つつ、城壁強化かな」

そう言って今日は城壁作りに勤《いそ》しむことにしたのだった。


出来たばかりの城壁の上部に登り、バリスタを設置する。

「ヴァン様、これはいったい何でしょう？」

「バリスタだよ。大きな弓矢みたいなものかな。これで村を守るんだ」

そう説明すると、アルテは下にあるものに目を向けた。

「すごく大きくて長いです。それに、とっても……」

「初めて見ると怖いよね。でも、大きい方が威力が上がるんだよ」

「ヴァン様……何故か、いかがわしい感じに……い、いえ、その、なんでもありません……」

アルテが誤解を生みそうな言い方をするのでちょっと悪ノリしてしまった。子供同士の会話をエロい方向に受け取ってしまったティルの方が、顔を真っ赤にして照れている。まぁ、ティルも気づけば十八歳。エロい妄想をしてしまったとしても仕方があるまい。

ふふふ。

「カムシン。ちょっとやってみせてあげて」

そう指示すると、カムシンは「はい！」と良い返事をしてバリスタを操作し、遠くに見える木を狙った。城壁の上部は広く作ったしバリスタも前回より大型にし、上下二段とした。これで一つのバリスタで二連続発射できる。本当なら連弩《れんど》みたいなのを作りたかったが、初めて作ると失敗しそうだし止めておいた。

ヴァン君も男の子である。可愛らしい女の子二人に見られている前で失敗する姿は見せたくない。むしろ、キャースゴーイって言われたい。

真面目な顔してそんなことを思っていると、カムシンがバリスタを発射させた。バリスタ本体が振動するような凄い音がして、矢は勢いよく飛び出す。大きくしたお陰かな。大人の腕ほどの矢が大きな木の真ん中をブチ抜き、後方の木まで二、三本へし折った。

うむ。威力が格段に上がっている。矢の鋭さそのままに威力が上がっている為《ため》、大型の魔獣もなんのそのだ。

「うん。中々良い出来だね。これを並べたらまずまずの防衛力になるかな？」

そう言って振り返ると、アルテが目を瞬かせていた。

「ゆ、弓とはこれほどの威力になるのですか……？」

「バリスタだからね。普通の弓矢よりずっと強いんだ」

驚くアルテにそんな説明をすると、ティルとカムシンは何とも言えない顔で振り向く。

「ヴァン様のバリスタだけだと思いますが……」

「ありえない威力ですよ、これ……」

異論が相次ぐが、当局は受け付けていないので黙殺とする。

と、バリスタの状態を確認していると、城壁を登ってきたパナメラ達が肩で息をしながらこちらに向かってきた。

「な、なんだ今の攻撃は!?　大型魔獣の襲撃か!?」

木が倒れた音を聞いて急いできたのか、パナメラ達は城壁の上から木が倒れた方向を睨み、警戒する。

「いや、新しく設置したバリスタの試射ですよ。事前に言っておけば良かったですね」

苦笑しながらそう答えると、パナメラがバリスタに気がつく。

「これか……随分と大型だな。だが、此処《ここ》からあの森まで届くのか？　やはり魔獣が……」

あまり信じていない様子のパナメラである。

「カムシン。二発目やってみようか」

「はい！　見ててください、パナメラ様！」

カムシンは意気揚々とバリスタを構え、パナメラに声を掛ける。やはり、カムシンはパナメラに憧れのような感情を持っているな。ふむ、面白い。

カムシンの新たな一面を発見して面白がっていると、いつも以上にキビキビした動きでバリスタを構え直し、第二射が発射された。大きな発射音と共に空気を伝って振動が腹に響く。

同時に、発射された矢が遠くの木を突き抜け、再度後方の二、三本目までへし折った音が鳴り響いた。

うむ。良い威力だ。周りを見れば、また唖然《あぜん》とした顔が見て取れた。というか、発射した本人であるカムシンが再度驚いている。何故だ。

「……ちょ、ちょっと待て。この威力のバリスタが、あの壁の上にも載ってるのか？」

確認してくるパナメラに、軽く頷く。

「防壁の上には合計百台くらいですね。城壁の上は今後を考えてもっと多く用意しますよ」

「ひゃ、百……!?　これ全て、少年が作ったのか!?　これ一台作るのにどれだけ時間と金が掛かる？　そもそも、素材は何だ？　あの家屋と同じ素材か？」

パナメラは興奮した様子で矢継ぎ早に質問しつつ、こちらに迫ってきた。

「すみません。軍事機密なもので……」

そう言って不敵に笑ってみせると、パナメラは愕然《がくぜん》とした顔で一歩引いた。

「く……！　ど、道理だ！　しかし、この技術は……！　分かった、詳しい話は聞かない！　このバリスタを言い値で買おう！　いくらなら売るのだ！」

「すみません。販売はしていなくて……完全に味方だと確証が得られればお譲りしますが……」

そう言って天使の微笑《ほほえ》み（自称）を浮かべると、パナメラは頭を抱えて悩み出す。

「む、むむむ……か、確証だと？　しかし、そのようなものは中々……だが、このバリスタはあまりにも……」

　悩みに悩んだ末、パナメラは顔を上げ、力強い目で僕を見返した。

「……よし、分かった。ならば、この私、パナメラ・カレラ・カイエン子爵は、ヴァン・ネイ・フェルティオ殿と公的に五分の同盟を結ぶと約束しよう。本日書状をもって王都に報《しら》せを送る。まぁ、本来ならこの同国内の同盟は力の無い貴族が庇護《ひご》を受ける為に行われていることだが、五分であると強調して発信しよう。これで、私は王国内の王侯貴族からヴァン殿の盟友として知られる。これを裏切った場合、貴族としての私は終わりであろう」

　そう言い、胸に片手を当てて会釈するパナメラ。宣言と誓いである。スクーデリア王国が国土を広げていく際、数多《あまた》の新興貴族が誕生した。新興貴族の中には元々が敵だった者もおり、そういった貴族が金品や服従をもって力のある貴族と同盟を結んだことがある。

　パナメラはそれをしようと言ってきたのだ。

　これを承認した場合、立場上どうあっても力の無い僕がパナメラの保護下におかれたと思われるだろう。それも領地を持たぬ新興貴族のパナメラが保護を約束するという状況は、多くの貴族が首を傾《かし》げるに違いない。

　とはいえ、これは貴族との繋がりの少ない僕にはまたとない好機だ。

　だから、僕は大きく頷いて胸に片手をおく。

「こちらこそ、よろしくお願いします」

　建造中の城壁の上で交わされた約束に、部下の兵士たちも慌てて一礼する。この辺の作法はよく知らないが、とりあえずティルとカムシンを見る。すると、二人は慌てて一礼した。そして、何故かアルテも皆に合わせて一礼する。君は僕の部下じゃないでしょうに。

同盟が成ったと判断したパナメラは迫力のある笑みを浮かべ、胸に当てていた片手を広げる。

「記念すべき最初の協力だ。あのバリスタを一台譲ってもらえるなら、我が兵士達百人を二週間貸し出そう。作業の手伝いにでも使ってくれ。ただし、返す際に欠けていたら許さんぞ？」

悪戯《いたずら》っぽい顔つきでパナメラがそう言うと、後ろに居並ぶ兵士達が一斉に敬礼をした。パナメラの性格を考えるならかなり鍛えられた精強な兵士達だろう。それを百人。傭兵《ようへい》団を雇うより頼りになる。

「良いですよ。それで、こちらはあのバリスタ一台で良いんですね？　運搬用の台車とか、装塡《そうてん》すべき矢とかはどうします？」

そう確認すると、パナメラはバリスタに向かって歩いて行き、観察する。

「かなり重そうだ。それ用の馬車を一台手配した方が良さそうだな。矢は……鉄の塊か。これならば、こちらで作製出来るだろう」

と、パナメラは答える。その言葉にティルとカムシンが顔を見合わせた。

「パナメラ様。せめて一本か二本はヴァン様の矢を持っておいた方が良いかと……」

カムシンがそう告げると、パナメラは首を傾げる。

「何故だ？」

「これはヴァン様に作って貰った大太刀という剣なのですが……」

そう言って、カムシンは腰に差した二本の剣のうち、長い方の剣を抜いた。つい先日、祭りの時にお祝いがてら贈呈した鉄製の刀である。長さは刀身の部分だけで一メートル強あり、振るとかなり重い。が、カムシンは泣いて喜んで毎日寝る前に素振りをしている。

この刀、長く使えるように刀身の厚みを少し厚くしたのだが、それでも切れ味は随一である。カムシンはその刀をパナメラに見せた。

「……面白い剣だ。見たことが無い形状をしているな。だが、鎧《よろい》や盾を装備した相手には少々心許《こころもと》ない気がするが」

訝《いぶか》しむパナメラに、カムシンは頷いて口を開く。

「大事ではない剣、ありますか？」

「大事ではない？　まぁ、剣は消耗品だからな。別に折れたところで然程《さほど》気にしないが……」

そう言って、パナメラは剣を構えた。分厚い、鉈《なた》のような剣。いや、マチェットとかに近いだろうか。

「これは私の予備でな。数多の戦で重宝した代物だ。少し短いのが扱い易《やす》い」

「なるほど……では、失礼致します」

「ああ。刃こぼれでも作れたら素晴らしいが」

刀を構えるカムシンにパナメラは苦笑しながらそう言った。だが、カムシンは申し訳なさそうな顔をして、パナメラの剣に向かって刀を振り下ろす。

風を切る音と、キィンという澄んだ音が響き、パナメラは首を傾げた。

「当たったかと思ったが、掠《かす》めただけか？　殆《ほとん》ど衝撃も……」

不思議そうに首を傾げながら違和感を口にするパナメラの前で、一瞬遅れて剣が刀身半ば程から切れて落ちた。

切れた刀身の半分が地面に落ちた音が響き、全員の目が見開かれる。カムシンはどこか自慢げに刀を鞘《さや》に納め、ティルは皆が驚く姿を見て小さくガッツポーズをした。

そして、しばらくしてパナメラが剣を掲げて口を開く。

「……折れた？　いや、切れたのか？　高純度の鋼だぞ……その剣、まさか鉄じゃないのか？」

尋ねられ、僕は首を左右に振る。

「いえ、鉄ですよ。ただ、作りが違うだけです」

そう答えると、パナメラは黙って自分の持つ剣を見つめる。そうして、ようやく元の話が何だったかを思い出し、ハッとした顔でこちらを見た。

「……ちょっと待て。まさか、あのバリスタの矢は……」

「その刀と同じく、ちょっと普通より鋭い鉄の矢です。アーマードリザード二体か三体くらいなら貫通しますよ」

「アーマードリザードを貫通!?」

パナメラが大声を出して驚きを露《あら》わにする。兵士たちも驚愕の表情でバリスタを見た。

「……代金は言い値で構わん。バリスタ本体に加え、矢も売ってくれ。財力にゆとりがある限り買わせてもらおう」

「まいど、ありがとうございます」

　僕は笑顔で今後上客になるであろうパナメラに返事をしたのだった。


　その日の夜。村は二度目のお祭り気分で盛り上がった。

　いや、領主としてはただのバーベキューパーティーであり、断じて祭りではないのだが、悲しいことに祭りの時と規模が大して変わらなかった。

　なので、村人達は祭りとして大いにハメを外すことになった。

「そうですか！　アルテ様は伯爵家のご令嬢で……！　いやぁ、ヴァン様をよろしくお願いしますよ！　素晴らしい御仁なんですから！」

「ヴァン様が領主様になってくれて、村は見違えたんだ！」

「ヴァン様にアルテ様みたいな美しい方が嫁いでくれたら嬉《うれ》しいことでさぁ！　それに玉《たま》の輿《こし》だしなぁ！」

「ばか！　ヴァン様ぁ侯爵家の出だぞ！」

「どっちが上だ？」

「バカか、お前。王様だよ！」

　すっかり出来上がった村人達に絡まれ、アルテは目を回しそうになっている。パナメラはその様子を見て笑いながら酒を呑《の》み、肉を食らう。

いや、助けろよ。

「ほらほら、皆！　お客様に絡まない！」

両手を合わせてパチパチと音を立てながらアルテの下へ行くと、涙目のアルテが駆けてきた。

「王子様が迎えにきたぞ」

「流石はヴァン様だ。これでアルテ様はメロメロだな」

「間違いねぇ。今日が初夜だ、初夜」

酔っ払ったおっさんがタチ悪いのはどこも一緒か。下世話な話で盛り上がる男衆にアルテの顔は真っ赤に染まる。

「はいはい。おじさん達はもう少し大人しく呑みなさい。酒のお代わりは禁止で」

「えー!?」

「そんなご無体なぁ……っ」

嘆きの声が後ろで聞こえたが、断固無視である。ティルが顔を赤くしながらも凍《い》て付く視線を向けると、水を打ったように静まり返ったので良しとしよう。

「こっちで一緒に食べるかい？」

そう聞くと、アルテは無言で頷いた。

「さて、測量も目処《めど》がついたし、城壁作りは一ヶ月くらいで終わるかな？」

「そうですね。今回は範囲が広いので一ヶ月はかかるかと」

「その間、何もないと良いのですが……」

僕とカムシン、ティルの会話に、アルテが首を傾ける。

「あの、街道に面した城壁部分が完成する、ということでしょうか？」

「いや、全部」

「ぜ、ぜんぶ……？」

吃驚《びっくり》するアルテ。そうか。普通なら城壁ってもっと時間掛かるよね。確か、王都は最初完成までに三年掛かったらしいし。その後の拡大工事も毎回年単位で行われている。作業を大人数で行っても恐ろしい時間が掛かるのが普通だ。

ちなみに昔は特に領土争いが激しく、新しい国が出来たり古豪の国が飲み込まれたりと、世界の版図は目まぐるしく変わった。その為、貴重な四元素魔術師は殆どが戦場か激戦区の拠点を守る為に使われ、新たな城や街作りには戦争捕虜や奴隷、一部平民などが使われるのが普通だった。

そういうこともあり、僕のように一流の四元素魔術師を毎日城壁作りに従事させる者はいなかったに違いない。まぁ、土の壁を魔術で作り上げてもそのままにしていればただの土塊《つちくれ》である。そこに生産系の魔術師を配置するなんて者はいなくても仕方ないか。

「とりあえず、普通の手順とか、工事期間なんてのは無視して作るからね。理想としては、行商人のランゴが来村するまでに内側の城壁くらいは作っておきたい」

「行商人の方？　な、何故でしょう？　危険な方なのですか？」

不安そうにするアルテに、僕は笑みを浮かべる。

「どうせなら、おもいっきり驚かせたいからね」

最終章　名もなき村の戦い

パナメラの部下達《たち》は有能であり、勤勉だった。測量後に間違いが無いかの確認を手分けして行い、村人達の手伝いと資材の運搬を行ってくれた。

これにより、今ではエスパーダの魔術による城壁の基礎作りの方が間に合わないほどの速度になった。エスパーダが城壁の一部を作り上げると、その後の固定と強化の為《ため》の木組みと石材が運ばれる。僕はその後にふらふら現れて仕上げを行い、城壁の上でバリスタ作りに勤《いそ》しむ。

今までの倍忙しくなったが、どんどん出来ていく村作りは楽しい。

ついでだから夕食のバーベキューパーティーの後に村の中の地面を石畳にしようかと思ったが、疲れ果てている筈《はず》のエスパーダとディーに捕まった。

「昨日は勉強が出来ませんでしたので」

「剣術の特訓もですぞ！」

「……言っておくけど、二人同時は無理だからね」

僕は諦めて連行された。

あっという間に二週間が経《た》ち、なんと城壁の内側の六角形と、街道側の二つの三角形が完成した。残り三角形の城壁を四つ作れば当初の予定だった六芒星《ろくぼうせい》の城塞都市の完成である。なお、アプカルルの憩いの湖は城壁の中に入りきらない。

ちなみに、バリスタは二連のものが合計五十台設置されている。

全て完成したら最低でも全方位合わせて三百台は出来上がる予定だ。まぁ、後一週間はかかるな。材料も足りない。

「……手伝っておいて何だが、もう何度驚かされたか分からんな」

パナメラが腕を組んで溜《た》め息《いき》を吐《つ》き、出来上がった城壁を街道側から見上げた。腕を組んだことにより、パナメラの城壁がいつも以上に聳《そび》え立っているが、そこに触れるような愚か者ではない。

「はい、おっぱ……ん、んんっ！　お陰様で、城壁の主となる部分は完成しました。後は、住民が増えたり商人や冒険者などが移り住んでくれたら、住居を建てましょう」

「全く。羨ましい限りだよ。領地を持つのは私の夢だ。だが、金も時間も掛かる上に、領地を削られたばかりの伯爵に融通してもらうことなど出来るわけがない。まぁ、次の戦では金銭で収まらない武功を挙げて領地をもらうとしよう。その時は少しでも良いから手伝ってくれ」

肩を揺すって笑い、パナメラがそんな軽口を口にした。

と、遠くからオルトの声が聞こえてくる。

「た、た、助けてくれー！」

珍しく、オルトがそんな悲鳴をあげて走ってくるのが見えた。

いや、むしろ初めてではないだろうか。特に僕が武器を売ってからはいつも余裕で大物を狩ってきていた筈だ。だが、今街道の向こう側から仲間と一緒に全力で走ってくる姿を見ると、そんな実力者にはとても見えない。

「後ろからドラゴンが来るぞー！」

オルトが再び叫び、後方を指差しながら走っている。

「ドラゴン？」

またアーマードリザードか？

そう思って目を細めて遠くを見ようとした瞬間、街道横の背の高い木々を薙《な》ぎ払って、巨大な翼を広げたドラゴンが姿を現した。

「ど、ドラゴンだ！」

「馬鹿な！　辺境とはいえ街道だぞ!?」

村人や兵士の声が響く。辺境だから何だってんだ。あれか？　田舎に行くと道路にイノシシとか出るよねー、みたいなノリなのか。

いや、ドラゴンとイノシシを一緒にしたらダメだ。冷静になれ、ヴァン君。

ドラゴンは頭から尾の先までいれると十五メートルはありそうな巨大さだ。そんな大きな生物を見たのは水族館のジンベイザメのジンベ以来である。その上厚みは遥《はる》かにドラゴンの方が大きく、翼を広げると横にも同様の大きさはありそうだ。

緑色の鱗《うろこ》と発達した手足を見るに、恐らく緑森竜《フォレストドラゴン》と呼ばれる森の主に違いない。緑森竜《フォレストドラゴン》は森の奥に寝床を作っており、主に牙や爪、尾を用いて獲物を狩る。上級のドラゴンでは無い為、ブレスは使わないはずだ。

まぁ、どちらにせよ空飛ぶ魔獣の襲撃の場合は剣や槍《やり》では対抗できない。弓矢や魔術にて戦わねばならないのだ。

僕は頭を切り替え、大きく息を吸った。

「皆城壁の内側に退避！　オルト達が門を抜けたら閉めて！　手の空いた人は城壁の上に移動！」

ドラゴンを退ける為の対策を冷静に考え、指示を出す。突然のドラゴンという最大級の脅威に晒《さら》されながらも、村人達は素早く動き出した。

「貴様らも言った通りにしろ！　私は城壁の上に向かう！」

パナメラが僕の指示に追従すると、兵士達も威勢の良い返事をして素早く動き出す。

「ヴァン様……」

顔を真っ青にしたアルテに呼び止められ、僕はどう安心させたものかと一瞬悩む。

だが、ドラゴンという脅威を前に、そう簡単に不安は拭えないだろう。

だから、僕は丁寧に説明することにした。

「あのドラゴンは緑森竜《フォレストドラゴン》という森の奥にいる筈のドラゴンでね。空は飛ぶけど、中位のドラゴンだから、ブレスは吐かない筈だ。対して、こちらには僕のバリスタに四元素魔術師であるエスパーダもいる。そして、恐らくパナメラ様も……」

そう口にして城壁の上を見やると、ちょうど階段を駆け上がったパナメラが城壁の縁に立ち、詠唱を始めるところだった。

「討伐は出来ないかもしれないけど、負けないよ」

優しく告げて笑いかけると、アルテはグッと胸の前で祈るように自らの両手の指を絡め、頷《うなず》いた。

「は、はい！　ご武運を……死なないでください！」

「はは。まぁ、僕は城壁の上に上げてもらえないから大丈夫。ティル。アルテ嬢を館に連れて行っておいて」

「は、はい！　すぐに戻ります！　さぁ、アルテ様、こちらです」

ティルはアルテにそう言い、急いで領主の館に向かう。城壁の中に全員が避難完了すると同時に、オルト達も城壁の近くまで辿《たど》り着いた。

「し、閉めるなよー!?　すぐ行くから！」

慌てた様子のオルト達だったが、もう息も絶え絶えといった様相である。ドラゴンはもうすぐ近くまでいるし、オルト達が門に辿り着いても上手《うま》く門を閉められるか分からないな。

「バリスタ構えて！　オルトさん達に当てないように！　まずは飛行能力を奪う！　翼を狙ってねーっ！」

そう叫ぶと、バリスタが一斉に角度を調整した。

と、オルト達五人の中から一人の小柄な人影が足を縺《もつ》れさせて転倒する。

プルリエルだ。

「……っ！　い、行って！　私のことは気にしないで！」

仲間の転倒にオルト達が足を止めるが、プルリエルは仲間の身を案じて叫んだ。オルトは僅かに逡巡《しゅんじゅん》したが、すぐに覚悟を決めて剣を構える。

「立て、プルリエル！　ほら、こっちだ！」

そう叫び、オルトは剣と盾を打ち鳴らしながら街道から外れた。

音を立てながら走るオルトに視線を向ける緑森竜《フォレストドラゴン》だったが、まだ体の向かう先はプルリエルの方向である。

「ちっ！　しゃあないですねぇ！」

少し遅れて、クサラが文句を言いながらナイフを投げた。まるで弓矢を射《い》たようにナイフが緑森竜《フォレストドラゴン》の顔めがけて飛ぶが、ドラゴンの羽ばたきに軌道が変わり、翼の一部に当たる。

ナイフは傷一つつけられずに弾《はじ》かれたが、ドラゴンの身体《からだ》はしっかりとクサラに向いた。

口を開き、腹に響くような咆哮《ほうこう》と怒りの滲《にじ》む双眸《そうぼう》。

「き、きましたぜ！　ちくしょう！　こうなりゃ自棄《やけ》だ！　皆、行ってくだせぇ！　あっしに構わずに……さぁ！」

「よし、皆城壁に走れ！」

「ちょっと旦那ぁ!?　さっきと扱いが違うんじゃねぇですかい!?」

ドラゴンに追いかけられながら街道を外れて逃げ回るクサラが文句を言ったが、オルトは力強く頷いた。

「うちのメンバーで一番足が速いのはお前だ！　お前なら生還すると信じてるぞ！　プルリエルが

城壁前まで来たら急いで来い！」

「本当でしょうねぇ、旦那ぁ!?　どう考えても、トカゲの尻尾切り……！」

「皆！　クサラの犠牲を忘れるな！」

「あとで覚えてろよ、旦那ぁ！」

冗談を言っているとしか思えないやり取りだったが、本人達の顔はマジだ。いや、まぁ、ドラゴンに襲われてるんだから当たり前か。

「バリスタ！　狙いをつけたら射《う》って！　クサラさんが美味《おい》しく食べられるよ！　味見される前に、早く！」

「坊ちゃんも悪意がねぇですかい!?」

意外と元気なクサラが両手を振り上げて怒鳴ってきた。

そこへ、パナメラの声が割って入った。

「動きを止めるなら私の方が向いている！　牽制《けんせい》に一撃いくぞ！」

パナメラはそう叫ぶと、魔術を発動させる。

予想はしていた。

なにせ、若くして伯爵に重用され、更にはその力と武功を認められて陞爵《しょうしゃく》までしている。

間違いなく一流の四元素魔術師であり、その適性は自《おの》ずと知れた。

「炎槍《ファイアジャベリン》」

パナメラの一言に合わせ、前に突き出された片手から巨大な炎の塊が出現し、槍の形となって飛ぶ。パナメラの身体よりも大きな燃え盛る炎の槍が、勢いよくドラゴンに向けて飛来した。

その迫力にはさしもの緑森竜《フォレストドラゴン》も回避しようと翼を畳み、地面に落下すると同時に四肢で地面を蹴り、横に跳んだ。炎の槍を上手くやり過ごすと、ドラゴンは四足獣のような体勢のまま、走り出す。完全にコモドドラゴンのような走行方法だが、図体《ずうたい》がでかい為に物凄《ものすご》く恐ろしい。

速度は僅かに落ちたが、それでも僕の全力疾走くらいの速さはありそうだ。

と、その時、ようやくバリスタの準備が完了したのか、矢が次々に発射され始めた。ドラゴンは余程目が良いのか、回避しようと動くが、十数本というバリスタの矢を全て回避することは出来ない。

バリスタの矢は体や翼、足を射貫《いぬ》いた。五本くらいは当たったかな？

バリスタを大型化したからか、随分と発射までに時間が掛かった気がする。テコの原理で弓を引き絞るので、棒の長さを長くしたり歯車の数を増やしたりしたのだが、前より力が必要なのかもしれない。

そんな考察をしつつ、半分開かれた門の間からドラゴンの様子を窺《うかが》う。バランスを崩したドラゴンは絶叫とともに地面を勢いよく転がり、街道のすぐ傍《そば》で動きを止めていた。

矢がドラゴンの鱗に弾かれたらどうしようかと思ったが、どうやら無事貫通したらしい。

「急いで二射目！　準備ができた人から射って良いよ！」

僕がそう指示を出した直後、一斉に矢が放たれた。どうやら皆揃《そろ》って二射分まで装填《そうてん》していたから時間が掛かったらしい。バリスタは全体に五十台設置完了しているが、城壁の正面側は少し多めの十五台だけだ。つまり、最大で同時に十五の矢しか飛ばせない。

血を流しながらも、ドラゴンはまた横に大きく跳び、その全ての矢を回避してみせた。矢は街道に深く突き刺さるが、ドラゴンは二射目ではノーダメージだ。

しかし、一射目で胴体を貫通した矢のダメージが凄いのか、ドラゴンは唸《うな》りながら姿勢を低くする。

「た、助かった！」

「な、なんとか生還できたわね……」

と、オルト達が城壁まで戻ってきた。ホッと一息吐いて安心するオルト達だったが、まだまだ撃退とまではいっていない。

「あ、あっしへの仕打ちは、わ、忘れやせんぜ……」

そして、死にそうな顔で荒い呼吸をするクサラが城壁に辿り着く。その後方では、体勢を整えたドラゴンが地を蹴るのが見えた。

そこへ、二発目の炎の槍が発動する。

「炎槍《ファイアジャベリン》」

パナメラの声に合わせ、炎の塊が出現して槍の形となった。

「これで一度足止めする！　全員、村まで避難しろ！　ここでは手数が足りん！」

パナメラがそう指示を出し、炎の槍を放つ。ドラゴンはそれに対し、回避の姿勢をとった。だが、炎の槍は目標の前方で僅かに軌道を変え、追尾するように動く。

そして、直撃間近で爆発した。

激しい炎の柱が燃え盛り、ドラゴンの顔と体の一部を焼く。ドラゴンは絶叫して仰《の》け反り、二歩後退した。おぉ、あれが炎の魔術の真骨頂か。相手がドラゴンでなければ恐ろしい威力と汎用性だ。派手なのも戦場では良い効果を生むだろう。

と、驚いている内にパナメラに出遅れた。流石《さすが》に戦場の経験値が違う。

「よ、よし！　皆！　村まで逃げるよー！」

パナメラの指示をもう一度復唱しつつ、一歩遅れて皆に指示を出した。僕達は一斉に村に向かって走り出す。兵士たちが先導し、城壁作りに来ていた村人達は全力で村まで走り出した。

「ヴァン様！　後ろは任されよ！」

ディーが部下を僕達の周りに付けて後方に残る。

「ダメだ！　皆で村まで走るよ！　前の人！　村に残ってる人にバリスタの準備をさせて！」

ディーに怒鳴りながら走り、前方を行く人達に指示を出す。

と、その時、こちらを向いて立ち止まるエスパーダとすれ違った。

「エスパーダ!?」

名前を叫んで振り返ると、エスパーダはこちらに向かって来るドラゴンを見据えて、魔術の準備をし始める。

ドラゴンは城壁に辿り着くと、地面を蹴るようにして跳び上がり、城壁の上に上体を乗せて前足の爪を内側の壁に突き刺して取り付いた。その状態でこちらの様子を確認するように睥睨《へいげい》する緑森竜《フォレストドラゴン》に、息を呑《の》む。アーマードリザードを討伐して慢心していた。あれは、その辺の魔獣とは別格の存在だ。

　翼を傷め、地を走るしかないというのに、その迫力は一切変わらない。

「エスパーダ！　早く逃げるよ！」

　そう叫ぶが、エスパーダは動かない。

「早く逃げないと僕も逃げないからね!?」

　もう一度怒鳴る。すると、エスパーダは薄く笑みを浮かべて横顔を見せた。

「それは困りましたな。では、一度だけ時間を稼いで戻りましょう。ヴァン様は、お先に」

「一緒に戻らないとダメだってば！」

　焦燥を感じながら念押しをする。エスパーダは苦笑し、城壁を軽々と越えたドラゴン相手に魔術を発動する。城壁を発射台のようにして飛び込んできたドラゴンの目の前に、巨大な土の壁が出現し、ドラゴンは顔面から衝突した。

　地響きを立て、エスパーダの作り出した土の壁は崩壊するが、ドラゴンも瓦礫《がれき》に埋もれるようにして動きを止める。

「ふむ。多少の時間稼ぎにはなりましたか」

　エスパーダは顎を指で撫《な》でながらそう呟《つぶや》くと、踵《きびす》を返してこちらに向かってきた。

　が、遅い。

「はい、歩かない！　駆け足！　頑張ったらエスパーダの好きな赤ワイン買ってあげるから！」

「老骨には駆け足は辛《つら》いのですが、頑張りましょう」

僕が叱咤《しった》激励《げきれい》するとエスパーダはジョギングほどの速度で走ってきた。

「ヴァン様！　エスパーダ様は僕が連れて行きますから、先に行ってください！」

カムシンと入れ替わり、僕はまた走り出す。村の正門まで後少しだが、異様に遠くに感じられた。オルト達もこれまでにかなり走ってきていた為、走るのが遅い。

「少年！　こちらは配置についたぞ！」

と、村の防壁の上にはパナメラがおり、大きな声でそう叫んだ。見れば、もう防壁の上のバリスタには全て射手となる村人達が配置に就いている。

「矢を装塡して発射準備！　引きつけて射たないと当たらないからね！　準備だけしっかりしてて！」

走りながら指示を出すと、村人達は大急ぎで準備を開始する。慣れたサイズのバリスタだからか、こちらの方が早く準備が完了した。

「私はどうする！　勝手に動いていいか!?」

パナメラが確認してきたので、僕は内心少し驚きながら口を開いた。

「また先程の魔術で最後の足止めをお願いします！　そこを、バリスタで狙います！」

答えると、パナメラは面白そうに笑う。

「上策だ！　しかし、私の魔術が足止めに使われるのは初めてだぞ！」

「それは申し訳ない！　ドラゴンの肉で許してください！」

「はっはっは！　良いだろう！　さぁ、その肉が動き出すぞ！」

パナメラの台詞《せりふ》に振り向くと、たしかにドラゴンが瓦礫を押し退《の》けて姿を見せていた。

「来るよ！」

僕は大きな声で叫び、村の入り口に視線を戻した。村の防壁に向かって走る中、後方から地響きのような低い咆哮と、地面が揺れるような勢いで走り出すドラゴンの足音が響いてくる。

後ろでは少し離れたところにエスパーダとカムシンの姿がある。エスパーダに魔術を使うように言おうかと思ったが、まず間に合わない。むしろ、ギリギリまでこちらに引きつけてバリスタを射った方がマシか。

だが、微妙な距離だ。城壁の時と同じように回避されてしまえば、こちらのバリスタは二発目に時間が掛かる。足止めは出来るだろうが、その場合はパナメラの魔術一つに全てがかかってしまう。

ならば、予定通りパナメラの魔術で足止めしてバリスタか？

いや、それも難しい距離だ。距離が離れれば確実にラグが出来てしまう。

「なんとか、エスパーダ達がこっちまで逃げる時間が稼げたら……！」

そう口にした瞬間、僕の横をすごい速度でなにかが通り過ぎた。

「お任せくだされぃ！」

飛び出したのは、僕の作った大剣を手にしたディーだ。装備を整えてきたのか、鎧姿《よろい》に大剣を両手持ちで担ぎ、僕の全力疾走より速い速度で駆けていく。

「お任せをー！」

「副団長、速いですよ！」

遅れて、アーブとロウも走っていった。二人とも大型の盾とロングソード装備だ。

「三人で大丈夫!?」

驚いて叫ぶが、既にディーはエスパーダの横を駆け抜けている。

「せぃやぁあああっ！」

気合いと共に、上段からの振り下ろし。

ドラゴンは気にせず爪でディーを切り裂こうとする。速度は互角か。ドラゴンの爪に合わせるようにディーが剣を打ち下ろした為、見事に爪と剣が交錯した。

ズドンという重低音を響かせ、ディーの剣が地面につく。

そして、遅れてドラゴンの爪が二本切断されて地面を転がった。耳を劈《つんざ》くような絶叫をあげて、ドラゴンが顔を振る。そして、勢いをつけて身体を半回転させた。

「い、いやぁあああっ！」

「どりゃあああっ！」

無防備になっている状態のディーの隣に、盾を構えながら突進するアーブとロウが現れ、ドラゴンの尾に吹き飛ばされた。

アーブとロウが盾で受けながら弾き飛ばされ、隣にいたディーも巻き込んで吹き飛ばされる。ボールのように転がっていく三人を横目に、エスパーダが立ち止まり、魔術を発動させた。

土の壁がディー達を隠すように出現すると、ドラゴンは腕の一振りでそれを破壊する。

「走って！　皆！」

僕が叫ぶと、エスパーダとカムシンが先にこちらに走ってくる。あの二人はもう大丈夫だろう。逆にピンチになったディー達だったが、元々が超人の為か、あれだけ吹き飛ばされたのにすぐに態勢を立て直した。

「退却！」

「はっ！」

ディーの掛け声と同時に、三人同時に村に向かって走ってくる。

一番年上の筈のディーが一番速い。後方のアーブとロウの後ろには怒りに燃えるドラゴンが迫っている。

「ひゃあああっ！」

アーブが半泣きで悲鳴を上げながら逃げるのを横目に、ドラゴンはもう十分引きつけたと判断する。

「パナメラさん！」

「応！」

僕が名を呼ぶと、パナメラは待ってましたとばかりに返事をし、片手を前に突き出した。

「炎槍《ファイアジャベリン》」

魔術が発動し、アーブを狙うドラゴンの顔面に炎の槍が迫る。

だが、ドラゴンはその場で速度を緩め、翼で自らを包み込むように身を固めた。そこに炎の槍が直撃し、炎の柱が巻き起こる。

「っ！　バリスタ！　村の西側半分のみ一斉に発射！」

嫌な予感がして、僕は咄嗟《とっさ》にそんな指示を出した。

直後、ドラゴンは炎の柱の中で翼を一気に広げ、燃え盛っていた炎を一瞬でかき消した。そこへ、村の防壁の上から発射された矢が降り注ぐ。ドラゴンは身を捩《よじ》り、大量の矢の大半を回避した。命中したのは肩と後ろ足、尾の先に数本のみだ。

だが、矢は確かにドラゴンにダメージを与えた。斜めに倒れるようにして地面に崩れるドラゴン。

その姿を確認して、僕は再度指示を出す。

「バリスタ！　残り全部発射！」

そう言った次の瞬間、一斉にバリスタは発射された。ドラゴンは倒れながらもまた身を捩ったが、かろうじて頭部に当たらないようにするだけで精一杯だった。

ヴァン印の鉄の矢を胴体に幾つも受け、翼の付け根や足にも貫通した。

明らかな致命傷だ。

断末魔の叫びを上げ、ドラゴンは完全に倒れた。

「バリスタ！　次の矢を準備して待機！」

一応戦闘継続の準備を指示しておく。それに合わせてか、パナメラも魔術の詠唱を開始した。

「ディー！　確認を頼めるかい!?」

ドラゴンにほど近い場所にいるディーにお願いすると、剣を掲げて応えた。じりじりとドラゴンに接近するディーの姿を、皆が息を飲んで見守る。

すぐ近くまで行き、剣を構える。

剣の先で血だらけのドラゴンの腕を突っ付く。

途端、ぐったりしていたドラゴンの首が動き、大きな口がディーを飲み込まんと迫った。

「ぬん！」

だが、油断無く、ディーは迫り来るドラゴンの首を避け、大剣を振り下ろした。

一刀両断。切断したドラゴンの首が地面に転がる。

「か、勝った！」

ドラゴンの首が落ちたのを確認して、ロウが叫んだ。

うん。あれならもう大丈夫だろう。自分の目でも確認し、防壁の上の村人達を見て思い切り声を発した。

「我が村の勝利だ！　勝鬨《かちどき》を上げろ！」

僕のその宣言に、村は大きな歓声に包まれたのだった。


「大丈夫ですか、ヴァン様!?」

「お怪我《けが》はありませんか！」

村に戻ると、ティルとアルテが走ってきた。

「大丈夫だよ。むしろ、長いこと走らされたエスパーダとドラゴンの一撃を食らったディー達の様子を見ておいて」

「わ、分かりました！　でも、先《ま》ずはヴァン様です。さぁ、こちらに」

そう言って、近くの家から引っ張り出してきた椅子に座らされた。

あ、でも疲れてたから座るとホッとする。

「良い指揮だったな、少年。そして、改めてドラゴン討伐おめでとう。中規模の街なら壊滅の恐れもある存在だ。この事実は間違いなく噂《うわさ》になるぞ」

と、ご機嫌な様子のパナメラがこちらに歩いてきた。

兵士達も今ばかりは嬉《うれ》しそうに近くの兵同士で雑談をしながら歩いてくる。村人達は現実感が無いのか、わいわい笑い合いながら喜んでいるが、アーマードリザードの時の方が盛り上がっていた気がする。

「ドラゴン討伐ですか。かなりギリギリでしたけどね。パナメラさんとエスパーダ、ディーがいなかったら……いや、パナメラさんの部下達がいなくてもダメだったでしょうね」

運が良かったと暗に伝えると、パナメラはフッと意味ありげに微笑《ほほえ》んだ。

「……正直な話、伯爵のお膝元にあの緑森竜《フォレストドラゴン》が襲来していたら、街は半壊していただろうな。最低でも城壁の一部は崩されて死傷者も数百人といわず出ていた筈だ」

「そうなんですか？　伯爵の居城がある街なら防備もきちんとしてそうですが」

「ふん。あのエスパーダという執事や、ディーというドラゴンの首を一撃で切り落とすような豪傑などそうはおらんさ。何よりあの馬鹿みたいな威力のバリスタだ。まさか、ドラゴンの鱗すら貫通するとはな」

若干呆《あき》れたような声音でそう言われ、笑いながら頷く。

「皆、自慢の部下ですからね。アーブやロウ、そしてカムシンもディーと同じくらい強くなる予定ですよ。後はバリスタも改良しないといけませんね。最低でも連続で十回は発射できるようにしましょう」

「……恐ろしい言葉を聞いた気がするが、まぁ良いだろう。一先ず、ドラゴン討伐の式典を開かねばな。第一は今回でドラゴンスレイヤーの肩書きを手にしたディー殿か。第二は指揮官であり領主のヴァン殿だ。エスパーダ殿も名を連ねてもらおうか」

と、そんな話をされた。

え、ディーって竜討伐士《ドラゴンスレイヤー》になるの？

# エピローグ ✿ 表彰されしヴァン少年

領主の館の二階より僕がティルを引き連れて顔を出し、書状を広げ、読み上げる。

眼下にはエスパーダやディー達《たち》、村人達だけでなく、オルト達やベル、アルテやパナメラの兵達も並んでいる。

二百人ちょっとではあるが、実際に目の前にするともっと多く感じるな。

「えー、森の主とも称される緑森竜《フォレストドラゴン》の討伐！　その討伐にあたり、最も重要な働きをした者を表彰する！　なお、表彰は子爵位を持つカイエン子爵家当主、パナメラ・カレラ・カイエン子爵より行われる！」

全力の略式で行う表彰式典だが、パナメラが颯爽《さつそう》と領主の館の二階から顔を出すと、場の空気が変わった。村人達の表情にも緊張感が浮かぶのを見て、領主であるヴァン君としては自らの威厳について考えさせられる結果となった。

パナメラは一度ゆっくり皆の顔を眺めて、厳かに口を開く。

「……今回、この場にいる全員で討ち果たした緑森竜《フォレストドラゴン》は、通常ならばその討伐に騎士団と共に宮廷魔術師が動員される存在だ。村や小さな町なら間違いなく壊滅し、その辺の城塞都市などでも相当な被害が出るだろう」

そう告げると、村人達は騒ついた。

「だが、この小さな村は生き残った。そればかりか、死傷者は皆無であり、被害も建造中の城壁の一部とバリスタが二台破損したのみである。これは信じられないような快挙だ」

パナメラの言葉に、村人達が感嘆の声を上げる。気持ちは分かるが、今は静かにしてなさい。

パナメラは皆の反応に僅かに表情を緩め、口を開く。

「この快挙に大きく貢献した者の名を呼ぶ。まずは、フェルティオ侯爵家騎士団副団長、ディー。十五メートルを超える緑森竜《フォレストドラゴン》の首を一撃で切り落とし、この討伐戦の結果を決定的なものとした。よって第一の功はディー副団長とする」

この言葉に、村に歓声が上がる。パナメラはその歓声が止《や》むのを待ち、再度口を開く。

「次に、類稀《たぐいまれ》なる四元素魔術の使い手、エスパーダ。二度にわたり窮地を排し、ドラゴンの身動きを封じたその魔術の腕は筆舌に尽くしがたい。よって、第二の功はエスパーダとする」

この言葉に、村に感嘆の声が上がる。そうなのかー、みたいな感じだ。まぁ、村人に魔術師の凄《すご》さを分かれというのが難しいか。

そして、最後にパナメラはこちらを一瞥《いちべつ》して、口を開く。

「最後に、フェルティオ侯爵家四男、ヴァン・ネイ・フェルティオ。八歳とは思えぬ知識、行動力、機転に加え、過去類を見ない魔術の用い方にて、村の防衛力を短期間で大幅に強化した。その功績は今回の緑森竜《フォレストドラゴン》討伐戦でも重要な働きであり、領主として討伐戦の陣頭指揮を執った。よって、第三の功はヴァン・ネイ・フェルティオとする」

パナメラがそう口にした瞬間、まるで怒号のような大歓声が沸き起こった。

名を呼ぶ声も響き、僕は目を白黒させながらも、一応手を振ってみた。結果、アイドルも真っ青な歓声が返ってきた。

やぁ、皆のアイドルのヴァン君だよ。握手は一人銀貨一枚な。

と、そんな感じで式典は無事終了した。

その後、大素材剝ぎ取り祭りが行われたのだが、今回はパナメラ子爵以下精強な兵士百人が付いているので、凄い勢いで素材が回収されていった。

「おい！　なんだ、この剣は!?　まさか、これも全部少年の作か!?」

ドラゴンの牙をスパッと切り取ったパナメラが、こちらを振り返りながらそう叫ぶ。

「素材剝ぎ取り用に切れ味に特化した剣ですよ。まぁ、実用にも耐える代物ですけど」

「兵士全員に配ったんだ、百本以上あったぞ!?　特別な剣じゃないのか!?」

「金貨五枚で剣一本作りますよ」

そう答えると、パナメラは信じられないものを見るような目で僕を見てきたのだった。

# 番外編 ✿ ティルの努力

ティルの朝は早い。

伯爵家当主であるジャルパ・ブル・アティ・フェルティオ伯爵の四男であるヴァン・ネイ・フェルティオ。

そのお世話係の一人となった為《ため》、メイド見習いのティルは誰よりも早く起床する。

頭と肩の部分に穴が空いただけといった簡素極まりない服を脱ぎ、凝った衣装のメイド服へと着替える。元が奴隷だったティルは、このメイド服を着ることが出来るだけでも幸せだった。

「うん、綺麗《きれい》に着れたかな？　シワも無いし……あ、ちょっとスカートに染みが……」

ほんの僅かな染みだ。

だが、それを発見した途端、ティルはこの世の終わりのような顔で固まった。

数秒間停止したティルだったが、やがて窓から陽《ひ》の光が差し込み始めたのを見て、ハッと目を見開いて胸の前で手を合わせた。

「いけない！　お仕事！」

端的にそれだけ言って、ティルは部屋を出る。

ドアも開けっ放したまま、バタバタと忙《せわ》しなく走り去っていくティル。すると、ティルのいなくなった部屋の中で深い溜《た》め息《いき》が響いた。

「……あの子のせいで、私までこの時間に起きる羽目になるのよね」

そう言って、ティルが使っているベッドと反対側に置かれたベッドから、長身の少女が立ち上がった。ティルよりも随分と大人びているが、それでも十六歳の少女である。

先輩メイドである彼女は、着替えながらぶつぶつと独り文句を言う。

「ほんと、ヴァン様のお世話係になれて良かったわ。ヤルド様とかセスト様のお世話係だったら、ティルのせいで私まで折檻《せっかん》されるところだった……今後はどうなるか分からないけど」

そう言って、少女は肩を竦《すく》めて溜め息を吐《つ》く。

十歳になるヤルドも、八歳になるセストも、すでに十分小さな暴君となっていた。特に、八歳になって火の四元素魔術適性があると判明してから、二人は明らかに以前とは違う自信に満ち溢《あふ》れ、己の思う通りにならないと怒りを露《あら》わにするようになった。

二人の怒りを買って虐待を受けたメイドや執事は多く、中には解雇となった者もいる。

一方、ヴァン様は我《わ》が儘《まま》を言うことがあっても、食べ物の好き嫌いや興味を引いた物を欲するなど、年相応の可愛《かわい》い我が儘ばかりだった。

それを見てか、ヴァンのお世話係に選ばれたメイドは未熟な若い者が多い。

少女は慣れた風に衣服を着替えてメイド服姿となると、軽く伸びをして口を開く。

「ん……っ！　さ、今日も頑張ろう」

先輩メイド達《たち》が揃《そろ》う前に、ティルはヴァンが使う部屋のセッティングをするという重要な役割があった。勿論《もちろん》、前日に十分過ぎる程の整理整頓や清掃が行われているが、その際に棚の中に仕舞われたヴァンの必需品などの準備をしなくてはならないのだ。

まずは、ヴァンが愛用するお気に入りの椅子とテーブルである。かなり低めで、背もたれは無い丸椅子と丸いテーブルだ。この上に木製の器とコップを置き、食事をするのである。

次に、ヴァンがお昼寝をする際に敷く分厚いタオルと布だ。子供用の豪華なベッドがあるが、高さが大人の腰ほどあった為、幼いヴァンは怖がってしまった。その為、布団のようにフカフカのタオルと布を重ね、その上でヴァンは昼寝をするようになった。

最後に、現在ヴァンが最も好きな玩具《おもちゃ》である木製の馬と剣である。これらをテーブルの脇に置き、食事の前後に遊べるようにしておけば準備は完了となる。

「うふふ、可愛いテーブルとイス」

ティルは優しげな微笑を浮かべつつ、テーブルを部屋の真ん中に置いて椅子の角度を調整した。食事をしながら窓の方を見えるようにしたのだ。

大した準備では無い為、ティルはこれらに十分程度の時間をかけ、作業を終える。汚れなどは無いか最後の確認をしていると、他のメイド達が四名部屋へと入ってきた。

「おはよう、ティル」

「おはようございます」

挨拶を交わしあい、先輩達のチェックを受ける。

「あ、ティル。剣が右で馬が左のほうが良いわよ。ヴァン様は右利きだから」

「も、申し訳ありません」

先輩メイドに注意を受け、ティルは慌てて頭を下げる。

ヴァンのお世話係になる前は、何かしらの手違いや間違いがあれば、すぐに折檻されていた。その経験から、軽く注意を受けただけでもティルは過剰に反応する癖がついている。

ただ、それでも失敗が多いため、ティル元来のおっちょこちょいな性格は皆が知るところとなっている。

「良いわよ、別に。そんなことで怒るような方ではないでしょう？」

そう言って、メイド達は軽く視線を交わし、誰ともなく頷《うなず》く。

「他は大丈夫そうね。それでは、ヴァン様を迎えにいきましょう」

「そうね」

「今日のお食事は何だったかしら？」

「南瓜《かぼちゃ》のスープとパン、豚肉の薄切り、果物盛り合わせ」

「ヴァン様は鳥肉の方が好きよね」

「お肉が好きだから大丈夫よ」

「また果物をいただけるかしら」

「食いしん坊ね、あなた」

と、メイド達は姦《かしま》しく談笑しながら部屋を出た。フェルティオ伯爵家内で働くメイド達の中で、この五名が最も平和な日々を送っていることは間違いない。

それを自覚しているからこそ、五名は幼いヴァンに嫌われないように優しく丁寧に接する。

こういった日々が、ヤルドやセストを暴君と呼べるほどの我が儘な性格に変えていってしまった原因の一つなのだが、誰もそれを自覚している者はいなかった。


ヴァンの朝は遅い。

窓からは朝日が燦々《さんさん》と差し込んでいるが、まだ起きる気配はない。

すると、優しい声で名を呼ぶ少女たちが現れ、子守歌でも歌うような穏やかさで起床を促される。目を開けて、上体を起こすと、少女たちはヴァンを優しく抱いて立たせ、朝がきたことを伝えながら着替えさせていく。

「あら？　ヴァン様、寝汗が……」

「一度、湯浴《ゆあ》みをされますか？」

「うぅん、朝は嫌……」

まだ眠気のあるヴァンは、メイド達に朝風呂を勧められるがあっさりと拒否した。むにゃむにゃ言いながら椅子に座り、パンを口に運ぶヴァンの姿に、メイド達は自然と笑みを浮かべた。

そんな毎日が暫《しばら》くは続くと思われていたある日、ティルがヴァンを起こすと、普段と少し様子が違うことに気が付いた。まるで、ぼんやりしていた思考が急にクリアになったように様々なことを話し、考え出すヴァンの姿に、メイド達は困惑した。

だが、本来の優しく無邪気な性格は変わらなかった。

「ヴァン様は、色々なことに興味が湧いたようです」

「食べたり遊んだりすることより？」

「この前、ティルは王国について聞かれたみたいよ。二歳でそんなことに興味が湧くかしら」

そんなやり取りは幾度となく行われたが、最終的な結論はヴァンが天才なのだろうという話で落ち着いた。元々、立ち上がるのも喋《しゃべ》り出すのも早かったのだ。物心がついて、普通の子供が思いもしないような疑問を持つようになったに違いない。

そんな認識の下、メイド達はヴァンが欲するままに知識を与えた。だが、ヴァンの質問は簡単なものから難しいものまで、中にはメイド達ですら疑問に思うこともなかったものまでと、内容は多岐に渡った。

「……ヴァン様に、この国の成り立ちについて聞かれたんだけど」

「私は魔術の適性が何故《なぜ》存在するのか聞かれたわ」

「世界にはどんな国があるのかとか聞かれたわ。どこからそんな疑問が出るのかしら？」

メイド達は屋敷の中の雑用や礼儀作法については自信を持っていた。だが、そういった教養という部分ではそこまでの自信はなかった。

王家や公爵家ならばメイドにも貴族の娘が多数いる。そういったメイドならば幼少期にしっかりと教育を受けている為そんな質問にも答えられただろう。

だが、メイドに成ったばかりの騎士爵の娘や町娘、挙句には元奴隷の娘などがそんな質問に答えられるわけがない。年齢も若い為、そういった情報を耳にすることも少なかった。

徐々にヴァンの質問を曖昧に濁すメイドが増える中、ティルだけは謎の自信をもってヴァンの質問に答え続ける。そして、誰よりもヴァンを天才と信じるティルは、答えられない質問をされた時、ヴァンの為になると思って誰にも内緒で書庫へと足を延ばした。

伯爵家のメイドとしてティルはしっかりと文字を読め、簡単な足し引きが出来る程度の教育は受けている。

「えっと……魔獣についての本は……」

その日もティルが書庫で本を探していると、後ろから低い男の声がした。

「書庫に、何か用事でも？」

その声に、ティルは飛び上がって驚いた。

「ひゃあっ!?　エスパーダ様!?」

壁に張り付くようにして振り向くティルに、エスパーダは目を細める。

「まさかとは思いますが、本を売るなどといった行為は……」

「そ、そんなことしません！」

エスパーダの言葉に、ティルは涙目で否定した。首をぶんぶんと音がなるほど左右に振って怯《おび》えるティルの姿を横目に、エスパーダは綺麗に整理整頓された本の列を眺める。

「……何か、気になる本でも？」

改めてそう聞きなおされ、ティルは小さく顎を引く。

「あ、あの……ヴァン様が、魔獣について知りたいと仰《おつしや》いまして……」

「……魔獣？」

そう聞き返し、エスパーダは唸《うな》るように自らの顎を撫《な》でた。

「は、はい。その、恐ろしい存在で、人間も食べられてしまうとはお伝えしたのですが、どんな種類がいるのかとか、倒し方とか、ですね……」

ヴァンの質問にだんだんと答えられなくなってしまった為、本を探して知識を得ようと思った。

ティルはそういったニュアンスでエスパーダに報告する。

すると、エスパーダは興味を引かれたようにティルの顔を見下ろした。

「ふむ。ヴァン様が自らですか。それで、他にはどのような質問を？」

「え？　あ、その、この王国の成り立ちや隣国との関係、騎士団の力や魔術について……あとは、貴族の役割やお金についても聞かれましたね」

上を見上げて思い出しながら答えていくティルに、エスパーダの目が徐々に細められていく。

「……ヴァン様はまだ二歳でしたな。それでそのような疑問を持って、あまつさえ回答を理解するとは……ふむ、面白い」

小さくそんなことを呟《つぶや》いたエスパーダは、無造作に本を一冊手に取り、ティルに渡した。

「魔獣の基本的な知識を求めるならばこの本が良いでしょう。特別に貸し出しを許可しますので、ヴァン様に読み聞かせをしてあげてください」

そう言って、エスパーダは書庫から出ていった。

緊張から解放されたティルは、何も言えずに渡された本を胸に抱え、深く息を吐いたのだった。

この後、エスパーダはヴァンのお世話係のメイド達に話を聞き、ジャルパ伯爵に直接ヴァンの教育係になりたいと願い出た。

二歳児を相手にするとは思えないような厳しい勉強漬けの日々は、このティルの報告によって始まったことは、ティルですら知らない事実である。

四歳になり、エスパーダからヴァンの著しい成長について耳にしたジャルパ伯爵は、他の子どもたちより一年だけ早く、剣の練習に参加させることにした。

剣を振ることに慣れるまではメイドに相手をさせるようにと指示を出したお陰で、日々の生活に潤いを得たヴァンは楽しそうに剣を振った。可愛らしいメイド達とチャンバラごっこである。楽しくないわけがない。

そんな日々を過ごしていると、段々と素人のメイド達でもヴァンの反射神経や動きが年相応ではないと気が付く。

「ヴァン様、私がどっちに動くか分かるみたい」

「あ、そうそう、私も全然勝てないのよ」

そんな会話をしていると、ティルが真剣な表情で顎を引く。

「もしかして、ヴァン様は剣も天才なのでは……」

その一言に、皆が笑った。だが、段々とそれが冗談とも思えなくなってくる。

「……ちょっと早いけど、話してみる？」

何をとは言わなかったが、皆無言で頷いた。それに、ティルが首を傾《かし》げる。

「エスパーダ様に？」

その一言に、皆が驚く。

「いきなりエスパーダ様？」

「ちょっと怖くない？」

不安そうに顔を見合わせるメイド達の中で、ティルだけが普段と変わらない態度で口を開いた。

「エスパーダ様、意外と優しいんですよ？」

「嘘《うそ》」

「ずっと怖そうな顔してるし」

「じゃあ、ティルがエスパーダ様に言ってみる？」

半信半疑のメイド達にそう言われ、ティルはなんでもないことのように了承した。それには言ったメイドの方が不安そうに眉根を寄せる。

「ティル、冗談よ。無理しなくて良いからね？」

「もう、強がらなくても良いのに……」

心配そうに声を掛けられるが、ティルは無邪気に笑って頷いた。

「大丈夫ですよ。じゃ、行ってきますね！」

そう言って、ティルはエスパーダの下へと走っていった。

エスパーダに伝えられた内容は、ヴァン様は剣の才能も素晴らしい、である。

僅かに悩む素振りを見せたが、エスパーダはすぐに確認の意味を込めて兵士長に伝えた。すると、兵士長は面白がってヴァンと少年兵を戦わせるようになる。

当初は半信半疑であった兵士長も、僅か数ヶ月で少年兵と互角に戦えるようになってきたヴァンを見て目を丸くした。なにせ、五歳にもならない子供が、十歳前後の訓練を積んだ少年兵達に打ち勝つのだ。それも勝率は日々上がっていく。明らかに勢いではなく、相手を見て、考えて戦っている。筋力や体力、身長では間違いなく劣るのだから、後はヴァンの素質しかあるまい。

そう思い至った日のうちに、ディーに報告がいく。

こうして、ヴァンはまたしても地獄の特訓メニューが増えてしまうのだった。

一方、結果的にエスパーダとディーを引っ張り出したティルは、何も知らないまま特訓で疲れ切ったヴァンを介抱するのだった。

生まれてからずっと、カムシンはまともに父親から愛情を注がれた記憶はなかった。母はおらず、父に尋ねても殴られるだけなので、最後まで知ることは出来なかった。

辛《つら》く悲しい記憶のハズだが、普通の家庭を知らないカムシンには自らが不幸であるという認識はなかった。

心のどこかで、父は自分を愛してくれているという想《おも》いがあったのだ。

だが、日々の暮らしが困窮を極めた時、父がカムシンを売るという決断をして、カムシンの最後の心の拠《よ》り所《どころ》は無残にも崩れ去ってしまった。

泣きわめいていても、必死に謝っても、父の考えは変わらなかった。

そうして、カムシンは奴隷になった。

だが、幸運にもカムシンを買ったのは偶然通り掛かった上級貴族の子、ヴァン・ネイ・フェルティオだった。年齢はカムシンよりも二つ下だが、カムシンとは住む世界が違う人間に思えた。これからどうなるのか。そう不安に思うカムシンだったが、予想外にも生活は良い方向へ一変した。

理不尽な暴力を受けることはなく、住む場所も、着る服も驚くほど綺麗《きれい》だった。食べ物に困るどころか、信じられないほど美味《おい》しい食事と透明な水を口にすることが出来た。

そして何より、誰もがカムシンに優しかった。

教育係のメイドや執事見習いは厳しいところも多々あったが、真剣にカムシンに向き合い、出来なかったことが出来るようになった時、カムシンの頭を撫《な》でて褒めてくれた。

幼いカムシンには自身の感情を言葉にすることは出来なかったが、温かい涙が溢《あふ》れて止まらなかった。

心にゆとりが生まれ、生活に慣れてきた頃、カムシンはヴァンという少年に強い興味を抱くようになっていた。自身の主人である。ヴァンを知ろうという感情は当然のことだったが、カムシンにとってはそれだけではなかった。

買われる前まで、カムシンは貴族を恐れていた。

何かしらの知識を得てではなく、周囲の人間を見て漠然と怖い存在であると認識していたのだ。

しかし、ヴァンの身の回りの世話をしている内に、そんな偏見は瞬く間に消え去った。

「カムシン、そこの本をとってくれる?」

「は、はい!」

「ありがとう」

屈託なく笑い、奴隷に謝辞を述べるヴァンに、カムシンはむずむずするような気持になりながら頭を下げる。嬉《うれ》しいという気持ちと、ヴァンにお礼を言われたという誇らしい気持ち。なぜか少し恥ずかしいという気持ちと、もっと褒められたいという欲求。そんな複雑な気持ちを胸に、カムシンはヴァンの世話を続ける。

そのうち、自然とメイドや執事達《たち》がヴァンの話をしている会話が耳に入るようになった。

曰《いわ》く、ヴァンは天才である。一つのことを聞いたり知ったりして、それ以上のことまで理解するような存在だという。さらには、何歳も上の騎士見習いの少年達と互角以上に渡り合う剣の使い手でもあるという。長男でもないのに、家を継ぐのはヴァンの可能性が高いのではないか。

それらの話を聞いていると、カムシンはまるで自分のことのように嬉しく、誇らしかった。自分を買った主人が、まるで英雄になるかのように語られているのだ。

「ヴァン様。何か、僕にも出来ることはありませんか？」

勇気を出して尋ねれば、ヴァンは笑いながら頷《うなず》く。

「あるよ。強くなって、僕を守ってほしいな。目指せ、最強の騎士」

そう言われて、カムシンは自身の胸の内に炎が灯《とも》ったような心地になった。ヴァンは軽い気持ちでそう答えたのかもしれない。だが、カムシンにとっては生きる目標を見つけた瞬間だった。

「任せてください！　ディー様よりも強くなります！」

強い高揚感と使命感をそのまま言葉にして約束する。

最近、ヴァンの身代わりのように度々ディーの特訓を受け、疲れ果てていたカムシンだったが、この日を境に大きく変わった。誰よりも積極的に特訓に参加し、空いた時間に棒を持って素振りをするようになったのだ。

この変化にはディーも後に気付くことになり、期待を込めてさらに過酷な特訓を受けさせるようになるが、カムシンはそんな地獄の特訓も乗り越えていった。

ヴァンの魔術適性が判明し、家を出されることになった日も、カムシンの気持ちは変わらなかった。いずれ英雄になるヴァンの傍《そば》に仕える最強の騎士。その目標は、未来への希望は一切曇らない。

だからこそ、ヴァンが最初の剣を渡した時、カムシンは人生最大の喜びを感じて打ち震えた。

一人になった時も、剣を大切そうに抱えて眺め、笑みを抑えられずにいた。

「ふふ、ふふふふ……」

ヴァンのいる馬車の外でウッドブロック製の剣を手に笑うカムシンを、ディーの部下であるアーブとロウは何ともいえない表情で眺める。

ヴァンの特訓の時間は減り、一般の騎士達と同等程度の実力のまま伸び悩んでいるが、カムシンはアーブやロウと同等程度まで戦えるようになってきていた。

カムシンは気が付いていないが、剣に関してのみヴァンよりも一歩先に出たのだ。

子供に抜かれるかもしれない。そう思った二人は、各々密《ひそ》かに特訓を始めている。お互い気にしていない素振りで相対しているが、内心はライバル心剝《む》き出しだった。

「えぇい！　ちょっと走って素振りをしただけで動けなくなりおって！」

「……いや、団長……ちょっとって……」

「……鎧《よろい》着たまま、午前中、走り通し、だったけど……」

怒鳴るディーにアーブとロウは息も絶え絶えに小さな声で反論していたが、カムシンは汗や泥まみれた顔を服の袖で拭い、剣を手に立ち上がった。

「ま、まだまだ動けます！　ディー様、お願いします！」

「おお！　やるではないか、カムシン！　ならば、練習試合といくぞ！　相手を出来る者はいるか!?」

ディーが嬉しそうにそう言って見回すと、アーブとロウは寝転がったまま顔を見合わせ、どちらともなく揃《そろ》って立ち上がった。

「お、俺が……」

「いや、私が、相手を……」

肩で息をしながら立ち上がった二人の姿に、ディーは僅かに両方の眉を上げてキョトンとしたが、すぐに愉悦をかみ殺すような顔で笑い、深く頷いた。

「うむ。珍しく気合をいれたな！　では、総当たり戦だ！　まずはカムシンとロウ！」

「はい！」

「は！」

ディーの言葉に元気よく返事をして、二人がフラフラした足取りで向かい合う。

散々走り回って剣を振り回した後だというのに、二人は周囲の騎士団員達が息を呑《の》むような打ち合いをしてみせたのだった。

そんな光景を遠目から眺めて、ヴァンは乾いた笑い声を漏らす。

「は、はは…… 一日特訓の皆は大変そうだね。あんな地獄の訓練なんて無理無理……カムシンも頭一つ分くらい背が低いのに、よくあれだけ……」

苦笑いとともにそんな感想を口にするヴァンだったが、手が空いて勉強を教えにきたエスパーダによって、また別の意味での地獄の特訓を味わうこととなったのだった。

そんな練習漬けのカムシンだが、プライベートの時間もある。

最初にもらったウッドブロック製の剣。さらに鉄の剣、ミスリルの剣までも受け取るカムシンだったが、そのどれもが同様に掛け替えのない宝物となった。何よりも大事な宝物ゆえに、実践以外では一切使用しようとはしなかった。

与えられた自室で剣を並べて座り、一本ずつ丁寧に手入れをするのが、カムシンの最大の癒しの時間である。

「ふふふふ……」

今日も、夜中にカムシンの一人笑いが部屋から漏れ出していた。

# あとがき

本作を手に取っていただき、本当にありがとうございます！　赤池宗です。

シミュレーションゲームが大好きで街づくり、島の開発、コンビニやハンバーガー屋、はてはテーマパークの経営まで架空の世界で色々とやってきました。そんな楽しいシミュレーションゲームを小説でやってみたいと思ったのです。

テーマは城や街を守るタワーディフェンスゲーム。主人公は領主として街を守る。

書きたいのは村の開発とタワーディフェンス的な部分なので、主人公を本当の裸一貫にはせず、更に何もない場所に村を作るみたいな展開は避けました。出来るだけスピーディーにタワーディフェンスまで持っていきたい。その一念です。

しかし、書き出すと少年期が意外と面白く、思ったよりボリュームが出てしまいました。とはいえ、キャラクターの個性を出すには物足りず。書くのはとても楽しいのですが、大いに悩みます。

物語が進めば進むほど、どんどん面白くなっていく。そんな作品を書いていきたいですね。

書きたいことが無数にありますが、そろそろ最後のご挨拶を。

この本の制作に関わって下さった方に感謝を。また、素晴らしいイラストを提供して下さった転様。可愛《かわい》らしいキャラクター達《たち》を描いて下さった転様には本当に感謝しております。さらに、この原稿を何度も何度も読んで一緒に悩んで下さる担当編集のH様、大変ご迷惑をお掛けしております。本当に助かっております。株式会社オーバーラップの皆様、校正の鷗来堂《おうらいどう》様、各書店の皆様、この本に関わって下さった全ての皆様に感謝を致します。

そして、読んで下さった貴方《あなた》には最大級の感謝を。本当に、本当にありがとうございます！

なお、同時展開でコミカライズ版もスタートします！　そちらも是非ともよろしくお願いいたします！

赤池宗

作品のご感想、
ファンレターを
お待ちしています

あて先

〒141-0031　東京都品川区西五反田 8-1-5 五反田光和ビル4階
オーバーラップ編集部
「赤池 宗」先生係／「転」先生係

**スマホ、PCからWEBアンケートにご協力ください**

アンケートにご協力いただいた方には、下記スペシャルコンテンツをプレゼントします。
★本書イラストの「無料壁紙」　★毎月10名様に抽選で「図書カード（1000円分）」

公式HPもしくは左記の二次元バーコードまたはURLよりアクセスしてください。
▶ **https://over-lap.co.jp/865549805**
※スマートフォンとPCからのアクセスにのみ対応しております。
※サイトへのアクセスや登録時に発生する通信費等はご負担ください。

オーバーラップノベルス公式HP ▶ **https://over-lap.co.jp/lnv/**

# お気楽領主の楽しい領地防衛 1
## ～生産系魔術で名もなき村を最強の城塞都市に～


発　　行　2021年9月25日　初版第一刷発行
　　　　　2022年10月25日　第二刷発行

著　　者　赤池 宗

イラスト　転

発 行 者　永田勝治

発 行 所　株式会社オーバーラップ
　　　　　〒141-0031
　　　　　東京都品川区西五反田 8-1-5

校正・DTP　株式会社鷗来堂

印刷・製本　大日本印刷株式会社




ISBN　978-4-86554-980-5 C0093





【オーバーラップ　カスタマーサポート】
電　　話　03-6219-0850
受付時間　10時～18時（土日祝日をのぞく）

OVERLAP NOVELS
異世界でスロ～ライフを願望
いせかいで すろーらいふを (がんぼう)
I have a slow living in different world (I wish)
シゲ［Shige］
イラスト：オウカ［Ouka］
スローライフのカギは、美少女奴隷と『お小遣い《固有スキル》』!?
シリーズ絶賛発売中！

第9回 オーバーラップ文庫大賞
原稿募集中！
イラスト：KeG
紡げ、魔法のような物語！
【賞金】
大賞…300万円
（3巻刊行確約＋コミカライズ確約）
金賞……100万円
（3巻刊行確約）
銀賞……30万円
（2巻刊行確約）
佳作……10万円
【締め切り】
第1ターン 2021年6月末日
第2ターン 2021年12月末日
各ターンの締め切り後4ヶ月以内に佳作を発表。通期で佳作に選出された作品の中から、「大賞」、「金賞」、「銀賞」を選出します。
投稿はオンラインで！ 結果も評価シートもサイトをチェック！
https://over-lap.co.jp/bunko/award/
〈オーバーラップ文庫大賞オンライン〉
※最新情報および応募詳細については上記サイトをご覧ください。
※紙での応募受付は行っておりません。